Selena

# Mobbe mich

*Willow Heights Akademie:*

*Die Elite*

*Buch eins*

Selena

# Selena

# Klappentext

**Mein Name ist Crystal Dolce und ich bin alles andere als süß ...**

Es wird leicht, hat mein Vater gesagt.

Wenn wir in eine kleine Stadt im Süden ziehen, *gehört sie uns,* haben meine Brüder gesagt.

Schließlich ist meine Familie reicher als der Papst und daran gewöhnt, zu bekommen, was sie will. Wie schwer kann es werden?

Doch als wir in Faulkner ankommen, gehört diese Stadt bereits jemandem.

Der Darling-Familie.

Sie sind genauso wohlhabend wie wir und überhaupt nicht glücklich darüber, dass wir Neureichen in ihr Revier ziehen. Die drei Darling-Cousins, jeder grausamer und hübscher als der andere, regieren die Flure von Willow Heights genau so, wie meine Brüder unsere Schule in Manhattan regiert haben.

Keiner ist so schlimm wie Devlin Darling, der es sich zur persönlichen Mission macht, seine neuen Rivalen zu ruinieren.

Die Darlings sehen meine Brüder als Bedrohung. Sie wollen, dass sie sich verpissen.

Sie brauchen nicht lange, um die einzige Schwäche meiner Brüder zu entdecken.

*Mich.*

Mobbe mich

*Wer mit Ungeheuern kämpft, mag zusehn, daß er nicht dabei zum Ungeheuer wird. Und wenn du lange in einen Abgrund blickst, blickt der Abgrund auch in dich hinein.*

-Friedrich Nietzsche

Selena

# Eins

*Mein Name ist Crystal Dolce und ich bin alles andere als süß. Mein Nachname behauptet vielleicht etwas anderes, aber jeder, der mich kennt, kennt die Wahrheit. Auf den Fluren meiner Schule wissen alle, was ich getan habe, aber sie haben Angst, mich damit zu konfrontieren. Meine Eltern wissen, was ich getan habe, aber sie spielen es herunter, denn, sind wir mal ehrlich, ihr Ruf ist auch nicht grade makellos. Was ich gemacht habe, wird in dieser Umgebung geradezu erwartet. Ist nicht der Rede wert.*
*Aber nicht für mich.*

Jemand klopft an meine Tür und ich klappe den Laptop zu, schnappe mir meine Gucci-Tasche und bin damit fertig für die Schule. Royal steckt seinen Kopf ins Zimmer. „Papa will mit uns reden", sagt er, mustert mich und nickt anerkennend über mein perfekt poliertes Äußeres.

„Uns?", frage ich. „Jetzt? Worüber?"

Mein Bruder zuckt mit den Schultern. „Ich weiß es nicht. Finden wir es heraus."

„Wir kommen zu spät."

„Papa erinnert sich wahrscheinlich nicht einmal daran, dass wir noch zur Schule gehen", sagt Royal, während wir durch den Flur unseres vornehmen Sandsteinhauses laufen.

„Wahrscheinlich", gebe ich zu, Unbehagen verknotet meinen Magen, als ich die Küche betrete.

„Wo sind die Zwillinge?", fragt Papa und schaut von seinem Laptop hoch.

Mein ältester Bruder King sitzt schon am Tisch, in der einen Hand eine Tasse Kaffee und in der anderen einen Bagel.

„Hier", schreit Duke. Er und Baron donnern in den Raum, wobei sie darum kämpfen, wer zuerst durch die Tür darf.

# Mobbe mich

„Setzt euch", sagt Papa. „Ich habe Neuigkeiten und ich kann sie euch genauso gut sagen, wenn ihr alle zusammen sind."

„Wo ist Mama?", frage ich, als ob sie jemals so früh aufstehen würde. Falls ihre Tage unter der Woche in etwa so wie die Wochenenden sind, isst Mama am liebsten kurz vor Mittag im Bett ihr Frühstück und jagt es mit ein paar Cocktails und Pillen gegen all ihre vermeintlichen Wehwehchen hinunter.

„Deine Mutter schläft", sagt Papa.

„Was ist denn?", fragt King und steht auf, um ein paar Bagels in den Toaster zu werfen. „Wir müssen zur Schule."

Papa legt die Hände flach auf den Tisch und schaut vor seiner Ankündigung von einem zum nächsten. „Wir ziehen um."

Die Luft scheint aus dem Raum zu weichen. Eine Minute lang bewegt sich niemand. Royal steht halb im Kühlschrank und greift nach dem Frischkäse. Barons Mund klappt auf. Duke blinzelt nur. An der Theke dreht sich King um und starrt unseren Vater an. Ich sitze einfach da, bin zu fassungslos, um zu sprechen. Endlich springt der Toast hoch und wir alle springen auf.

„Was meinst du mit Umziehen?", fragt King und wirft die Bagel auf einen Teller. „Wie, in die Vorstadt?"

„Wir können die Stadt nicht verlassen", sagt Baron nüchtern. „Manhattan ist der Ort, an dem die Sau abgeht."

Das trifft es nicht mal halbwegs. Manhattan ist unser Leben. Und trotz der Scheiße, die im letzten Frühjahr passiert ist, kann ich mir nicht vorstellen, unsere Schule zu verlassen, geschweige denn New York.

„Nicht in die Vorstadt", sagt Papa. „Nach Arkansas."

„Wohin bitte?", frage ich.

„Wie der Bundesstaat?", fragt Duke.

„Nein, Dummkopf, das Land", sagt Baron, schnappt sich den Frischkäse und streicht ihn auf eine Bagelhälfte.

„Arkansas", sagt King tonlos. Seine Stimme klingt ungefähr so aufgeregt, wie ich mich fühle. Ich kann mir keinen Ort vorstellen, der weniger in New York liegt als Arkansas, verdammt noch mal. Ich würde diesen Bundesstaat nicht auf einer Landkarte finden, selbst wenn mein Leben davon abhinge.

# Mobbe mich

„Als Kind habe ich dort eine Weile gelebt", sagt Papa.
„Und jetzt bietet sich mir eine Geschäftsmöglichkeit."

„Welche Art von Geschäftsmöglichkeit bietet denn Arkansas?", fragt King.

„Die Art, die zu gut ist, um sie auszuschlagen."

„Steckst du in Schwierigkeiten, Papa?", frage ich und senke meine Stimme zu einem Flüstern. „Hast du Schulden bei … du weißt schon wem. Den Familien?"

„Sei nicht dramatisch, Crystal", sagt er. „Ich denke, wir könnten alle von der Veränderung profitieren."

Die Leute reden immer im Flüsterton von der Mafia und ich weiß, dass der Name meines Vaters dabei auch fällt, aber das liegt daran, dass er ein erfolgreicher italienisch-amerikanischer Geschäftsmann ist, der bei null in der Bronx angefangen hat. Nicht Arkansas. Ich habe noch nie von einer Kindheit im Süden gehört. Papa hat einen Bronx-Akzent, um Himmels willen.

„Wo in Arkansas?", fragt King. Ich sehe, dass sich die Räder in seinem Kopf bereits in Gang gesetzt haben, während er die Möglichkeiten, die Vor- und Nachteile abwägt und wie er uns allen diesen Schritt erleichtern kann.

Alle meine Brüder haben einen Beschützerinstinkt, aber er ist das Herz von uns.

„Faulkner", sagt Papa. „Es ist eine kleine Stadt. Betrachtet es als … eine Chance."

„Eine Chance, in einer beschissenen Kleinstadt im Süden zu leben?", fragt Royal mit einem finsteren Blick.

„Eine Gelegenheit, ein großer Fisch in einem kleinen Teich zu sein."

„Wir sind schon große Fische", betont Duke.

„In einem großen Teich", fügt Baron hinzu.

„Papa, warum tust du uns das an?", platzt es aus mir heraus. „Ist das wegen dem, was mit mir und Veronica passiert ist?"

Papas Kiefer verkrampft sich und er klappt seinen Laptop zu. „In Anbetracht der Schwierigkeiten, in die ihr in letzter Zeit alle geraten seid, hätte ich angenommen, dass ihr euch über einen Neuanfang freuen würdet. Vielleicht überlegt ihr mal, was für eine Art von Neuanfang ihr euch wünscht."

Er steht auf, nimmt den Laptop vom Tisch, schreitet aus dem Zimmer und lässt uns mit ungegessenen Bagels dastehen, während wir alles andere anschauen als uns selbst. Ich frage mich, ob meine Brüder auch den kleinen Nervenkitzel von neuen Möglichkeiten verspüren.

Selena

# Zwei

*Ein neuer Anfang. Wie viele Menschen träumen davon und wie wenige bekommen ihn. Eine Chance, neu anzufangen, die Vergangenheit hinter sich zu lassen. Aber auch… deine Gegenwart. Heute Morgen hat mir mein Vater mitgeteilt, dass wir das einzige Zuhause verlassen, das ich je gekannt habe. Meine Schule. Meine Freunde. Mein Leben.*
*Meine Fehler.*
*Alle weg.*

Den Rest des Tages laufe ich benommen herum.

Mittags gehe ich nach Hause und krieche ins Bett, um einen Blogbeitrag zu schreiben, bevor Mama aufsteht, um Fragen zu stellen. Nicht, dass sie es mitbekommt, wenn ich zu Hause bin. Erst seit einem Monat hat das zweite Jahr der Oberstufe begonnen und ich habe bereits zu viele Tage geschwänzt. Bisher haben meine Eltern aber noch nichts gesagt. Ich bin mir ziemlich sicher, dass meine Brüder die Post abfangen, und meine Eltern interessieren sich nicht wirklich für meine akademische Leistung. Aber Mama wird sauer sein, wenn sie meinetwegen schlecht dasteht, falls es so aussieht, als wüsste sie nicht, was ihre Tochter so tut. Die anderen Mütter könnten hinter ihrem Rücken über sie lästern, und das können wir nicht zulassen. Wir sind schließlich die Dolces.

Ich höre, wie meine Brüder nach Hause kommen, aber als Royal seinen Kopf in mein Zimmer steckt, tue ich so, als würde ich schlafen. Mit noch mehr Problemen kann ich gerade nicht umgehen. Papas Worte hallen in meinem Kopf wider, kreisen um sich selbst, wiederholen sich immer und immer wieder.

Ein neuer Anfang.

Wir können wählen, wer wir sein wollen. Was für Menschen wären wir in einer kleinen Stadt im Süden? Ist das eine Strafe? Oder Buße? Kann ich für meine Sünden irgendwo weit weg vom Tatort Buße tun?

# Selena

Ich höre, wie Papa nach Hause kommt, und ich weiß sofort, dass er es Mama sagt, weil ihr blutrünstiger Schrei durch das Sandsteinhaus widerhallt. Mama *ist* New York. Ohne Tiffanys, Barneys und Bloomingdales; ohne ihre Manhattan-Mama-Clubs, Galas und Cocktails auf Yachten mit hinterhältigen Prominenten wird Mama nicht wissen, was sie mit sich anfangen soll.

Ich stecke mir Stöpsel in die Ohren und sinke in mein Bett, ziehe den Laptop auf meinen Schoß und entfliehe der Welt, indem ich mich online auf die Suche nach Schuhen begebe. Ein Teller, der unten krachend an der Wand zerschellt, lässt mich aus meinem Kaufrausch aufschrecken und ich ziehe einen Ohrstöpsel heraus. Mamas Wutschrei durchbohrt mein Trommelfell.

Ich hätte aus dem Haus fliehen können, bevor die Schlacht beginnt, wie meine Brüder. Sie haben mir angeboten, mich mitzunehmen, aber mit meinen Brüdern zu feiern ist das genaue Gegenteil von Spaß. Sie wachen bei Partys über mich, achten darauf, was ich trinke, und schüchtern jeden Typen ein, der mit mir redet. Und es ist nicht so, dass ich mich ohne sie auf eine Party schleichen kann. Sobald ich auftauche, werden sie von irgendwem angerufen. Sie regieren unsere Schule, und das bedeutet, dass niemand sie verärgern will, indem sie mir helfen, etwas zu tun, von dem sie denken, dass es für eine Dolce-Tochter nicht angemessen ist.

Der einzige Grund, warum meine Brüder angeboten haben, mich mitzunehmen, ist, weil sie denken, dass ich dann vergessen kann, was mit unserer Familie passieren wird. Das Problem ist, dass sie mich nichts von dem tun lassen, was sie tun, um alles zu vergessen. Ich darf nicht trinken, auf Dates gehen oder Schlägereien beginnen. Ich bin ein Dolce-Mädchen. Ich muss mich benehmen.

„Ich habe es satt, die Ehefrau eines Mafiosi zu sein", kreischt Mama unten. Ich stecke mir die Ohrstöpsel wieder rein und drücke auf die Lautstärketaste, bis ich nur noch Sia hören kann. Endlich wird es still im Haus und ich schleppe mich aus dem Bett und sinke in ein heißes Bad. Ich kann nicht aufhören, an die Stille im Haus zu denken und dass meine Eltern bald eine andere Art von Lärm veranstalten werden. So ekelhaft ich es auch finde, meine Eltern stehen vermutlich kurz vor einem Fick. Nachdem sie sich gegenseitig in die Luft gejagt haben, versöhnen sie sich normalerweise so spektakulär, wie sie sich gestritten haben. Wahrscheinlich haben sie deswegen fünf Kinder. Heute Nacht jedoch bleibt das Sandsteinhaus unheimlich still.

Alles verändert sich.

„Crystal, Schatz. Bist du da?", trillert Mama aus meinem Zimmer. Sie klingt so schrill und fröhlich, dass ich weiß, dass sie zu ihren abendlichen Cocktails ein paar zusätzliche Glückspillen genommen haben muss.

„Bin in der Badewanne", rufe ich.

Und weil meine Familie nicht weiß, wie man Grenzen respektiert, tänzelt Mama einfach in mein Badezimmer.

„Da bist du ja", sagt sie. „Ich habe überall nach dir gesucht." Sie lässt sich auf meinen Schminkhocker sinken, rückt ihr wallendes rotes Kleid mit ihrer freien Hand zurecht, während sie mit der anderen ihren Martini hochhält.

„Ich war die ganze Zeit in meinem Zimmer", erkläre ich ihr und ordne den Schaumberg neu, weil Mama dafür bekannt ist, meinen Körper ohne Aufforderung zu kritisieren. Sie scheint nicht zu erkennen, dass die Eleganz eines Filmstars nicht unbedingt in den Genen vererbt wird. Ich habe Glück, dass ich genug von ihrer Schönheit abbekommen habe – ihre dicken kastanienbraunen Locken und tintendunkle Augen – genug, um in die Clique der Beliebten in der Schule aufgenommen zu werden. Ich sehe meine Schönheit jedoch als etwas Oberflächliches an, als ob sie jederzeit gestohlen werden kann. Ich bemühe mich zu sehr, kümmere mich zu sehr. Mama trägt ihre in sich. Sie ist mühelos schön. Sie ist alter Hollywoodglamour. Ich bin das … nicht.

„Dein Vater hat mir erzählt, dass er dir die Neuigkeiten bereits mitgeteilt hat", sagt sie.

„Ja", sage ich und drücke mich gegen das Ende der tiefen Klauenfußwanne. „Wir ziehen um."

„Ja", sagt sie und sieht nachdenklich aus, während sie an ihrem Martini nippt. „Ich schätze, das tut ihr."

Mein Herz hüpft seltsam und merkwürdig verdreht in mir. „Du kommst nicht mit."

# Selena

„Schau nicht so schockiert aus, Liebes", sagt sie. „Du weißt, dass ich mein Leben nicht einfach nehmen und nach Alabama verlegen kann. Ich bin ein Manhattan-Girl."

„Arkansas."

Sie winkt abwehrend. „Wohin auch immer."

„Also … was? Du und Papa lasst euch scheiden?"

„Dazu sind wir nicht gekommen", sagt sie. „Ich muss mich fertig machen, denn ich gehe aus. Heute Abend findet im MET eine Spendenaktion statt."

„Du verlässt Papa mitten in einem Streit, um mit ein paar Leuten abzuhängen, die du kaum kennst und nicht einmal magst?"

Typisch Mama, aber trotzdem.

„Kling mal nicht so dramatisch", sagt sie. „Das ist es wirklich nicht. Es ist einfach. Er zieht quer durchs Land auf die andere Seite. Ich nicht."

„Also lasst ihr euch scheiden."

„Wie du mitbekommst, bin ich hier nicht der Bösewicht, Crystal. Ich mache mit meinem Leben einfach so weiter wie bisher. Er ist derjenige, der Veränderungen plant und riesige Forderungen stellt."

# Mobbe mich

Das ist mir den ganzen Tag durch den Kopf gegangen. Wenn ich irgendwie bleiben könnte, würde ich es tun? Oder hat Papa recht? Vielleicht ist eine Chance, neu anzufangen, nicht das Schlimmste auf der Welt.

Vielleicht führen wir unser Leben so weiter, wie wir es bisher getan haben.

„Müssen wir uns entscheiden?", frage ich. „Für dich oder Papa?"

Mama seufzt dramatisch und stellt ihr leeres Glas auf meine Schminktheke. „Dein Vater und ich streiten seit Jahren. Es war nur eine Frage der Zeit. Ich hätte nie gedacht, dass wir noch zusammen sein würden, wenn ihr Kinder in die Oberstufe kommt, geschweige denn jetzt, wo ihr fast bereit für die Uni seid."

„Ich dachte, ihr wärt einfach so", sage ich. „Euch hat es so gefallen."

Jetzt, wo ich es laut ausgesprochen habe, klingt es total abgefuckt. Nur weil alles, was ich je gekannt habe, ihre Streitereien und Versöhnungsficks gewesen sind, heißt das nicht, dass Liebe so sein sollte.

# Selena

„Ich glaube, ich hätte gerne etwas Zeit allein für mich", sagt Mama und steht mit einer Anmut auf, die sie auch nach unzähligen Martinis irgendwie beibehält. „Ohne euch alle weiß ich nicht einmal, wer ich bin. Was will *ich*? Was werde ich ohne deinen Vater, ohne an Kinder denken zu müssen, mit mir machen? Wer bin ich?"

„Ist das wirklich der beste Moment für deine nächste existenzielle Krise?" Ich rutsche hoch und verschränke meine Arme vor meiner Brust.

„Wie oft bist du diesen Monat schon Eisessen gegangen?", fragt Mama und beäugt die üppige Schwellung meiner Brüste.

„Mama!"

„Wieder so knackige Brüste zu haben", sagt sie mit einem weiteren Seufzer. „Nun ja. Ich gehe besser, sonst komme ich zu spät zum Abendessen."

Als sie geht, rutsche ich unter die Schaumblasen und lege mich auf den Boden der Wanne, halte meinen Atem an und starre durch das Wasser.

# Mobbe mich

*Ich habe gehört, Ertrinken tut nicht weh,* habe ich zu Veronica gesagt, als wir diesen Sommer im Pool geschwommen sind. *Glaubst du, es ist wahr?*

„*Warum denkst du an so was?*", hat sie gerufen. „*Das ist so morbide, Crystal. Du musst wirklich aufhören.*"

Und ich habe sie an die Zeit erinnern wollen, als ich ihr gesagt hatte, wir müssten aufhören, und sie nicht zugehört hatte. Aber ich habe nichts gesagt, weil ich mich gefragt habe, was wäre, wenn ich nicht ihre beste Freundin wäre. Ich weiß, wie schnell sich das Glück wendet.

Ich höre mein Handy außerhalb der Badewanne klingeln, aber ich liege noch länger da und schaue, wie lange ich den Atem anhalten kann. Ich frage mich, wie schnell es passieren würde. Könnte ich meinen Mund aufmachen und einen großen Schluck nehmen, und das wäre dann das Ende? Ich stelle mir vor, wie Wasser in meine Lungenflügel strömt und die sich wie Wasserballons füllen.

Ich setze mich aufrecht hin und sauge einen riesigen Schluck Luft ein. Meine Lunge brennt. Ich denke nicht, dass das Ertrinken schmerzlos ist, wenn selbst die

# Selena

Vorstellung schmerzt. Ich schnappe mir ein Handtuch und springe aus der Wanne, als könnte mich das Wasser mit sich ziehen, mich den Abfluss hinuntersaugen.

Auf meinem Handybildschirm blinkt eine neue SMS von King, der fragt, ob alles in Ordnung ist. Er mag feiern, aber seine Gedanken sind hier bei mir, wie ich zusehe, wie unsere Familie zerfällt. Natürlich sind sie das. Unsere Familie bedeutet ihm mehr als jedem anderen, sogar unseren Eltern.

Ich lasse mich auf den Hocker fallen und überlege, was ich sagen soll. Etwas, das sie über Mamas Entscheidung informiert, ihnen aber versichert, dass es mir gut geht. Etwas, das nicht so klingt, als würde ich jammern, von meiner Mami zurückgewiesen zu werden. Schließlich hat sie auch die Jungs abgelehnt. Mein Herz tut ihretwegen weh. Ich weiß, wie sehr sie die Stadt lieben. Ich möchte vielleicht eine Chance, von vorn anzufangen, aber sie haben keinen Grund dazu. Sie haben ihr Leben nicht vermasselt.

Wenigstens werden wir alle zusammen sein. Das ist ein Trost. Sie werden direkt an meiner Seite sein und die Flure unserer neuen Schule erobern, so wie sie es in unserer alten getan haben.

Und ich?

Vielleicht will ich das nicht mehr. Ich habe das alles getan und schau, wohin es mich gebracht hat. Ich bin erschöpft, verbraucht, kaputt. Es hat mich zu viel Mühe gekostet, mich nach oben zu kämpfen und dort zu bleiben. Als ich dort angekommen bin, hat es sich kaum gelohnt. Wenn man einmal oben angekommen ist, gibt es nur noch einen Weg, den man gehen kann.

Diesmal darf ich wählen. Ich muss nicht alles noch mal so machen. Niemand in Arkansas wird wissen, wer ich bin. Ich kann jede sein. Ich könnte sogar wählen, überhaupt niemand zu sein. Ich habe die ganze Queen-B-Sache ausprobiert, die Dolce-Prinzessinnen-Sache. Vielleicht, wie Papa gesagt hat, ist es Zeit für eine Veränderung.

# Drei

*Vor unseren Problemen davonzulaufen, ist eine beliebte Familientradition, aber dies ist das erste Mal, dass wir es buchstäblich tun. Normalerweise schweben wir auf einer tauben Wolke der Glückseligkeit davon und beobachten einen Tequila-Sonnenaufgang nach einer Nacht des Valium-Vergessens. Wir fliegen um die Welt und jagen der nächsten Gelegenheit nach, damit wir uns nicht die verpassten ansehen müssen, während wir in unserem eigenen Wohnzimmer stehen. Aber heute sind wir davongelaufen.*
*Ich schaue nicht zurück.*

„O mein Gott, was ist das? Ich dachte, der Sommer wäre vorbei", stöhne ich. Schweiß läuft mein Gesicht herunter, sobald wir aus Papas Flugzeug steigen.

# Mobbe mich

Er breitet die Arme aus und grinst, seine verspiegelte Sonnenbrille spiegelt mir mein eigenes elendes Bild. „Willkommen im September im Süden", sagt er. „Wir nennen das Altweibersommer."

„Erst mal bin ich sicher, dass der Begriff diskriminierend ist", sage ich. „Zweitens, was soll dieses Gerede von ‚wir'? Du kommst aus der Bronx, Papa."

„Wir assoziieren viel mit dem Ort, an dem wir unsere prägenden Jahre verbringen", murmelt Royal hinter mir. „Papa hat offensichtlich eine gewisse Bindung zu diesem Ort."

Ich sehe nicht viel, woran man sich binden kann. Die Stadt ist flach wie ein verdammter Pfannkuchen und so heiß, dass ich mich fühle wie eine Ameise unter dem Mikroskop eines Psychogottes.

„Wo sind die Gebäude?", frage ich. „Wo sind die Menschen?"

„Es ist eine kleine Stadt", sagt Papa. „Mach dir keine Sorgen. Ihr werdet euch hier großartig machen. Ihr werdet an eurer neuen Schule eine Sensation sein. Jeder wird sich mit euch anfreunden wollen. Und wenn sie sehen, wie talentiert ihr seid, wird es ein Kinderspiel, es ins Team zu schaffen."

„Dieses Mal könnte er recht haben", sagt Royal, nimmt meine Tasche und führt mich zum Cayenne, der darauf wartet, uns zu dem neuen Haus zu bringen, das Papa gekauft hat. Anscheinend ist er vor ein paar Monaten geschäftlich hier gewesen und letzte Woche hat er sich um das Haus und die Autos gekümmert. Jetzt ist es real. Wir besitzen hier ein Haus. Wir leben hier. Permanent.

Es ist zu surreal, um es zu begreifen. Ich bin ein reines Nervenbündel und mir wird schwindelig bei der Vorstellung, noch einmal neu anzufangen, vermischt mit der vertrauten Angst, die seit sechs Monaten in meinem Inneren nagt. Ein heißer Windstoß fegt über den flachen Betonplatz vor dem Hangar, Staub wirbelt um meine nackten Beine.

„Diese Stadt ist ein Witz", sagt Duke und taucht in den einladenden, klimatisierten Innenraum des Autos ein. „Uns wird diese Schule in zwei Sekunden gehören." Er legt einen Arm um mich, während Royal auf meiner anderen Seite näher rutscht. Papa sitzt vorn und gibt dem Fahrer

# Mobbe mich

Anweisungen. King und Baron haben sich für einen Roadtrip entschieden, hauptsächlich weil sie nicht geglaubt haben, in Arkansas die Art von Autos zu finden, die sie mögen. Nachdem ich diese Stadt aus der Luft gesehen habe, besteht für mich kein Zweifel, dass sie recht haben.

„Bitte sagt mir, dass das nicht unsere Schule ist", sage ich und halte mir die Augen zu, als wir an einem hellbraunen Gebäude mit schmalen Fenstern vorbeifahren, das wie ein Gefängnis aussieht.

Duke lacht und drückt meine Schultern. „Das ist die öffentliche Schule. Schau, wie traurig sie aussieht."

Ich schaue zwischen meinen Fingern hindurch und sehe die Statue einer seltsamen sechsbeinigen Katzenkreatur. An ihrem Sockel steckt ein blondes Paar und knutscht rum, während ihre Freunde um sie herum reden und lachen.

Ein komischer Schmerz kräuselt sich unter meinem Brustbein und ich reiße meinen Blick weg.

„Atme", flüstere ich, schließe die Augen und lehne den Kopf an das kühle Leder. Meine Brüder haben recht. Papa hat recht. Uns wird es hier gut gehen. Wir gehen auf die gute Schule am anderen Ende der Stadt, nicht auf die Schule, in der asoziale Leute in der Öffentlichkeit herummachen, während die ganze Welt zuschaut. Uns wird es gut gehen. Mehr als gut.

Royal drückt kurz mein Knie, dreht sich dann um und beobachtet die Schule, bis sie aus unserem Sichtfeld verschwindet.

„Das einzig Gute an der Faulkner High ist das Footballprogramm", sagt Papa vom Vordersitz aus. „Ob ihr es glaubt oder nicht, sie sind ein großer Rivale von Willow Heights."

Willow Heights. Unsere neue Schule. Papa ist nach dem Kauf des Hauses mit Flyern über die Willow Heights Akademie und den Bewerbungsformularen zurückgekommen, die seine Sekretärin ausgefüllt hat, während er über die „hohen Studiengebühren" gelacht hat, die ja im Vergleich zu unserer alten Schule ein Witz sind. Er hat den Unterschied mit einer großzügigen Spende wettgemacht und versprochen, dass sie uns in dem Moment, in dem wir durch die Tür treten, für die Schulverwaltung in Könige verwandeln würde. Es liegt an uns, sicherzustellen, dass wir für die Schüler ebenfalls majestätisch wirken.

Wenn wir es denn sein wollen.

*

Wir halten ein paar Minuten später vor einem Tor an. Endlich sieht etwas vielversprechend aus. Die Fahrt durch die Stadt war geradezu deprimierend. Das höchste Gebäude der ganzen Stadt hat vielleicht drei Stockwerke. Alles bewegt sich seltsam langsam, als wäre alles träge von der Hitze. Außer ein paar Fastfood-Restaurants, Tankstellen und etwas, das anscheinend als Einkaufszentrum genutzt wird, ist in Faulkner nicht viel los.

Aber als wir unsere Wohnanlage betreten, erstrecken sich weitläufige grüne Rasenflächen vor uns. Riesige Bäume werfen Schatten über die Gärten und dahinter stehen riesige Häuser, die in einen alten Film gehören.

## Selena

„Willkommen zu Hause", sagt Papa und breitet seine Arme in Richtung der gesamten Nachbarschaft aus, bevor er sich umdreht, um unsere Reaktionen zu überprüfen.

Seine Worte lassen mich schwer schlucken, einerseits erschreckt es mich, dass ich gerade in eine Welt getreten bin, von der ich nichts weiß, und andererseits ist mir schwindelig vor Aufregung über den unergründlichen Unterschied zwischen diesem und unserem Sandsteinhaus in Manhattan. Wir haben ein Ferienhaus auf den Jungferninseln, aber das ist ...

*Unser neues Zuhause.*

Das Auto wird langsamer und ich starre einen langen Gehweg hinunter, der unter den sanft geschwungenen Ästen zweier Reihen von moosbewachsenen Bäumen hindurchführt, die sich darüber beugen, als würden sie sich vor den Adeligen verneigen, die darunter laufen. Der Gehweg durchschneidet den üppigen, grünen, perfekt gemähten Rasen vor einem riesigen weißen Haus im Plantagenstil mit Reihen hoch aufragender weißer Säulen, schwarzer Fensterverkleidungen und einem komplizierten schwarzen Geländer auf dem Balkon, das sich über den gesamten zweiten Stock erstreckt.

Als ich das Haus anstarre und Papa fragen will, ob das unseres ist, schießt rechts ein klassisches Cabriolet an uns vorbei und wirft Kies auf den Porsche, als wären wir ein Taxi auf der falschen Spur. Ich erkenne das Aufblitzen blonder Haare und ein maskulines Profil, bevor es Zentimeter vor uns zurück auf die Straße biegt, nach vorn rast und in die Einfahrt des Hauses schießt. Das Auto dröhnt die Auffahrt hinunter und verschwindet hinter dem Haus.

Ich beiße mir auf die Lippe und schaue zu Papa hoch, aber er zuckt nicht einmal zusammen, schaut nicht einmal hinter dem Arschlochfahrer her. Stattdessen lacht er.

„Ich erwische besser keinen von euch, wenn er wie so ein Schafskopf fährt", sagt er und deutet auf das nächste Haus. Der Fahrer hält an, als ich mich an Royal wende und meine Augen sich weiten.

„Schafskopf?", murmele ich ungläubig.

Papa hat dieses Wort noch nie in seinem Leben benutzt. Er ist berüchtigt dafür, böse und vehement zu fluchen. Es ist, als wären wir plötzlich in die 1950er Jahre zurückversetzt. Auch das Cabrio hat an eine vergangene Zeit erinnert, alles aufgepeppt und in neuwertigem Zustand.

Unser Fahrer fährt in die von Papa angezeigte Einfahrt hoch. Dieses Haus hat keine Baumreihe für den vorderen Gehweg, aber es hat den gleichen weitläufigen Rasen, riesige schattenspendende Bäume und eine sorgfältige Landschaftsgestaltung. Ein riesiges weißes Plantagenhaus wartet am Ende der Straße, mit zwei geschwungenen Treppen, die wie zwei einladende Arme zum Balkon im zweiten Stock führen.

Papa dreht sich zu uns um und grinst. „Ich dachte, ihr möchtet vielleicht ein wenig Freiheit haben, kommen und gehen können, wie ihr wollt."

„Wow", sage ich, weil ich nicht sicher bin, was ich sonst sagen soll. Ich fühle mich, als hätte ich gerade das Film Set von *Vom Winde verweht* betreten.

„Nicht du", sagt Papa. „Die Jungs. Ihr werdet eure kleine Schwester im Auge behalten, richtig?"

Royal salutiert. „Dafür sind Brüder da. Um den Job zu machen, den Väter machen sollen."

Papa ignoriert seine kleine Anspielung und springt aus dem Auto, als es stoppt. Er öffnet unsere Tür und deutet mit Schwung auf das Haus. „Willkommen im neuen Dolce-Familienhaus."

# Vier

*Wer wärst du, wenn du irgendjemand sein könntest? Ich bin mir nicht sicher, ob ich es weiß. Ich habe noch nie die Wahl gehabt und ich weiß nicht, ob ich es jetzt tue. Manchmal denke ich, mein ganzes Leben wird von meiner Familie gestaltet.*

*Was ich wählen würde? Ich sage es euch: Ich möchte ... besser sein. Nicht besser als alle anderen. Besser als ich. Besser, als ich gewesen bin. Aber ich weiß nicht, ob das zu viel verlangt ist. Meine Familie erwartet, dass ich besser bin als alle anderen, so wie sie es sind.*

In der Nacht vor unserem ersten Schultag liege ich im Bett und lausche dem großen Haus, das uns umgibt. Papa ist immer noch im Büro. Er arbeitet länger, um alles vorzubereiten für die neue Filiale, die er hier eröffnet. Ich kann anscheinend nicht in dem neuen, fremden Haus einschlafen. Fremde Geräusche dringen in mein Bewusstsein – Heuschrecken und andere Insekten, die so laut sind, dass ich nach Einbruch der Dunkelheit kaum nach draußen gehen kann, der Wind, der durch die Bäume weht, macht unheimliche Seufzer wie ruhelose Geister in der heißen Nacht.

Heute Nacht weckt mich ein anderes Geräusch, das ich nicht identifizieren kann, aus meinem Halbschlaf. Ich überprüfe mein Handy. Es ist Mitternacht und Papas Auto ist immer noch nicht in die weiße Schotterstraße eingebogen. Draußen erregt ein unregelmäßiges Klatschen meine Aufmerksamkeit. Ich schnappe mir einen seidenen Bademantel von der Rückseite meiner Schranktür, gehe nach draußen und binde ihn mir um die Taille. Ein heißer Wind weht über mich hinweg, ich glaube, ich muss irgendwo gehört haben, wie eine lose Fensterlade zugeschlagen ist.

*Twack!*

Der Klang kommt mir irgendwie bekannt vor, aber ich kann nicht sagen, woher. Ich spähe hinunter in das helle Mondlicht, das den ganzen Hof in einem unheimlichen

# Selena

Schein erleuchtet. Der Balkon verläuft rund um das oberste Stockwerk des Hauses, obwohl mein Zimmer in der hinteren Ecke liegt. Um die Treppe zu erreichen, müsste ich auf einer Seite an Dukes Fenstern und dann auf zwei Seiten an Kings Fenstern vorbeigehen, da er das vordere Eckzimmer bezogen hat. Ich bin mir ziemlich sicher, dass sie das absichtlich so eingerichtet haben.

Vom Balkon vor meinem Zimmer kann ich den Hinterhof, den Seitengarten und die Fliederbüsche sehen, welche die Grenze zwischen den Häusern bilden. Laut der neuen Haushälterin, die bei dem Haus dabei gewesen ist, sind sie im Frühling ziemlich beeindruckend. Jenseits des Flieders sind der Hinterhof des Nachbarn und eine Seite ihres Hauses zu sehen. Eine Handvoll aufragender Baumschatten wirbeln durch die Hitze und den Wind, während ich auf das Geräusch warte, das meinen Einschlafversuch gestört hat.

Plötzlich rast etwas Kleines und Dunkles zwischen dem Flieder in den mondbeschienenen Hof. Ich keuche, denke für eine Sekunde, dass es eine Ratte ist. Aber dann kommt es im taufeuchten Gras zum Stehen und ich sehe, dass es etwas viel Vertrauteres ist als eine Ratte. Ein Football.

Ich blinzele ihn an und bin nicht sicher, ob ich träume. Das Licht auf dem Tau verleiht allem eine silbrige, traumhafte Qualität. Dann tritt ein großer blonder Kerl zwischen dem Flieder hindurch. Er trägt nichts als eine Jogginghose mit Kordelzug, die so tief auf seinen Hüften hängt, dass ich mehr von ihm sehen kann, als mir lieb ist. Sein Körper ist schweißnass, seine gebräunte Haut glitzert im Mondlicht. Ich schlucke, meine Augen wandern von seinen tätowierten Schultern, über seine Waschbrettbauchmuskeln, hinunter zu den V-Muskeln, die in den Bund seiner hellgrauen Jogginghose eintauchen, die er am Knie abgeschnitten hat.

Es ist nicht so, als hätte ich noch nie einen Typen in kurzen Hosen gesehen. Meine Brüder sind die Hälfte der Zeit so gekleidet. Aber dieser Junge ist nicht mein Bruder. Er ist dünner als meine Brüder, weniger massig, aber genauso muskulös auf eine schlankere, straffere Art und Weise. Die Art von Muskeln, die man vielleicht durch Arbeit bekommt anstatt durch Training. Seine Haut ist goldener als der olivfarbene Ton meiner italienischen Brüder und seine Bräune konzentriert sich auf seine Schultern und Arme, als hätte er sie von draußen bekommen. Ich kann so viel von ihm sehen, und doch *sehe* ich nichts. Jede Sache, die ich bemerke, ist ein Rätsel, eine Frage statt einer Antwort.

Er trabt über unseren Rasen, nimmt den Ball hoch und zieht sich zurück, als würde er einen langen, spiralförmigen Pass auf sein Haus werfen. Kurz bevor er den Pass vervollständigt, zögert er. Er senkt den Ball und dreht sich langsam um. Mein Körper erstarrt, aber mein Herz rast. Jeder Teil in mir weiß, dass ich mich auf dem Balkon in den Schatten zurückziehen sollte, dass ich mich nicht von dem sorglos spielenden, Football werfenden, schlaflosen Nachbarn sehen lassen sollte.

*Und dennoch.*

Für einen rücksichtslosen Moment will ich etwas anderes als die Realität. Ich möchte nicht Crystal Dolce sein, die geliebte Tochter einer eventuellen Mafia-Familie und verhätschelte Schwester von vier sehr gefährlichen Jungs. Ich möchte nicht das gemeine Mädchen sein, die etwas Schreckliches getan hat, oder diejenige, die für jeden Jungen tabu ist, wenn er leben will. Ich möchte nicht die Queen B oder Cheerleaderin sein.

Ich möchte gesehen werden. Ich möchte ein Mädchen sein, die in einem seidenen Bademantel im Mondlicht steht, mit zerzaustem Haar, das im heißen Mitternachtswind weht, während der Mond mich strahlend erscheinen lässt. Ich möchte für ihn auch ein Rätsel sein. Ich möchte, dass er mich sieht und dieses Rätsel lösen möchte.

Sein Blick trifft meinen und er erstarrt. Eine Minute lang bewegt sich niemand. Die Musik der Heuschrecken verstummt. Das schimmernde Mondlicht verschwindet. Die erstickende Hitze der Nacht verfliegt und der Wind stirbt. Es gibt nur uns, an Ort und Stelle festgefroren. Ich versinke in den blauen Meerestiefen seiner Augen, tauche immer tiefer unter die Oberfläche, bis nichts anderes mehr existiert.

Das Knirschen der Reifen auf Kies dringt in unsere Welt ein, die wir nur für uns erbaut haben. Scheinwerfer streichen über die Vorderseite unseres Hauses und ich schaue in die Richtung, sehe, wie Papas Auto die Einfahrt hochfährt. Als ich mich umdrehe, ist der Junge weg und ich frage mich, ob ich den Moment mit ihm geträumt habe.

\*

„Crys, was tust du da drin?", fragt King und hämmert an meine Badezimmertür.

„Ich wechsle meinen Tampon, was denkst du?", schreie ich und stecke mein Handy in meine Tasche.

„Lass uns gehen", sagt er. „Es ist an der Zeit."

„Zeit zu dominieren", schreit Duke und schlägt mit der Faust gegen meine Tür.

Ich betrachte mich ein letztes Mal im Spiegel. Eine Minute lang überlege ich, mein Image zu ändern. Aber ich bin schon so lange diese Person, ich weiß nicht, was ich sonst sein soll. Vielleicht bin ich es wirklich. Hübsch. Verwöhnt.

*Böse.*

Jedenfalls sehe ich so aus, wie ich immer ausgesehen habe. Ich traue mich nicht, mein Erscheinungsbild zu ändern. Eine Minute lang habe ich gedacht, ich könnte ein

## Mobbe mich

Mädchen sein, das lässige Jogginghosen, übergroße T-Shirts und einen unordentlichen Dutt trägt. Aber meine Brüder würden mich so nie aus dem Haus lassen. Wir haben ein Image zu bewahren. Dolces kümmern sich um sich selbst und umeinander. So auszuschauen ist die halbe Miete.

Ich fahre mit einer Bürste durch meine dunklen Locken, die nach einer Stunde Arbeit perfekt geglättet sind. Ich binde mein Haar zu einem langen, niedrigen Ponyschwanz und drapiere ihn nach vorne über eine Schulter. Nachdem ich eine dünne Schicht eines Haarprodukts drauf getan habe, um den Glanz zu verstärken und fliegende Haare zu bändigen, verlasse ich mein Badezimmer.

Meine Brüder treten zurück und sehen mich an. Sie haben sich alle vor meiner Tür versammelt und tragen Hosen und zugeknöpfte Hemden, um der Kleiderordnung zu entsprechen. Es tut mir leid, dass sie bei dieser Hitze Hosen und langärmelige Hemden tragen müssen.

„Ist der Lippenstift nicht zu dunkel?", fragt King.

„Den nehme ich immer", sage ich mit einem Schmollmund. „Mein Markenzeichen."

„Ist dieser Rock kürzer als deine Uniform in unserer alten Schule?", fragt er und beäugt meinen Saum.

Ich freue mich, hier richtige Klamotten tragen zu können, denn Willow Heights hat zwar eine strenge Kleiderordnung, aber keine Uniform. „Hör auf, auf meine Beine zu schauen, Perversling", sage ich, dränge mich an ihnen vorbei und aus meinem Schlafzimmer.

Durch eine stille Vereinbarung steigen wir alle in den neuen Range Rover von Royal, ein „Geschenk" von Papa, das eher wie Bestechungsgeld aussieht, damit er ohne viel Aufsehen hierher mitkommt. Ich hatte erwartet, dass jeder sein eigenes Auto nehmen würde, um anzugeben, aber vielleicht sind meine Brüder genauso nervös wie ich.

Sie würden es jedoch nie zeigen.

„Schau dir diese erbärmliche kleine Stadt an", sagt Duke, als wir aus unserem opulenten Viertel heraus in Richtung Schule fahren. „Wir werden diese Schule regieren, sobald wir die Türen betreten."

## Mobbe mich

„Ich nicht", sage ich, meine Stimme klingt leicht, obwohl ich zu nervös gewesen bin, um überhaupt ans Frühstück zu denken. Wenn ich im letzten Jahr etwas gelernt habe, dann, dass Macht eine gefährliche Sache sein kann. Ich will nicht mehr regieren und das habe ich meinen Brüdern auch gesagt. Sie verstehen es nicht, aber sie versuchen, verständnisvoll zu sein. Sie haben nie normal sein wollen. Sie lieben die Macht.

Ich muss zugeben, ich habe es auch geliebt. Ich habe es geliebt, bis ich gesehen habe, was es anstellen kann. Bis ich die Kontrolle darüber verloren habe. Aber hier? Niemand kennt mich. Ich könnte normal sein. Eine Freundin haben, die nicht mein schlimmstes Geheimnis kennt und bei der unsere gemeinsame Schuld wie eine Henkersschlinge zwischen uns hängt. Vielleicht könnte ich sogar einen Freund haben, jemanden, den meine Brüder wirklich mögen, anstatt einen, den sie mir erlauben, damit er mich zu irgendeiner Funktion begleiten kann und dann prompt wie ein Diener entlassen wird.

Hier wird es besser sein, wie Papa versprochen hat. Ein Neuanfang ist genau das, was wir alle brauchen.

# Selena

Wir fahren auf den Parkplatz und meine Brust krampft sich zusammen, meine Entschlossenheit zerbröckelt. Wie einfach wäre es, den Flur entlangzumarschieren, als hätte ich das *B* in *Queen B* platziert. Ich bin dieses Mädchen schon so lange, dass es mein Standard ist. Aber nicht mehr. Hier werde ich anders sein. Besser.

„Bereit, Crystal?", fragt Royal.

„Was ist, wenn ich es nicht bin?", flüstere ich und begegne seinen reinen Kakaoaugen, als er sich auf seinem Sitz herumdreht.

„Entspann dich, ja?", sagt Baron und schubst meine Schulter. „Diese Schule ist ein Witz. Ein Tag hier und alle werden uns aus den Händen fressen."

„Oder unsere Stiefel lecken", sagt King und sieht uns im Rückspiegel an.

„Ich habe noch etwas, das die Schönheiten lecken können", sagt Duke und greift sich zur Betonung in den Schritt.

King parkt auf einem Parkplatz im hinteren Teil des Parkplatzes, halb im Schatten einer hoch aufragenden Eiche. Ich weiß, er tut das für mich, parkt hier hinten, damit wir uns unterhalten können, ohne dass neugierige Blicke auf die Neuen geworfen werden können. Normalerweise würden meine Brüder vorn und in der Mitte parken und die Aufmerksamkeit auf sich ziehen. Sie sind nicht gerade unscheinbare Typen. Sie wären es nicht einmal, wenn sie es versuchen würden, also versuchen sie es nicht.

„Ich garantiere dir, alles, was in dieser kleinen Stadt vor sich geht, kann nicht einmal das berühren, was in unserer alten Schule vor sich ging", sagt King und dreht sich um, um mein Knie zu tätscheln. „Wir werden diese Bude in wenigen Minuten im Sturm erobern und weißt du warum?"

„Weil wir die Dolces sind", murmele ich.

„Ja, das sind wir", rufen Duke und Baron gleichzeitig und werfen ihre Fäuste in die Luft. Sie sind identisch, aber sie haben sich große Mühe gegeben, sich an dieser Schule zu unterscheiden. Baron trägt sogar eine Brille anstelle seiner üblichen Kontaktlinsen und Duke hat sich die Haare kurz geschnitten und ihren üblichen zerzausten Look aufgegeben.

# Selena

„Lass uns allen in den Arsch treten", sagt King.

Ich weiß, dass sie im Umgang mit meiner Angst an ihre Grenzen gestoßen sind, also atme ich tief ein und konzentriere mich, bevor ich Royals Blick wieder begegne. Er ist der ruhigste meiner Brüder, mein Zwilling, der mich immer beruhigen kann, wenn ich anfange, die Nerven zu verlieren.

Wir steigen aus dem Range Rover und ich glätte meinen Rock und entwirre meine Haare, während wir in Reih und Glied loslaufen. King ist das Zentrum unserer Familie, das Zentrum unserer Gruppe. Royal und ich treten neben ihn und meine jüngeren Brüder gehen jeweils an die gegenüberliegenden Enden, werden die Ersten in der Verteidigungslinie. Ich weiß nicht, wann wir diese Formation geschaffen haben, aber sie ist so vorhersehbar wie eine Teamaufstellung auf dem Footballfeld. Wir sind bereit. Mit einem Nicken setzt King das Spiel in Gang und wir machen uns auf den Weg quer über den Parkplatz.

„Dem kleinen Jesus sei Dank, dass die Mädchen hier nicht hässlich sind", sagt Duke, als wir an einer Gruppe Mädchen vorbeikommen, die sich neben einem Pick-up schminken. Sie bleiben stehen, um zu gaffen, und Duke wirft ihnen ein einladendes Lächeln zu.

Meine Brüder sind, um es milde auszudrücken, auffällig. Sie sind alle über 1,80 Meter groß und gebaut wie die Athleten, die sie sind. Hinzu kommt, dass sie alle das gute Aussehen unserer Eltern geerbt haben – und zwar tonnenweise.

Wir schaffen es zur Vorderseite des Parkplatzes, den Primo-Parkplätzen, die für die Schüler bestimmt sind, die für einen Parkplatz bezahlen möchten, jeder mit einer großen gelben Nummer auf dem Asphalt. Dort entdecke ich das lange, schlanke, puderblaue Cabriolet, das uns am Tag unseres Einzugs überholt hat.

Unser Nachbar. Wenn man bedenkt, wo sie leben, ist es keine Überraschung, dass sie den besten Platz auf dem gesamten Grundstück haben, direkt neben dem Gehweg, der zur Tür von Willow Heights führt. Dafür haben sie wohl gutes Geld bezahlt. Plötzlich bin ich froh, dass wir hinten geparkt haben. So können wir die Schule auskundschaften. Es ist immer gut, herauszufinden, wen man im Auge behalten sollte, auch wenn wir vorhaben, diejenigen zu werden, die man im Auge behält.

Drei Typen sind gegen das Auto gelehnt, als warteten sie auf uns. Ich überfliege ihre Gesichter und versuche, den Jungen zu erkennen, den ich letzte Nacht gesehen habe. Ein blonder Kerl mit starken, kantigen Zügen lehnt sich lässig ans Heck des Autos, ein Fuß auf dem Boden, den anderen auf der Stoßstange abgestützt, seine Hände ruhen auf der Kofferraumkante.

*Nicht er.*

Neben ihm, direkt hinter dem Auto aufrecht stehend, ist eine größere, muskulösere Version des gleichen Typs, dessen kantige, breite Schultern selbst aus der Ferne dominant wirken. Seine Ärmel sind hochgekrempelt und zeigen ein Tattoo auf goldgebräunten Unterarmen, die über einer breiten Brust gekreuzt sind. Er starrt uns an, seine blauen Augen sind eiskalt.

Ein Schwarm Schmetterlinge explodiert in mir. *Er.*

Oh, fuck. Definitiv er.

Auf seiner anderen Seite lümmelt sich ein weiterer Blonder an den Kofferraum des Autos, lehnt sich mit den

Ellbogen darauf zurück, während er durch sein Handy scrollt, ohne uns zu beachten.

Ich habe genügend Zeit, um sie wahrzunehmen, bevor wir an der Vorderseite des Parkplatzes ankommen. Ich lenke meine Aufmerksamkeit wieder auf unseren schlaflosen Nachbarn, den wütend aussehenden Kerl. Er ist der Fahrer, das Zentrum, so wie King unseres ist. Und er sieht nicht so aus, als wäre er hier, um uns eine Willkommensparty zu schmeißen. Ich schaue King von der Seite an und frage mich, wie wir das angehen sollen. Ob er zuerst spricht, ob er nett sein wird.

„Hinten in der Pampa bei den anderen Erstklässlern geparkt?", sagt der grimmige Typ gedehnt mit einer sanften, seidigen Stimme, die einen kleinen Stromstoß durch mich schickt. Das habe ich nicht erwartet. Ich habe diese wunderschöne Stimme nicht erwartet, wie warmer Honig, der auf meiner nackten Haut schmilzt. Und ich habe nicht erwartet, was mein Körper tun würde, wenn ich sie zu Hören bekomme.

„Jemand steht auf unserem Parkplatz", sagt King und nickt dem Bel Air zu. Für eine Sekunde spricht niemand.

# Selena

Der Typ auf seinem Handy hebt den Kopf und schüttelt sich eine Strähne seines glänzend blonden Haares aus den Augen. Ein paar Leute haben sich versammelt, neugierig auf die neuen Kinder und bereit für ein Kräftemessen.

„Du denkst, das ist dein Parkplatz?", fragt der wütende Kerl. Er sieht gut aus, hat eine geformte Kinnlinie und ein eckiges Kinn mit dem Hauch eines Grübchens in der Mitte, aber seine Augen sind hart und gemein. Der Typ zu seiner Linken hat schärfere Züge, ein spitzes Kinn und eine spitze Nase sowie strahlende, neugierige blaue Augen, aber ich halte sie für Brüder.

„Morgen wird er das sein", sagt King und geht weiter, also gehen wir weiter.

Wir schreiten die breiten, flachen Stufen zu den hohen Eingangstüren hinauf. Das Gebäude ist ein riesiges Ziegelgebäude, der gesamte Name der Schule – Willow Heights Akademie – iat in eine lange Marmorplatte hoch über den Türen eingemeißelt. Gleich über dem Eingang befindet sich ein kleinerer Marmoreinsatz mit dem Schulmotto: *Inis Origine Pendet.*

## Mobbe mich

Wir betreten das Gebäude und suchen das Büro auf, wo wir unsere Stundenpläne sammeln und unsere Guides für den Tag treffen. Sie werden als die Schülersprecherinnen vorgestellt, eine Gruppe hübscher, adretter Blondinen, die wie Klone aussehen, mit perfekt glatten, langen Haaren und hohen Absätzen. Als wir uns verteilen, bemerke ich, dass meine Führerin Lacey sehnsüchtig meinen Brüdern nachsieht. Vermutlich hat sie den Kürzeren gezogen.

„Also, was geht hier so ab?", frage ich.

Lacey schreitet voran, wir gehen den Flur entlang, weg vom Büro. „Der Unterricht ist hart", sagt sie. „Wenn du also aus dem Ghetto oder so kommst, solltest du besser damit rechnen, viel mehr Zeit hier zu verbringen, als du wahrscheinlich für deinen Unterricht in Brooklyn gebraucht hast."

An diesem Satz ist so viel falsch, dass ich mir nicht einmal die Mühe mache, sie zu korrigieren. Ich habe größere Sorgen und nur begrenzte Zeit, um zu lernen, was ich wissen muss.

„Ich mache mir keine Sorgen um den Unterricht", sage ich. „Erzähl mir von den Jungs da draußen. Die Blonden im Bel Air."

„Die Darlings", sagt sie, ohne zu zögern, als hätte sie diese Frage erwartet.

„Brüder?"

„Cousins", sagt sie. „Sie sind eine der Gründerfamilien von Faulkner. Ihr Ur-Ur-Ur-Großvater vor vielen Generationen hat sich hier im 18. Jahrhundert oder so niedergelassen."

„Ich interessiere mich mehr für diejenigen, die jetzt hier sind, als für ihre Vorfahren."

Sie sieht mich mitleidig an. „Das ist der Süden, Schätzchen. Familie bedeutet hier alles."

Ich mag diese Bitch bereits jetzt nicht, aber ich halte den Mund. Sie muss mir nicht sagen, wie wichtig die Familie ist. Aber ich brauche Informationen, keine Feindin.

„Verstanden", sage ich. „Also, sie sind wegen ihres Namens der Adel in dieser Schule."

„Sie sind der Adel in dieser *Stadt*", korrigiert Lacey mich. „Sie bekommen, was sie wollen. Du bist neu, also wird einer von ihnen wahrscheinlich an dein Höschen wollen."

„Darüber brauchst du dir keine Sorgen zu machen", sage ich, denn ich spüre ihren Groll in dieser Aussage. „Ich date nicht."

„Wenn sie dich daten wollen, wirst du mit ihnen ausgehen", sagt sie. „Sie bekommen, was sie wollen und wen sie wollen. Ihre Familie zahlt das Gehalt aller, die an dieser Schule arbeiten. Lern, wie die Dinge hier funktionieren, und es wird dir gut gehen."

„Also, danke", sage ich. „Ich denke, ich werde es früh genug herausfinden."

Lacey bleibt bei meiner Klasse stehen, nachdem sie die anderen vorbeigewinkt hat. „Du willst meinen Rat?", fragt sie und stemmt eine Hand in ihre Hüfte. „Sag ja zu allem, was sie wollen, versuche, deine Würde zu bewahren, wenn sie mit dir fertig sind, und mach weiter. Lass dich nicht täuschen und denk nicht, dass du etwas Besonderes bist. Du wirst nicht das erste Mädchen sein, das von einem Darling-Boy gefickt wird, und du wirst nicht die letzte sein. Nimm es nicht persönlich."

# Selena

„Hab jetzt noch weniger Interesse daran als vorher", sage ich. „Meine Brüder sind sehr beschützend. Sie würden mich nie mit einem solchen Typen ausgehen lassen und das würde ich auch nicht wollen."

„Du hättest Glück, bei einem von ihnen zu landen. Devlin hält nicht so wirklich was von dem ganzen Dating-Kram, aber die anderen haben eine kurze Aufmerksamkeitsspanne. Wenn du deine Karten richtig ausspielst, könntest du eine *Darling Doll* werden. Die Dolls rocken während ihrer gesamten Zeit die Willow Heights."

Sie steht offensichtlich auf die Darling-Cousins und es ist ihr egal, was ich zu sagen habe. Das ist okay für mich. Heute höre ich mehr zu. Dies ist eine neue Schule und ich möchte nicht auf die falschen Zehen treten und Aufmerksamkeit erregen. Ich muss abwarten, was meine Brüder sagen, und den Spielplan herausfinden. Ich könnte am Ende die beste Freundin dieses Mädchens werden. An einer Schule wie dieser geht es eher um sozialen Status, nicht um tiefere Verbindungen. Wenn ich mit einem Darling ausgehen würde, könnte ich in ihrer Gruppe aufgenommen werden. Ich könnte Status haben. Ich könnte eine Puppe, eine *Darling Doll* werden.

Der Name lässt mich würgen, aber ich zeige meine Abneigung nicht. Ich habe Glück, dass sie mir so klar sagt, was Sache ist. Ich bin mir immer noch nicht sicher, was ich will und ob ich es haben kann. Ich bin mir nicht sicher, ob ich ein Mauerblümchen sein kann. Es ist nicht der Dolce-Weg. Aber das bedeutet nicht, dass ich nicht jemand anders sein kann, als ich vorher war.

Das Einzige, was ich mit Sicherheit weiß, ist, dass ich besser werden möchte, um einen Weg zu finden, für das zu bezahlen, was ich getan habe. Aber ich weiß nicht, wie ich das machen soll. Ich kann alles aufmerksam beobachten, bis ich es herausgefunden habe. Wenn ich meine Schuld tilgen kann, indem ich die Könige dieser Schule stürzen und meine Brüder in ihre Fußstapfen treten lassen kann, dann tue ich es. Ich weiß, dass es das ist, was meine Familie will, also werde ich es wahrscheinlich tun, ob ich es wirklich will oder nicht. Manchmal bringen wir alle Opfer füreinander. Darum geht es in einer Familie.

# Selena

Eine leise Glocke ertönt und die Schüler erscheinen an den Enden des Flurs auf dem Weg zum Unterricht.

„Danke, dass du mich herumgeführt hast", sage ich und schiebe meinen Terminplan in meine Tasche. „Ich glaube, für den Rest des Tages komme ich klar."

„Ich habe einen Rat für jeden, der neu in der Stadt ist", sagt Lacey. „Faulkner baut auf Tradition. Wir sind in unseren Traditionen festgelegt und wir mögen es nicht, wenn diese Traditionen gestört werden. Das gilt für deine ganze Familie. Mach keine Wellen und du könntest überleben."

# Fünf

*Der erste Tag an einer neuen Schule. Meine einzige Chance, einen ersten Eindruck zu hinterlassen. Wer werde ich sein? Wer wäre ich, wenn ich nicht eine Dolce-Tochter sein müsste, die angewiesen ist, meinen rechtmäßigen Platz in der sozialen Hierarchie einzunehmen – an der Spitze? Wenn ich die Wahl hätte, würde ich mich das fragen. Habe ich nicht, also ist es Zeitverschwendung, sich das zu fragen. Dolces beschäftigten sich nicht mit Was-wäre-wenn. Wir sehen, was wir wollen, was wir verdienen, und wir nehmen es.*

„Hey, Mädel", ertönt eine sexy Südstaatenstimme, als ich mich auf den Weg zu meiner nächsten Klasse mache und einen Eintrag in meinem Blog schreibe.

# Selena

Ich schaue hoch und sehe einen der Darlings, der mit den langen Haaren über seiner Stirn. Seine Stimme ist fast so sexy wie die unseres Nachbarn und voller Unfug, was mich dazu bringt, zurückzulächeln, obwohl ich es besser weiß.

„Was auch immer du fragen willst, die Antwort ist nein", sage ich, bevor ich von seinem verspielten Lächeln, das mich ein wenig an Dukes erinnert, überzeugt werden kann. Aber während Duke voller Energie ist wie ein süßer Welpe, sieht dieser Kerl aus, als würde er sich gemütlich Zeit lassen, bevor er sich für einen Angriffsplan entscheidet. Sein Gang hat etwas Berechnendes an sich, als würde sich die Welt in seinem Tempo bewegen. Ich bemerke zu spät, dass ich mich seinem Tempo angepasst habe, da ich mit ihm Schritt halte, als ob mich die Schwerkraft seiner Gegenwart angezogen hätte.

Ich werde kein Mond sein, der ihn oder einen seiner Cousins umkreist. Ich habe meine eigene Sonne zum Umkreisen – King. Er ist das hellste Licht, das Leben schenkt und die Welten im Dolce-Universum in Bewegung hält.

# Mobbe mich

„Ich wollte nur sagen, dass wir zusammen in der nächsten Unterrichtsstunde sind", sagt er. „Dazu kannst du nicht nein sagen."

„Woher weißt du, welchen Unterricht ich als Nächstes habe?"

„Magie", sagt er mit einem Augenzwinkern.

„Sehr lustig."

„Mir gefällt es, mir einzubilden, dass ich das bin, ja", sagt er gedehnt. „Ich bin außerdem Colt. Colt Darling."

„Natürlich bist du das."

Er zieht eine Augenbraue hoch und lächelt breiter. „Also hast du von mir gehört?"

„Nein, ich meinte, dein Name ist natürlich Colt. Ich wette, du trägst Cowboystiefel zu deiner Uniform."

„Manchmal", sagt er und wirft mit einer Kopfbewegung die Haare aus seinen Augen. Er hat diesen lässigen, lockeren Charme, wie die Teenagerversion von Matthew McConaughey. „Also hast du einen Namen oder soll ich dich einfach New York nennen?"

„Crystal Dolce."

„Süß."

„Ich versichere dir, das bin ich nicht."

Colt stößt dieses langsame, ausgedehnte Lachen aus. „Lass uns zusammensitzen."

„Ich bin mir nicht sicher, ob das eine gute Idee ist."

Er schenkt mir ein träges Lächeln. „Ich bin lustig, erinnerst du dich? Ich bringe dich zum Lachen."

„Kann ich *über* dich lachen?"

„Ich werde auch lachen", sagt er. „Du musst dich wohl damit abfinden, mit mir zu lachen."

„Funktioniert das hier so?", frage ich. „Wir sind entweder für dir oder gegen dich?"

„Wie sollte es sonst funktionieren?", fragt er und schlendert auf seine langsame, lässige Art ins Klassenzimmer. Meine Augen werden von ihm angezogen, gefesselt von dem souveränen Gang, und als Nächstes schaue ich mir kurz seinen Arsch an, als sich mir die Chance bietet.

Dieser Scheiß muss aufhören. Bevor er beginnt.

Er setzt sich an einen Schreibtisch und klopft auf den neben sich.

# Mobbe mich

„Warum habe ich das Gefühl, ich nehme den Platz einer anderen ein?", frage ich. „Ich bin sicher, du sitzt nicht allein."

„Sie wird schon klarkommen", sagt er. „Setz dich."

Ich möchte ungehorsam sein, aber der Gedanke, allein in einer Klasse voller Fremder zu sitzen, ihre Blicke und Spekulationen zu ertragen wie in der letzten Stunde, lässt mich auf den Sitz rutschen. Es ist nicht so, als würde mich irgendjemand bitten, mich zu ihnen zu setzen. Und sosehr ich es auch hasse, es zuzugeben, seine Aufmerksamkeit schmeichelt mir. Er ist bezaubernd, mit diesem verspielten Lächeln, dem ausgedehnten Südstaaten-Akzent und den goldenen Haaren, mit denen er immer wieder spielt.

„Gutes Mädchen", sagt er und drückt mein Knie unter dem Schreibtisch. Die Berührung seiner heißen, schwieligen Hand auf meinem nackten Knie lässt mich zusammenzucken und ich bewege mein Bein weg, aber das Gefühl ist nicht gerade unangenehm. Das ist nicht gut. Meine Brüder haben bereits mit dieser Familienscheiße angefangen. Mich von einem von ihnen angezogen zu fühlen, ist der schlimmste Schachzug, den ich machen kann.

Ich bin erschrocken über den kleinen Nervenkitzel, der mich bei dem Gedanken durchfährt, ihnen zu trotzen.

Das könnte ich allerdings nicht. Wir sind die Dolces. Wir halten zusammen. Nichts auf dieser Welt ist wichtiger als das und es gibt keinen Kerl auf dieser Welt, der zwischen uns kommen könnte. Definitiv nicht dieser Kerl, der charmanter ist, als ihm guttut, vor dem ich bereits gewarnt worden bin, dass er ein Player ist, der sich nimmt, was er will, und mich die Fetzen meiner Würde aufsammeln lassen wird.

Ich gebe mein Bestes, Colt für den Rest des Unterrichts zu ignorieren, eine langweilige englische Vorlesung über *Romeo und Julia*, was ich in meiner alten Schule wahrscheinlich zehnmal gelesen habe.

„Soll ich heute Abend zu deinem Balkon kommen?", fragt Colt nach der Hälfte des Unterrichts.

Ich verdrehe die Augen und lege einen Finger auf meine Lippen.

# Mobbe mich

Eine Sekunde später gleitet ein Stück Papier über seinen Schreibtisch auf meinen. Colts Handschrift hat darauf gekritzelt, große, unordentliche Buchstaben, die von null Anstrengung sprechen. *Ich höre, du wohnst neben Devlin.*

Ich schreibe ein Wort und schiebe das Papier zurück.

*Und?*

*Ich weiß, wo du wohnst. Ich könnte zu deinem Fenster kommen.*

*Wir sind nicht Romeo und Julia.*

*Wir könnten es sein.*

*Nein. Können wir nicht.*

*Du hast recht. Du bist keine 13 und ich bin kein selbstmörderischer Perverser.*

Ich unterdrücke ein Lachen. *Ich weiß ja nicht, aber zu sagen, du weißt, wo ich wohne, ist irgendwie pervers.*

Ich bin mir nicht sicher, was ich davon halten soll, dass Devlin ihm gesagt hat, wo ich wohne, oder dass Devlin überhaupt etwas über uns erzählt hat. In den wenigen Tagen, die wir gebraucht haben, um uns einzuleben, haben sie sich nicht die Mühe gemacht, vorbeizukommen und uns in der Nachbarschaft willkommen zu heißen, aber anscheinend hat Devlin gewusst, dass wir die ganze Zeit dort gewesen sind.

Colt schiebt mir das Papier zurück.

*Nicht pervers, nur eine Tatsache. Wie wäre es also um etwa 10? Ich kann mit Kieselsteinen werfen.*

Ich schüttle den Kopf und kritzle ein paar Zeilen zurück. *Wenn du nicht sterben willst, schlage ich vor, dass du meine Fenster in Ruhe lässt. Ich habe vier sehr große, sehr beschützende Brüder. Und ein Vater, der in der Mafia sein könnte oder nicht.*

Ich überlege, die letzte Zeile wegzulassen, aber es schadet nie, wenn diese Frage im Hinterkopf der anderen bleibt. Wir sind Italiener, also stellen ignorante Leute diese Frage sowieso gerne. Könnte sie genauso gut beantworten, bevor sie fragen. Das Gerücht bietet eine Schicht des Schutzes, des Respekts und der Angst. Wir akzeptieren diese Gerüchte, die wir weder bestätigen noch dementieren. Es ist Teil des Dolce-Images, Teil unseres Mysteriums.

Colt schiebt das Papier zurück, seine lässige Antwort nimmt drei oder vier Zeilen auf dem Notizbuchpapier ein.

*Ich habe keine Angst.*

# Mobbe mich

Das beantworte ich nicht, weil mir zu viele Gedanken durch den Kopf gehen. Er sollte Angst haben. Meine Brüder machen keine Witze, wenn es um Jungs geht, die mit mir rummachen. Auch wenn es mir nicht um das Wohlergehen der Jungs geht, ich möchte nicht etwas Kompliziertes starten. Ich habe viel zu büßen und wenn ich jemand Neues sein will, jemand Besseres, dann darf ich nicht so anfangen. Das ist sowieso keine Option, also schiebe ich den Gedanken beiseite.

Colt stupst meinen Ellbogen mit seinem an und schenkt mir einen Blick aus Hundeaugen, die eine schwächere Frau zum Schmelzen bringen würden. Okay, na gut, es bringt mich auch zum Schmelzen. Aber ich falle nicht darauf rein. Ich kann es nicht. Ich bin nicht hier, um mich zu verlieben.

Ich wende mich nach vorn und weigere mich, ihn noch einmal anzusehen. Erst am Ende des Unterrichts bemerke ich, dass niemand gekommen ist, um meinen Platz einzufordern. Entweder sitzt Colt normalerweise allein oder sein Wort ist unausgesprochenes Gesetz hier und die Person, die dort normalerweise sitzt, hat einfach akzeptiert, dass ich sie verdrängt habe.

Nach dem Unterricht schlüpfe ich aus dem Zimmer und husche den Flur hinunter, bevor ich etwas Dummes tun kann. Ich habe den halben Weg den Flur entlang geschafft, als ich einen Tumult höre. Es hört sich so an, als wäre ein Rudel Hunde in die Schule eingedrungen, aber als ich um die Ecke biege, sehe ich eine Gruppe von Schülern, die sich zusammengerottet haben, als würden sie sich einen Kampf ansehen. Aber sie bellen alle. Es könnte lustig sein, wenn die Geräusche nicht tief aus ihren Kehlen kommen würden, es klingt wie etwas Blutrünstiges und Primitives.

Ich zögere, bin ziemlich sicher, dass ich nicht wissen will, was passiert. Aber meine Füße tragen mich vorwärts und dann eile ich schon den Flur entlang, dränge mich durch die Menge, um zu sehen, was es damit auf sich hat. Ich schiebe mich an einem Darling-Cousin mit einer hysterisch kichernden Lacey am Arm vorbei und erreiche die Mitte des Kreises.

Mein erster Blick zeigt mir Devlin Darling, der mit dem Rücken an einem Schließfach dasteht und ein schluchzendes Mädchen im Nacken festhält. Alle drängen sich um sie herum und bellen wie ein Rudel tollwütiger Hunde. Das Mädchen zittert von ihren schrägen Schultern bis zu ihren blassen, dicken Oberschenkeln. Ihre Hände bedecken ihr Gesicht und ein Mopp aus roten, krausen Locken verdeckt, was ihre Hände nicht tun. Ein bisschen Haut ist oben auf ihrer Stirn zu sehen, leuchtend rot unter einer Schicht Sommersprossen.

Für eine Minute bewege ich mich nicht. Ich fühle dieses seltsame außerkörperliche Gefühl, wie ich es erlebt habe, als wir zum ersten Mal in Arkansas angekommen sind, und ich erkannt habe, dass es meine neue Realität ist. Jetzt habe ich das gleiche Gefühl, als könnte ich sehen, wie sich mein Leben spaltet. Da ist das Mädchen, das ich gewesen bin, und das Mädchen, das ich werde. Dies ist meine Chance, sich ihnen anzuschließen. Ich kann mich an den Arm eines Darling-Jungen hängen und lachen. Beste Freunde mit den alten Familien sein. Ich habe die richtigen Autos, die richtigen Taschen und Schuhe, das richtige Haus. Ich habe sogar die richtigen Brüder. Ich kann eine von ihnen sein. Eine Darling Doll.

# Selena

Ich weiß, wie es funktioniert. Ich kann um einen Platz in dieser neuen Welt kämpfen, einen Platz am besten Tisch, für den besten Parkplatz. Es wäre nicht schwer. Es würde ein bisschen Anpassung erfordern, aber alle würden zur Seite treten und mich mit den anderen alteingesessenen Familien ganz oben platzieren, so wie jemand seinen Platz klaglos geräumt hat, als ich dort gesessen habe. Ich könnte das tun. Es ist der einfache Weg, den ich so lange gegangen bin, dass ich nicht einmal gemerkt habe, was für ein Mensch ich geworden bin, bis es zu spät gewesen ist.

Jetzt habe ich die Chance, jemand anderes zu sein. Um für meine Sünden zu büßen. Zu sagen, es reicht. Das bin ich jetzt. Das ist Crystal Dolce 2.0., das ist das Mädchen, das ich in Arkansas bin, das Mädchen, das ich für diese Leute bin. Meine Brüder machen gerne Spektakel aus ihrem Auftritt, aber das habe ich heute nicht gewollt. Ich habe geplant, in dieser Schule meinen Kopf gesenkt halten, um Ärger zu vermeiden, und ruhig zu bleiben. Um jemand anderem das Rampenlicht zu überlassen.

Es ist grade mal mein erster Tag und ich weiß bereits, dass das nicht passieren wird. Weil  die Wahrheit ist, ich bin nicht für Unsichtbarkeit geschaffen. Ich bin nicht das süße Mädchen, und egal wie sehr ich es versuche, ich könnte es nie sein. Zu verschwinden ist für mich ebenso wenig selbstverständlich wie für meine Brüder. Unsichtbar zu sein, das ist nicht der Weg, wie ich meine Schuld wiedergutmachen werde, wie ich mich entschuldigen kann für die Person, die ich gewesen bin. Die Schlachten meiner Brüder zu kämpfen ist nicht der Weg. Das hier ist der Weg. *Dies* ist mein Moment.

Ich habe eine Chance gewollt, die Dinge ins Lot zu bringen. Ein Weg, um besser zu werden. Ich bin mir nicht sicher gewesen, wie ich das anstellen soll, aber jetzt weiß ich es. Ich muss eine Entscheidung treffen, eine Entscheidung, die alles ruinieren wird, was ich geplant habe, seit ich gehört habe, dass wir nach Arkansas ziehen. Wenn ich das tue, werde ich nicht das ruhige neue Mädchen sein, die Schwester des Königshauses. Und ich werde nicht die alte Crystal sein. Ich dachte, das wären meine beiden Möglichkeiten, aber ich habe damit falsch gelegen. Es gibt eine dritte Wahl. Meine Wahl.

Ich entscheide mich dafür, Wellen zu schlagen.

# Sechs

Ich trete aus der Menge hervor. Eine Welle der Macht steigt in mir auf. Es hat mich so nervös gemacht, hierherzukommen und einen neuen Versuch zu starten. Jetzt ist die Nervosität weg. Ich bin knallhart wie Stahl.

„Lass sie gehen", sage ich mit leiser, aber nicht zu leugnender Stimme.

Einen Moment lang bewegt sich Devlin nicht, spricht nicht. Er starrt mich an und ich erkenne die Überraschung, die Ungläubigkeit in seinem Blick. Ich nehme an, er ist es nicht gewohnt, dass die Leute ihm Kontra geben.

# Mobbe mich

„Oder was?", fragt er, erholt sich schnell von seiner Überraschung und fixiert mich mit einem überlegenen Lächeln.

„Es gibt kein *oder*", sage ich langsam. „Lass sie gehen."

Auf dem Boden zu unseren Füßen liegt ein Stirnband mit Katzenohren. Ich trete es beiseite und trete noch näher. Als ich nach unten schaue, merke ich, dass Devlin nicht ihren Hals festhält, sondern die Rückseite eines Hundehalsbandes, das sie trägt.

„Du hast keine Ahnung, was hier los ist", sagt er und seine blauen Augen fixieren meine. „Warum kümmerst du dich nicht um deine eigenen Angelegenheiten oder, noch besser, gehst zurück nach New York, wo du hingehörst."

Ich verschränke meine Arme und starre ihn an, in diese blauen Augen, die so klar sind, dass sie wie die Oberfläche eines zugefrorenen Sees im Januar aussehen. Devlins Augen versprechen geheime Gefahren, die genauso tödlich sind wie diese eisigen Tiefen.

Ich löse meinen Blick von seinem und gestikuliere zu dem zitternden Mädchen. „Jeder mit zwei Augen kann sehen, was hier vor sich geht. Lass sie gehen. Ich werde nicht noch mal fragen."

Devlins Lippen verziehen sich zu einem amüsierten Grinsen. „Ich fürchte, du wirst es tun müssen", schnurrt er mit dieser seidigen Stimme. „Weil das noch nicht vorbei ist. Es sei denn, du kniest stattdessen für mich nieder."

Sein Blick huscht über mich und sein Lächeln wird ein kleines bisschen breiter.

„Nur über meine Leiche."

„Runter mit dir, Neuling", sagt er und drückt das Halsband des Mädchens herunter.

Sie sinkt ungeschickt auf die Knie und alle fangen wieder an zu lachen und zu pfeifen und zu bellen. Für eine schreckliche Sekunde glaube ich, dass er sie dazu bringen wird, ihm direkt hier im Flur einen zu blasen.

Er hat meinen Bluff nicht geglaubt. Ich kann ihn nicht dazu bringen aufzuhören. Ich kenne diesen Kerl nicht. Ich habe nichts, um ihm die Stirn zu bieten, und keine Macht in dieser Schule. Also tue ich das Einzige, was mir einfällt – ihn abzulenken, damit sie entkommen kann. Ich trete näher und schubse ihn, so fest ich kann.

# Mobbe mich

Er fühlt sich unter meinen Handflächen wie eine Mauer an, aber ich erwische ihn so, dass er zur Seite stolpert. Seine Hand ist immer noch im Hundehalsband des Mädchens verfangen und sie fällt seitlich auf den Boden, bevor seine Finger freikommen. Ich steige über sie hinweg und schlage ihm direkt ins Gesicht. Mein Körper ist jetzt zwischen ihnen, mein Rücken zu ihr, und ich hoffe, sie hat den Verstand, um hier rauszukommen. Ich habe gerade die einzige Karte ausgespielt, die ich habe – der beste Freund der Verzweiflung: das Überraschungsmoment.

Es verschafft ihr nur ein paar Sekunden.

Devlins Hand schnellt hervor und packt mich an der Kehle und er drückt mich gegen die Schließfächer, bevor ich weg zucken kann. Mein Körper schlägt gegen das Metall, das Geräusch hallt durch den Flur. Seine Augen blitzen vor Wut auf und seine Finger verkrallen sich für den Bruchteil einer Sekunde um meinen Hals, bevor er seinen Griff lockert, der weniger schmerzhaft, aber genauso effektiv ist, um mich zurückzuhalten. Das ganze Adrenalin, das meinen Mut angefeuert hat, verwandelt sich in etwas anderes und ich zittere so stark, dass er es wahrscheinlich spüren kann.

„Geht dir einer ab, wenn du Leute so behandelst?", frage ich und spucke die Worte aus, während ich versuche, mich aus seinem Würgegriff zu befreien. „Du denkst, nur weil du ein schickes Auto fährst und einen großen Namen hast, bist du besser als alle anderen?"

Ein grausames Lächeln umspielt seine Lippen und er tritt näher, sein Körper ist nur ein Hauch von meinem entfernt, die Hitze wirbelt über mich wie blendender Nebel. „Das glaube ich nicht", sagt er mit dieser seidigen Stimme, seine Hand immer noch um meine Kehle gelegt, gerade so fest, dass sie sich wie eine Bedrohung anfühlt. Er hebt mein Kinn hoch, sein warmer Atem streichelt meine Lippen, als er spricht. „Ich weiß es."

Für eine Sekunde kann ich mich nicht bewegen, als ob das Eis seines kristallblauen Blicks mich festgefroren hätte, während ein Feuer unter meiner Haut lodert. Mein Körper ist ein reiner Widerspruch, Verwirrung schießt durch mich hindurch. Ich weiß nicht, ob ich mich unglaublich und süchtig machend stark oder erschreckend schwach fühle.

# Mobbe mich

Als ob das, was im Kern meines Wesens erwacht ist, eine zarte Knospe ist, eine zarte grüne Sprosse, die von einem sorglosen Stiefel zertrampelt werden könnte, oder ein feuerspeiender Drache, der mit seiner Wut die Erde zerstören könnte.

„Die hier", sagt er langsam mit erhobener Stimme, aber seine Augen sind immer noch auf meine gerichtet, „ist ab jetzt unser Hündchen, ein *Darling Dog*."

Die Menge wird still, dann fängt sie an zu flüstern. Bevor ich ihm ins Auge spucken kann, weil er mich einen Hund genannt hat, trifft eine Faust auf seinen Kopf, lässt ihn seitwärts taumeln und reißt mich aus seinem Griff. King packt Devlin an der Kehle, bevor er sich erholen kann. „Was zum Teufel machst du mit meiner Schwester?"

*Was zum Teufel, aber hallo.*

Während die Fäuste fliegen, drücke ich meinen Rücken an die Schließfächer, presse meine brennenden Handflächen auf das kühle Metall, während das Herz in meiner Brust pocht. Ich schließe die Augen und atme. Dass einer meiner Brüder aufgetaucht ist, erschreckt mich nicht. In den Tiefen meines Verstandes habe ich es wahrscheinlich sogar erwartet. Darauf gewartet, dass sie in meiner Nähe auftauchen, wie sie es immer tun.

Als ich die Augen öffne, sind King und Devlin beide auf den Beinen. King ist größer und stärker, aber Devlin ist schneller auf den Beinen und tanzt wie ein Boxer, während er einen Schlag austeilt. Er knallt gegen Kings Kiefer und der stolpert rückwärts. Royal stürzt aus der Menge und attackiert Devlin. Sie knallen gegen King und die drei gehen zusammen unter. Der dritte Darling-Boy, den ich noch nicht kenne, taucht ins Getümmel.

Ich weiche dem Kampf aus, nur um Colt Darling zu begegnen. Er grinst mich schief an und sagt gedehnt: „Jetzt schau, was du getan hast, Crystal Sweet."

„Ich?"

„Ungezogenes Mädchen", sagt er. „Ich mag das."

„Solltest du nicht deinen Cousins helfen?", frage ich. „Ich will deine Familie ja nicht beleidigen, aber ich bin mir ziemlich sicher, dass meine Brüder ihnen gerade in den Arsch treten."

„Ich bin ein Liebhaber, kein Kämpfer", sagt er und streicht sich das glänzende Haar aus der Stirn.

## Mobbe mich

In der Menge entdecke ich einen Schopf roter Haare, aus den Locken ragen schwarze Ohren hervor. Ich kann nicht glauben, dass das Mädchen sich nicht gerade schluchzend in einer Toilette eingesperrt hat. „Ich muss gehen", sage ich und lasse Colt stehen.

„Lauf noch nicht weg", sagt er. „Wir prügeln uns immer noch."

„*Wir* tun nichts", sage ich. „Und ich muss meine Freundin finden."

„Ich bin dein Freund", sagt Colt, legt eine Hand auf sein Herz und macht Hundeaugen.

„Nicht nach dem hier", sage ich und beobachte, wie sich die Zwillinge ihren Weg durch die Menge kämpfen und sich dem Kampf anschließen. Die Darlings tun mir ein bisschen leid, und ich bleibe definitiv nicht dabei, um mir die Schlägerei anzuschauen.

Ich versuche, um Colt herumzugehen, aber er tritt wieder vor mich. „Wer ist deine Freundin?", fragt er, verschränkt die Arme vor der Brust und kneift die Augen zusammen.

„Sie", sage ich genervt und zeige auf den Rotschopf.

„Dixie?"

„Ja." Ich bahne mir einen Weg zu dem Rotschopf und lasse Colt zurück.

„Was zum Teufel machst du hier?", frage ich und packe Dixie am Ellbogen.

Sie dreht sich zu mir um, ihre Augen sind groß wie Untertassen. „Was?"

„Ich habe mich um eine Ablenkung gekümmert und du stehst nur hier rum und schaust zu?"

„Das hast du gemacht?"

„Es hat funktioniert, oder etwa nicht?", frage ich und ziehe sie von der Menge weg und den Flur entlang, wo ein paar Lehrer angerannt kommen.

„Du hast eine Schlägerei angefangen?", fragt Dixie immer noch durcheinander. „Absichtlich?"

Die Antwort, die mir automatisch über die Lippen kommt, ist ein kühles Grinsen und ein gleichgültiges Schulterzucken.

Aber dann erinnere ich mich daran, dass ich versuche, mein Oberzickenkostüm abzulegen, also gebe ich stattdessen die Wahrheit zu. „Nicht wirklich. Ich habe nur versucht, sie dazu zu bringen, dich in Ruhe zu lassen."

Dixie hält kurz an. „Warum würdest du das tun?"

Ich suche nach einer Ausrede, aber es kommt nichts. „Sagen wir einfach, ich war nicht immer ein sehr netter Mensch. Vielleicht wollte ich das irgendwie wiedergutmachen."

„Und das schaffst du, indem du meine Freundin wirst?", fragt sie und unzählige Emotionen stehen ihr ins Gesicht geschrieben. Sie ist hoffnungsvoll, verängstigt und schrecklich, verzweifelt transparent. Dieses arme Mädchen weiß offensichtlich nicht, wie dieses Spiel gespielt wird. Denn das ist alles, was das Leben ist – ein Spiel. Manche Leute bekommen zwar bessere Karten, aber wir sind alle Spieler auf demselben riesigen Schachbrett. Oder Footballplatz oder was auch immer du nehmen möchtest. Sogar die Spieler, welche die besten Karten ausgeteilt bekommen, können mit einem schlecht geplanten Zug alles verlieren und nichts mehr besitzen.

Ich weiß nicht, welche Karten dieses Mädchen gehabt hat oder welche Karten sie jetzt in der Hand hält, aber ich weiß, dass sie Hilfe braucht, um es herauszufinden. Und ich werde diejenige sein, die ihr hilft.

„Ich sag dir was", sage ich. „Ich bin neu hier, aber du nicht. Ich könnte etwas Hilfe gebrauchen, um alles zu lernen. Wie wäre es also, wenn wir einen Deal machen?"

Dixies Augen weiten sich. „Du bestichst mich, damit ich deine Freundin werde?"

„Wie lange gehst du hier schon zur Schule?"

„D-Das ist mein erstes Jahr", stottert sie.

Ich erinnere mich, dass Devlin sie Neuling genannt hat, und mir wird klar, dass sie in die Unterstufe geht. „Wie lange lebst du schon in dieser Stadt?"

„Mein ganzes Leben lang", sagt sie. Sie hat eine weiche, gehauchte Stimme mit einem süßen Akzent wie die Darlings. „Ich bin eigentlich die Stiefnichte des Bürgermeisters, deshalb komme ich hierher. Nicht dass er mich anerkennen würde. Ich meine, während der Feiertage und so bringen mich meine Eltern für ein Kaffeekränzchen dahin, aber ansonsten tun sie so, als würden sie mich nicht kennen. Als wir sie das letzte Mal besuchten, sagte seine Frau meinen Eltern, sie sollen mich nicht so ungepflegt rumlaufen lassen. Aber ich denke, in Wahrheit liegt es daran, dass ich fett bin."

„Nun, ich könnte eine Freundin gebrauchen", sage ich und beschließe, ihre Worte bei Gelegenheit und in Ruhe zu verarbeiten. „Und nach dem, was ich gerade gesehen habe, könntest du das auch. Warum hat sich niemand für dich eingesetzt?"

„Ich bin neu hier", sagt sie. „Ich meine, alle aus der Unterstufe sind das natürlich. Aber sie gingen alle zusammen auf eine Privatschule und kamen dann fürs Gymnasium hierher. Ich ging bis dieses Jahr auf die öffentliche Schule. Ich habe nicht wirklich ... ich meine, ich habe nicht wirklich Freunde."

Sie ist ungefähr so rot wie vorher, als Darling sie auf die Knie gezwungen hat. Es tut mir leid, nach ihren Freunden zu fragen, da ich sie offensichtlich in Verlegenheit gebracht habe.

„Du hast jetzt eine Freundin", sage ich. „Triff mich zum Mittagessen im Speisesaal." So wie die Dinge heute laufen, bin ich mir jedoch nicht sicher, ob alle Dolces es bis zum Mittagessen schaffen werden.

Selena

# Sieben

*Ich habe es getan. Etwas Besseres. Oder ich habe es zumindest versucht. Aber was passiert, wenn deine gute Tat dazu führt, dass Menschen verletzt werden? Wie sagt man so schön: Der Weg in die Hölle ist mit guten Absichten gepflastert. Ich weiß viel über den Weg zur Hölle – mit grausamen Absichten. Hoffen wir, dass mich diese gute Tat nicht in eine Hölle bringt, in die ich mich selbst gebracht habe. Denn warum gerade jetzt? Es fühlt sich weniger wie eine gute Tat an, sondern eher wie sozialer Selbstmord.*

Ich schaffe es bis zur Hälfte der nächsten Stunde, bevor mich der Schulleiter zu sich ruft, damit ich ihm meine Version des Streites erzählen kann. Ich war nicht involviert, also können sie mir nichts tun. Ich täusche Unwissenheit vor und sage, es sei alles ein Missverständnis. Als sie mich gehen lassen, durchsuche ich das Büro nach Spuren meiner Brüder oder der Darlings, aber nichts gibt mir einen Hinweis.

Beim Mittagessen eile ich über die offene Fläche des Hofs und suche nach meinen Brüdern. Aber ich sehe nur Fremde, die Frisbee über den Rasen werfen, ein paar, die mit Fahrrädern eine breite Treppe hoch und runter springen und noch mehr, die herumlaufen, sich mit ihren Freunden unterhalten oder auf dem Rand des Brunnens sitzen. Ich erreiche den Speisesaal, ein modernes, eckiges Gebäude, das von außen ganz aus Stahl und Glas besteht. Das Innere besteht aus freistehenden Balken, Bambus und keinen Dolce-Jungs.

Sicherlich sprechen sie noch mit dem Schulleiter. Es sei denn …

Mein Herz hämmert in der Brust. Ich sage Royal immer, dass er es ruhig angehen soll, dass er sich eines Tages mit der falschen Person anlegen wird, die Anklage erheben wird. Oder dass er sich selbst oder jemand anderen ernsthaft verletzen wird. Vielleicht tut er es sogar eher mehr aus Versehen, als nur jemandem wehtun zu wollen.

Ich schlucke meine wachsende Panik hinunter, zücke mein Handy und schicke eine kurze SMS.

Als ich hochschaue, sehe ich den dritten Darling-Jungen, mit dem ich noch nicht gesprochen habe. Ich stürme zu seinem Tisch. Ein paar Kinder kichern und bellen mich an, aber ich ignoriere sie. Der Darling redet und lacht, als wäre nichts passiert, obwohl sich auf seinem gemeißelten Wangenknochen ein dunkler Bluterguss bildet und ein Auge halb zugeschwollen ist.

Ich schlage mit der Handfläche auf den runden Tisch. Die dort sitzende Gruppe verstummt, schaut mich an, bevor sie sich erwartungsvoll an den Darling wenden.

„Wo sind meine Brüder?", frage ich.

Der Tisch ist voll, etwa zehn Leute sitzen neben ihm, eine Mischung aus sportlich aussehenden Jungs und hübschen Mädchen. *Darling Dolls*, hat Lacey sie genannt, wenn ich mich recht erinnere. Aber ich lasse mich von meiner Neugier nicht ablenken. Ich halte den Blick auf den Darling-Jungen gerichtet.

# Mobbe mich

Er grinst und lehnt sich vom Tisch zurück, lümmelt auf seinem Sitzplatz, mit einem Arm über der Stuhllehne baumelnd. Es ist eine Pose, die es fast unmöglich macht, nicht auf seinen Schritt zu starren.

„Hey, da ist die neue Hündin", sagt er. „Sweetie, nicht wahr? Das ist ein guter Name für eine Hündin."

Seine Freunde kichern, aber ich behalte denjenigen im Auge, der gesprochen hat. Ich möchte in Willow Heights nicht gefürchtet, beneidet oder gehasst werden. Ich möchte nur ruhig respektiert werden. Das ist genug für mich.

Offenbar haben diese Jungs andere Pläne.

Wenn sie es mir nicht erlauben, muss ich ihr Spiel spielen. Und ich habe vor zu gewinnen. „Mein Name ist Dolce", sage ich, meine Stimme so brüchig wie mein Vorname. „Das solltest du dir merken."

„Ich bin Preston", sagt er, ohne einen Augenblick zu zögern. „Das solltest du dir auch merken, damit du ihn schreien kannst, während du kommst."

Ich bin diejenige, die einen Augenblick zögert. Ich habe vielleicht in Manhattan die Show geleitet, aber ich habe ein Team gehabt, das mich unterstützt hat. Hier ziehe ich die Stränge nicht mehr. Und Preston weiß das. Das Funkeln boshaften Triumphs in seinen Augen verrät es.

Er beugt sich ein wenig vor, seine Augen brennen sich in meine. „Wenn du einen Sitzplatz suchst, habe ich einen für dich."

Er fährt mit einem Finger langsam über seine Hose und meine Augen folgen ihm in einer Art trance-ähnlichen Faszination. Mein Herz zittert in meiner Brust, als sein Finger stoppt. Ich schlucke und starre auf die leichte Wölbung, die ich unter der dunkelblauen Hose ausmachen kann.

Er beugt sich drei Zentimeter nach vorn, senkt seine Stimme zu einem verschwörerischen Gemurmel und sagt: „Direkt auf meinem Prügel."

Ich spüre, wie mir die Hitze im Nacken hochsteigt, während ich nach einem Konter suche. Klar, es gibt Arschlöcher in Manhattan. Aber an unserer Schule? Jeder Typ hätte sich die Augäpfel eher selbst rausgehackt, bevor er so mit mir sprechen würde. Er würde wissen, dass ich tabu bin und dass meine Brüder ihn ermorden würden, weil er sich mit mir angelegt hat.

# Mobbe mich

Plötzlich merke ich, wie falsch meine Brüder gelegen haben. Sogar Papa. Willow Heights ist kein trauriges kleines Drecksloch. Faulkner ist keine erbärmliche Kleinstadt. Es ist ein Ort, an dem mein Name keine Macht hat, wo meine Familie nicht besser ist als alle anderen. Es ist ein Ort, an dem ich keinen Schutz habe. Wo ich verwundbar bin.

Was auch immer ich zu Preston sage, wird nicht helfen. Es wird es wahrscheinlich nur noch schlimmer machen. Ich werde die hysterische Psychopathin sein, die im Café den Verstand verloren hat, die Tussi, die keinen Witz wegstecken kann. Ich weigere mich, auf sein Niveau zu sinken. Wir Dolces haben mehr Klasse an einem Fingernagel als dieses Arschloch in seiner ganzen Familie. Also richte ich mich einfach auf, drehe mich um und gehe mit erhobenem Kopf und der Würde, die mir noch geblieben ist, davon. Hinter mir höre ich Gelächter und Leute, die Preston auf den Rücken klopfen und voller Ausgelassenheit auf den Tisch trommeln.

„Komm schon, Baby", ruft Preston mir nach. „Ich habe gehört, dass Citygirls alle Bewegungen drauf haben. Hüpf drauf wie ein Profi."

# Selena

Ich merke, dass die Cafeteria verstummt ist, dass alle dem Austausch lauschen. Warten.

Erst als ich auf halbem Weg zur Tür bin, wird mir klar, worauf sie warten. Aus dem Augenwinkel sehe ich, wie sich Kinder mit den Ellenbogen anstoßen und eine Nachricht übermitteln, die Preston mit einem Signal hinter meinem Rücken gesendet haben muss. An jedem Tisch, an dem ich vorbeikomme, bellen mich alle an, die dort sitzen. Es ist kein dummes kleines Geräusch. Es ist dieses wilde, gefährliche Geräusch tief in ihren Kehlen, wie Rottweiler in der Defensive.

Meine Knie zittern, als ich die Tür erreiche. Alles, was ich tun möchte, ist, ins nächste Badezimmer zu rennen, mich darin einzuschließen und die Flut von Tränen herauszulassen, die hinter meinen Augen drohen zu entkommen.

Aber dann erinnere ich mich daran, dass ich Dixie gesagt habe, dass ich sie zum Mittagessen treffen würde. Ich halte inne und atme tief ein, balle meine Hände zu Fäusten. Ich kann weglaufen und meinen Brüdern wie ein Baby sagen, dass jemand gemein zu mir war, oder ich kann ein großes Mädchen sein und ihm trotzen. Ich gehe nicht zurück, um eine Szene zu machen, ihm zu sagen, was für ein Stück Scheiße er ist. Aber ich werde auch nicht weglaufen. Denn wenn ich jetzt renne, werde ich nie aufhören, vor ihnen wegzulaufen. Sie werden mich immer tiefer in die Hölle ziehen, die ganze Zeit lachen und sie werden nicht aufhören, bis ich sie dazu bringe.

Also bringe ich sie jetzt dazu.

Ich drehe mich an der Tür um. Ich richte mich auf, schlucke meinen Stolz herunter und lasse meinen Blick über den Speisesaal schweifen, bis ich Dixie an einem Tisch in der Ecke sitzen sehe. Sie winkt mir zu. Ein breites Grinsen breitet sich über ihrem Gesicht aus, als ich sie sehe, und sie winkt mich hektisch herüber. Ich zwinge meine Augen, nicht zum Darlingtisch zurückzukehren, ihn nicht anzuflehen, die Schule zum Aufhören zu bringen, und gehe auf sie zu. Ich lasse meinen Gang gleichmäßig, beeile mich nicht, laufe aber nicht zu langsam, um ihnen keine zusätzliche Sekunde zu geben, um mich anzubellen.

# Selena

Sie alle beobachten mich und warten darauf, was ich tue. Ich werde ihnen nicht die Genugtuung einer Show geben. Ich rutsche neben Dixie und atme langsam aus.

„Harte Schule", sage ich und achte auch auf meine Worte. Ich kenne dieses Mädchen nicht. Ja, sie trägt ihr Herz auf der Zunge, aber soweit ich weiß, könnte sie eine Darling sein.

Sie packt meinen Arm und senkt ihre Stimme, ihre Augen leuchten vor Aufregung. „Hast du gerade mit Preston Darling gesprochen?"

„Ja", sage ich und löse meinen Arm aus ihrem Griff. „Was ist mit ihm?"

„Er ist *Preston Darling*", quietscht sie, als würde sie über Harry Styles oder Brody Villines sprechen anstatt über einen High-School-Jungen im Nirgendwo in Arkansas.

„Okay", sage ich langsam. „Du musst wirklich aufhören, das so zu sagen. Hast du vergessen, was sein Cousin dir heute Morgen angetan hat?"

„Nein", sagt sie und berührt ihr Stirnband. Als ich es noch einmal anschaue, sehe ich, dass es ein Paar Hundeohren sind. Zusammen mit dem Hundehalsband macht es sie zu einem leichten Ziel. „Was hat er zu dir gesagt?"

„Nichts." Ich bewege meine Augen zu dem albernen Stirnband. „Warum trägst du das?"

„Ich muss", sagt sie mit einem Anflug von Trotz in ihrer Stimme.

„Warum?"

„Weil sie es mir gesagt haben", sagt sie mit großen Augen.

„Warte eine Sekunde", sage ich und hebe eine Hand hoch. Das kommt mir ein wenig zu bekannt vor und mir wird übel. Gerade als ich denke, dass ich alles begriffen habe, kommt etwas, das meine Wahrnehmung dieses Ortes auf den Kopf stellt. „Die Darlings sagen dir, was du anziehen sollst? Warum? Bist du mit ihnen verwandt?"

„O Gott, nein." Sie kaut an einem Nagel, schrumpft in ihrem Sitz zusammen und beäugt mich nervös.

„Warum?", frage ich noch einmal, meine Augen werden schmal.

„Ich muss gehorsam sein", sagt sie. „Ich bin die diesjährige *Darling Dog*. Oder ... das war ich. Ich denke, jetzt bist du es. Es gibt immer nur eine." Sie duckt sich, als erwartete sie, dass ich sauer bin, weil ich versehentlich Wellen geschlagen habe und deshalb ihren Platz als Opfer der Darlings eingenommen habe.

Ich erinnere mich, dass Devlin der Menge erzählt hat, dass ich eine *Darling Dog* sei, und mein Magen verdreht sich. Wenn sie denken, sie würden mir sagen, was ich anziehen soll, dann kommt aber was auf sie zu. Aber den Rest kann ich nicht aufhalten. Das Bellen. Die groben Sticheleien.

Das Mobbing.

Die Ironie ist mir nicht entgangen. Als ich gesagt habe, dass ich für meine Sünden büßen würde, habe ich nicht gedacht, dass ich so weit gehen müsste. Ich habe gedacht, ich könnte von vorn anfangen, jemand Besseres sein. Ich habe gedacht, ich könnte für jemanden eintreten, anstatt an seinem Untergang teilzuhaben. Aber plötzlich weiß ich, dass dies der einzige Weg ist, wirklich für meine Sünden zu bezahlen. Ich muss sehen, wie es auf der anderen Seite ist. Sehen, wie es sich anfühlt, vom Thron gestürzt zu werden und von unten hochzuschauen.

## Mobbe mich

Aber ich werde es ihnen nicht leicht machen. Ich mag vielleicht gezwungen werden, zu knien, aber ich werde es nicht freiwillig tun. Ich werde ihr Halsband nicht tragen oder mich vor ihre Füße werfen. Ich werde sie auf Schritt und Tritt bekämpfen. Denn egal, wie weit sie mich ihrem Willen beugen, ich werde nie zerbrechen.

# Acht

*Es hat sich herausgestellt, dass es nicht so einfach ist, an eine neue Schule zu kommen und diese wie Könige zu übernehmen. Es stellt sich heraus, dass sogar kleine Städte Könige haben. Und diese Könige wollen nicht abdanken und ihren Thron aufgeben.*

„Was ist passiert?", frage ich und rutsche am Nachmittag auf den Vordersitz des Range Rovers. „Wo wart ihr beim Mittagessen?"

„Dieses Arschloch hat versucht, uns zu suspendieren", sagt King und legt den Gang ein. „Anschnallen."

Ich gehorche, bevor ich mich an meinen Bruder wende. „Warte, bist du tatsächlich in Schwierigkeiten geraten?"

# Mobbe mich

Meine Brüder geraten nie in Schwierigkeiten. Natürlich prügeln sie sich normalerweise nicht mitten auf dem Flur, aber es war eine gute Gelegenheit, Dominanz an ihrem ersten Tag zu zeigen. Trotzdem geraten wir nie in Schwierigkeiten. Schulbeamte schauen in die andere Richtung für Leuten wie uns.

Oder sie haben es in Manhattan getan.

„Wir haben uns den Rest des Tages freigenommen", sagt King. „Papa ging hin, um sich darum zu kümmern. Wir kommen morgen wieder."

„Oh", sage ich erleichtert. Immerhin habe ich Dixie beim Mittagessen gehabt. Ja, sie ist ein totales Darling-Fangirl, aber zumindest habe ich jemanden gehabt. Auch wenn sie jemand ist, der für mich ein Super-Nerd ist und ein echtes Notizbuch für mich herausgeholt und mich dazu gebracht hat, mit ihr über „Die Regeln der Freundschaft" nachzudenken, ist sie supernett. Ich habe sie als Freundin ausgesucht und ich halte mich daran, Regeln und alles.

„Wie war es?", fragt King und biegt vom Parkplatz ab.

Ich öffne meinen Mund, um ihm alles zu sagen, aber dann schließe ich ihn. Ich will keinen weiteren Streit

91

anfangen und meine Brüder in Schwierigkeiten bringen, bevor die Schule Zeit hat zu erkennen, dass wir genauso unantastbar sind wie die Darlings. Und ich will nicht mittendrin sein von dem, was meine Brüder mit ihnen machen. Das ist etwas anderes als das, was mir heute passiert ist. Der Staub wird sich früh genug legen, und wenn ich den Darlings nicht die Genugtuung gebe, zu reagieren, werden sie sich vielleicht langweilen und weiterziehen. Ein anderes neues Mädchen wird kommen und ich werde langweilig werden.

Ein komisches kleines Gefühl regt sich bei dem Gedanken in mir. Ich schiebe ihn weg. Ich habe geschworen, diesmal gut zu sein. Ich habe das Rampenlicht gehabt. Ich brauche es nicht mehr.

„Vielleicht hat Papa nicht genug gespendet", sage ich zu King.

King grinst. „Das hat er heute getan."

„Gut", sage ich, aber Unsicherheit flattert von innen gegen meine Rippen. Vielleicht ist es keine so gute Idee, sich gegen die Darlings zu wehren. Vielleicht sollten wir uns ihnen anschließen, anstatt sie zu bekämpfen. Ich weiß es besser, als King das vorzuschlagen. Meine Brüder haben es sich zum Ziel gesetzt, diese Stadt zu regieren, und jetzt gibt es kein Halten mehr. Wenn die Darlings anders reagiert hätten, wenn sie auch nur ein bisschen gastfreundlich gewesen wären, hätten meine Brüder vielleicht ihre Reihen genug geöffnet, um sie hereinzulassen. Sie hätten die Darlings vielleicht für würdig gehalten. Aber jetzt ist es zu spät.

King tätschelt mein Knie, als wir zu unserem Haus fahren. „Ich hoffe, du bist bereit", sagt er. „Morgen gehen wir Fäuste schwingend rein."

*

Am nächsten Tag dürfen meine Brüder wieder in die Schule. Ich habe es aufgegeben, jemand zu sein, der ich nicht bin, und die Angst, die ich am Tag zuvor gehabt hatte, ist weg. Ich bin kein unsichtbares Mauerblümchen und ich könnte es auch nicht sein, wenn ich es versuchen würde. Jetzt, da ich die Aufmerksamkeit von Willow Heights habe, muss ich sie nur noch in etwas Positives umwandeln, sie nutzen, um Gutes zu tun und Menschen zu helfen.

Wir verlassen das Haus früh, was bei uns nicht oft der Fall ist. Eine unterschwellige Anspannung im Auto macht mich nervös, aber meine Brüder versichern mir, dass alles in Ordnung ist. Als wir nach Willow Heights fahren, schwenkt King den Rover auf den ersten Parkplatz, den in der Nähe des Gehwegs.

„Was tust du da?", frage ich langsam.

„Wir nehmen, was uns gehört", sagt King und stellt den Motor ab.

„Und du hättest mir das nicht sagen können?", frage ich und klettere heraus. „Devlin wird den Verstand verlieren."

„Ich hoffe doch", sagt Duke und legt einen Arm über meine Schulter. „Ich kann es kaum erwarten, den Gesichtsausdruck dieses Arschlochs zu sehen, wenn er merkt, dass wir ihm zuvorgekommen sind."

„Als Nächstes nehmen wir ihre Plätze in der Footballmannschaft ein", sagt King.

# Mobbe mich

Ich rolle mit den Augen. „Ihr werdet nicht aufgeben, oder?"

„Verdammt, niemals", sagt Baron und hält eine Hand hoch, damit Duke dagegen klatschen kann.

„Wir setzen unseren Standpunkt durch", sagt King. „Wenn sie sich zurückziehen und erkennen, dass wir hierbleiben, dass uns diese Schule jetzt gehört, werden wir kein Problem mit ihnen haben. Aber zuerst müssen sie akzeptieren, dass es in dieser Stadt eine neue Königsfamilie gibt."

„Und wenn sie dich jemals wieder berühren, werde ich sie verdammt noch mal töten", knurrt Royal hinter mir.

Ich wende mich zu ihm und wie immer beruhigt er meine Gedanken. Dieser verrückte Plan, dieser verrückte Streich scheint nicht allzu verrückt zu sein, wenn er mit an Bord ist. Sein dunkler Blick hält meinen fest und erdet mich. Royal drückt eine Sekunde lang meine Hand, bevor sich seine Augen auf etwas hinter mir konzentrieren. Ich höre das Dröhnen eines Motors, bevor ich überhaupt hinschaue, und weiß, dass die Darlings angekommen sind.

# Selena

Der Bel Air kommt so plötzlich zum Stehen, dass ein Kreischen der Bremsen ertönt und weißer Rauch von den Reifen aufsteigt.

Devlin springt aus dem Auto und steht in zwei Sekunden direkt vor unseren Gesichtern, die Tür hängt offen und der Motor läuft noch.

„Was zum Teufel wird das hier?", verlangt er Auskunft und sieht den Rover an, als wäre es ein Schrottauto. Ich weiß jedoch, dass es nicht das Auto ist, gegen das er Einwände hat. Wir sind es. Unser neureiches Geld. Unsere Macht. Unser Anspruch auf einen Thron, den er einst bestiegen hat. Ein Thron, von dem er gedacht hat, er würde ihn wegen seines Namens für immer besitzen.

„Das ist unser Parkplatz", sagt King ruhig.

Devlin ist nicht ruhig. Er packt King und ich weiche zur Seite, bereit für eine weitere Schlägerei. Diese Arkansas-Kinder haben erhitzte Gemüter. Royal kämpft gerne mehr, als es gesund ist, aber er verliert nicht die Beherrschung. Wir wissen, wie man mit Scheiße umgeht, ohne uns davon aus der Fassung bringen zu lassen. Die Darlings? Sie versuchen es nicht einmal.

# Mobbe mich

Sie schlagen zuerst zu, stellen nie Fragen.

Devlins Faust trifft auf Kings Kiefer, bevor er zurückspringt und wie ein Boxer auf seinen Zehen tanzt. „Es gibt noch mehr davon, wo das herkam", knurrt Devlin. „Steig zurück in dein Auto und park dort, wo du gestern warst, dort drüben mit dem Abschaum. Da gehört deine Familie hin."

King spuckt Devlin Blut vor die Füße. „Sprich mit deiner Schulverwaltung. Sie wissen, dass wir hierhergehören. Und bald wirst du es auch wissen."

Ein Dutzend oder so Kinder haben sich versammelt, um die Situation zu beobachten. Preston hüpft aus dem Bel Air, um seinen Cousin zu unterstützen, und sogar Colt steigt aus. Die Spitzen seiner Cowboystiefel schauen unter dem Saum seiner Hose hervor und ich kann nicht anders, als mich zu fragen, ob er heute Morgen an mich gedacht hat. Der Gedanke lässt eine kleine Welle durch mich gehen. Ich habe gedacht, sie würden kitschig aussehen, aber irgendwie wirken sie gut an ihm. Er grinst, als er mich dabei erwischt, wie ich ihn begutachte, und ich lenke meine Aufmerksamkeit von ihm weg.

# Selena

Ein riesiger zuckerrosa Truck hüpft über den Bordstein und rast auf den Parkplatz und fährt auf den Parkplatz neben unserem. Ich starre die Kaugummi-Monstrosität an, aber niemand sonst scheint überrascht von dem Fahrzeug oder der Cartoon-Figur, die daraus stolpert. Sie hält sich kaum auf den Beinen und greift nach ihrer Ladefläche, um sich auf ihren 15 cm hohen Absätzen abzustützen. Ihr pinkfarbener Lederrock bedeckt kaum ihren Arsch und ihre riesigen Brüste drücken sich gegen ein weißes Hemd mit Knöpfen.

„Tut mir leid, ihr alle", sagt sie mit einem gehauchten, süßen Südstaatenakzent. „Habe ich etwas unterbrochen?" Sie schüttelt sanfte platinblonde Locken aus ihrem Gesicht und sieht uns an.

„Nein", schnappt Devlin, bevor er sich umdreht und in das Gebäude stürmt.

Redneck Barbie wirft uns einen verletzten Blick zu, schreitet dann an uns vorbei und ruft Devlin nach. Preston steigt in den Bel Air und fährt weg, um woanders zu parken, und die Menge beginnt sich zu zerstreuen. Irgendwie glaube ich aber, dass das noch nicht vorbei ist.

# Mobbe mich

„Das ist Dolly." Das verschwörerische Gemurmel kitzelt mein Ohr. Ich schaue hoch und sehe Colt hinter mir. Er nickt der sich zurückziehenden Gestalt des Barbie-Mädchens zu und wirft mir dieses träge Grinsen zu. „Sie hat ein Faible für Devlin, falls du es nicht bemerkt hast."

Ich lehne mich von Colt weg, aber Kings Gesichtsausdruck nach zu urteilen, hat er gesehen, wie Colts Finger über meine Taille gestrichen sind. Ich sehe den freundlichen Darling-Cousin finster an. Es wäre nicht fair, diesen Kerl denken zu lassen, dass wir Freunde sind. Ich mache ihm das schnell und gründlich klar, denn es ist der einzige Weg.

„Ich dachte, ich wäre eine Hündin", sage ich. „Du stellst dich besser im Flur auf, damit du mich anbellen kannst, wenn ich reinkomme."

„Ach, sei mir nicht böse", sagt er. „So habe ich dich nicht genannt. Außerdem mag jeder Hunde. Sie sind höllisch süß."

„Warum redest du mit unserer Schwester?", fragt Duke, rutscht an meine Seite und ragt über mir auf, wie es meine Brüder immer tun.

# Selena

Ein Blick auf sie reicht aus, um die meisten Jungs nach Hause zurückzujagen, aber Colt grinst nur. „Als ich das letzte Mal nachgeschaut habe, war das hier ein freies Land", sagt er. „Ich denke, ich habe genauso viel Recht, mit einem hübschen Mädchen zu sprechen, wie jeder andere Kerl."

„Da hast du falsch gedacht", sagt Royal, tritt auf meine andere Seite und drängt Colt dabei aus dem Weg. „Nun, verzieh dich verdammt noch mal. Crystal steht nicht zur Verfügung."

„Verstanden", sagt Colt, hebt beide Hände und tritt zurück. „Wir sehen uns in der zweiten Stunde, Sugar Crystal."

Er zwinkert mir zu, bevor er sich umdreht und weg schlendert.

„Wer zum Teufel ist das?", fragt Royal und stellt sich vor mich. Wenn er nicht mein Bruder wäre, hätte ich Angst vor ihm. Mit seinen dick zusammengezogenen dunklen Brauen sieht er gefährlich aus, wie ein Hurrikan.

Ich zucke mit den Schultern, mein Herz hämmert, als die Worte von meinen Lippen kommen. „Niemand. Wir sind in einer Klasse. Das war's schon." Ich werde nicht behaupten, dass ich meine Brüder nie angelogen habe, aber es kommt nicht häufig vor. Aber aus irgendeinem Grund kann ich mich nicht dazu durchringen, die ganze Wahrheit zu sagen. Denn die Wahrheit ist, ich weiß nicht, ob es das ist oder nicht. Die Wahrheit ist, ich fühle mich vom Magnetismus der Darlings angezogen. Sie sind wie wir, aber nicht wie wir. Ich möchte wissen, wie andere Leute wie wir ihre Schule führen, was anders ist und was nicht. Ich möchte wissen, warum Colt so lässig furchtlos ist und warum Devlin so wütend ist.

„Nun, sag deinem Lehrer, dass du nicht mehr mit ihm arbeiten kannst", sagt King einfach. „Wir werden uns mit dieser Familie nicht anfreunden. Wir nehmen sie auseinander."

Ich habe nicht wirklich eine Wahl. Es ist nicht so, dass ich Colt Darling meiner eigenen Familie vorziehe. Meine Familie ist alles für mich. Sie mögen mich manchmal ersticken oder mich mehr kontrollieren, als mir lieb ist, aber sie sind Familie. Sie würden für mich sterben.

Colt kenne ich seit einem Tag.

# Selena

„Okay", sage ich und nicke. Colts Freundschaft zu verlieren ist kein hoher Preis dafür, eine Dolce zu sein. Loyalität ist alles für uns und das müssen wir zeigen. Leute sehen zu lassen, wie ich mit einem Darling-Jungen rede, wird ein schlechtes Licht auf uns werfen. Wir müssen eine gemeinsame Front bilden, um als eine Einheit aufzutreten. Schließlich hat die Dolce-Familie einen Ruf aufzubauen.

Trotzdem regt sich ein kleiner Schmerz in meiner Brust, als ich ohne eine Erklärung von Colt weggehe, ohne auch nur einen Blick zurückzuwerfen. Er flirtet nur. Er kümmert sich nicht um mich. Und ich kenne ihn kaum, also kann ich mich nicht um ihn sorgen. Aber der Gedanke, an diesem feindseligen Ort einen Freund zu verlieren, ist beunruhigend. Ganz zu schweigen davon, dass es vielleicht einmal in meinem Leben schön wäre, zuerst an mich selbst zu denken. Mir keine Sorgen machen zu müssen, wie es aussehen wird, ob meine Brüder zustimmen oder wie es sich auf unsere Familie auswirkt.

Ich verdränge die Gedanken und gehe zum Unterricht. Dieses Mal gehe ich mit meinen Brüdern. Niemand bellt mich an und ich hoffe wider besseres Wissen, dass es eine

## Mobbe mich

Einweihung am ersten Tag ist, die sie ganz vergessen werden, wenn alle von dem Kampf hören, der auf dem Parkplatz fast abgegangen wäre.

Und dann gehe ich in die erste Stunde und sehe Devlin Darling am Labortisch im hinteren Teil des Zimmers sitzen, dem mich Mr. Wagnall am Tag zuvor zugewiesen hat.

Scheiße, nein. Das passiert hier nicht gerade.

Ich wende mich an den Lehrer, einen älteren Mann mit kleiner runder Brille und einer Glatze mit Haarbüscheln, die ihm aus den und über die Ohren ragen und ihn wie eine Eule aussehen lassen. „Kann ich heute woanders sitzen?"

„Nehmen Sie Platz an Ihrem zugewiesenen Platz", brummt er gelangweilt.

„Also, wissen Sie, der Typ war gestern nicht hier", sage ich. „Und ich soll nicht bei ihm sitzen. Familienfehde. Kann ich einfach da drüben sitzen?" Ich gestikuliere auf einen leeren Tisch und schenke Herrn Wagnall mein bezauberndstes Lächeln.

„Netter Versuch, Miss Dolce", sagt er. „Aber wir haben zugewiesene Plätze. Bitte nehmen Sie Ihren ein."

„Sie werden von meinem Vater hören."

„Ich habe keine Zweifel daran", sagt er überhaupt nicht beeindruckt.

Der Raum füllt sich und ich will kein Spektakel machen, also beiße ich die Zähne zusammen und mache mich auf den Weg zu Devlin. Ich halte den Kopf hoch und den Blick nach vorn gerichtet, mein Gesicht ruhig. Ich praktiziere eine Technik, die ich in der Therapie gelernt habe, und stelle mich selbst von außen vor. Niemand kann erkennen, dass mein Herz rast und mein Magen sich vor Angst verkrampft, während ich auf das Bellen und die Beschimpfungen warte. Für alle anderen bin ich ein hübsches Mädchen mit makellos geglätteten Haaren, pflaumenfarbigem Lippenstift und einem eng anliegenden, konservativen Kleid mit Gürtel und passenden Pumps.

Alle beobachten mich. Still. Wartend. Ich bete, dass sie meine Knie nicht zittern sehen und Gott sei Dank, dass sie sich nicht bewegen. Ich komme an Devlins Tisch an, einer erhöhten Laborstation mit schwarzer Oberfläche. Devlin starrt mich an. „Willst du mich verarschen?", murmelt er vor sich hin. „Das ist der Sitzplatz, den du gewählt hast?"

„Du warst gestern nicht hier", sage ich und rutsche neben ihm auf den Hocker. „Ich wusste nicht, dass du hier sitzt. Und Mr. Wagnall sagt, wir haben zugewiesene Sitzplätze."

Devlin grinst. „Und du tust einfach, was dir alle sagen, wie eine gute Hündin?"

Ich verschränke die Arme vor meiner Brust und starre ihn böse an. „Ich habe es versucht. Er hat sich geweigert. Glaubst du wirklich, ich will bei *dir* sitzen?"

Ein überraschtes Aufflackern blitzt in seinen vernichtenden blauen Augen auf. Anscheinend ist er es nicht gewohnt, dass Mädchen nicht auf seine Arschlochnummer hereinfallen.

„Dann setz dich woanders hin", grummelt er.

Ich zucke mit den Achseln. „Das ist das Nachsitzen nicht wert. Aber ich habe gehört, dass deine Familie in dieser Stadt viel Einfluss hat. Warum zeigst du mir nicht, wie es geht?"

Devlins Augen verengen sich. Dann schiebt er sich vom hohen Tisch zurück. „Mr. Wagner? Ich brauche einen neuen Partner."

Mr. Wagnall seufzt und fährt sich mit der Hand über die Glatze, schließt für eine Sekunde die Augen, als würde er um Geduld beten.

„Einverstanden", sagt er. „Dollys Partner ist heute nicht da. Sie können mit ihr arbeiten."

Devlin verstummt, seine Hand um die Tischkante geballt. Er starrt Mr. Wagnall lange an, dann schüttelt er fast unmerklich den Kopf. „Vergessen Sie es."

Herr Wagnall seufzt und fängt an, von unseren Chemiehausaufgaben zu schwafeln.

„Wow", sage ich. „Was hat Redneck Barbie getan, um dich zu verärgern?"

„Nenn sie nicht so", schnappt Devlin.

Dass er sie verteidigt, überrascht mich zu sehr, um zu antworten. Dolly ist in ihrem Stuhl zusammengesunken, hat den Kopf gesenkt, ihre großen blonden Locken fallen nach vorn, um ihr Gesicht zu verbergen. Plötzlich fühle ich mich scheiße, weil ich irgendetwas über sie gesagt habe.

# Mobbe mich

Colt hat mir bereits gesagt, dass sie Devlin mag, obwohl das Gefühl definitiv nicht auf Gegenseitigkeit beruht. Da gibt es offensichtlich eine Geschichte, von der ich nichts weiß, also lasse ich das Thema fallen.

„Hey, wenigstens wollte er dich umsetzen", sage ich ablenkend.

Devlins Grinsen kehrt zurück und aus irgendeinem Grund steigt in mir ein Hochgefühl auf. Ich habe das getan. Ich habe seine Wut ausgeschaltet. „Du wirkst überrascht", sagt er mit gesenkten Augen, während er mich beobachtet.

„Nicht überrascht", sage ich. „Hat nur bestätigt, was ich schon vermutet habe."

„Und was ist das?"

„Dass der Süden ähnlich wie die Mafia funktioniert."

Diesmal zucken Devlins Lippen, als würde er ein Lachen zurückhalten. „Erzähl mir mehr."

Ich zucke mit den Achseln und ziehe die Geräte hervor, mit denen wir arbeiten sollen. „Die Familien haben das Sagen", sage ich. „Sie können tun und lassen, was sie

wollen. Es geht mehr um alte Familientreue als um
bodenlose Taschen."

Er beobachtet mich jetzt, seine Augen sind wachsam,
aber Neugierde scheint durch.

Ich werfe mein dunkles Haar zurück und schenke ihm
ein heiteres Lächeln. „Sag mir, dass ich falschliege."

„Deine Familie ist in der Mafia?", fragt er.

Aus irgendeinem Grund beruhigt mich diese Frage.
Ich bekomme diese Frage oft zu hören. Es ist schön zu
wissen, dass Devlin wie wir alle ein Mensch ist. Genau wie
ich.

Ich zucke mit den Achseln. „Wir haben Einfluss."

Er lächelt ein wenig, schüttelt den Kopf und zieht die
Versuchsanleitung vor sich. Für den Rest des Unterrichts
möchte ich ihm Fragen über seine Familie stellen, um
herauszufinden, was er von dem hält, was ich gesagt habe,
was er von uns als Nachbarn hält, warum er um
Mitternacht einen Football geworfen hat. Aber ich erinnere
mich daran, dass mir die Antworten auf diese Fragen egal
sein sollten. Der einzige Grund, warum ich überhaupt mit

Devlin Darling sprechen sollte, ist, um Informationen zu finden, die ihn zu Fall bringen könnten.

Das ist immer noch besser als früher, oder? Ich meine, jemanden zu Fall zu bringen … Das klingt nach etwas, das Veronica tun würde. Etwas, das ich vorher getan habe. Aber das hier ist anders.

Das schadet keinem kleinen Menschen, der sich nicht wehren kann oder will. Dies macht die Art von Person fertig, die auf solchen Leuten herumhackt. Einen Tyrannen zu besiegen ist kein Grund, sich schuldig zu fühlen, besonders wenn ich weiß, dass meine Brüder ihren Platz einnehmen werden. Und meine Brüder sind keine Engel, aber sie sind keine Tyrannen. Die Zwillinge können männliche Schlampen sein und Royal juckt es nach einer Schlägerei, so wie Süchtige nach dem nächsten Schuss geiern. Aber sie legen einem Mädchen kein Halsband an und nennen sie die Schulhündin. Sie bekommen ihre Macht nicht, indem sie jemand anderem das Gefühl geben, klein und hilflos zu sein.

Was wir tun werden, ist, die Schule zu übernehmen und zu verbessern. Das ist ein edles Ziel. Nächstes Jahr wird es in den Fluren von Willow Heights keine Hunderudel geben. Für Leute wie Dixie werden sie sicher sein. Sicher vor Leuten wie den Darlings und der Person, die ich einmal gewesen bin.

# Neun

*In eine neue Schule zu kommen und an der Spitze anzufangen bedeutet, alle unter dir eine Stufe nach unten zu drücken. Es bedeutet, über jede einzelne Person zu klettern, um dorthin zu gelangen. Die Person an der Spitze wird am meisten fallen. Für die Person ganz unten ändert sich vielleicht gar nichts. Sie ist immer noch unten. Nur vielleicht ändert es doch etwas. Vielleicht nimmst du eine Hand, die ganz unten im Haufen ist, ergreifst sie und ziehst sie mit dir nach oben.*

*Sag mir, das ändert nichts für sie. Sag es mir. Trau dich.*

Der Rest des Morgens vergeht ereignislos. Preston ist in meiner Matheklasse, die eine Mischung aus Schülern aus der Ober- und Unterstufe ist, aber er scheint mich heute nicht zu bemerken. Ein paar Leute werfen mir böse Blicke zu, aber niemand bellt mich an. Nach der Hälfte des Unterrichts steht Preston auf und geht ohne ein Wort zum Lehrer hinaus. Ein paar Minuten später hebt Dolly ihre Hand und bittet darum, auf die Toilette gehen zu dürfen. Keiner von ihnen kehrt in den Unterricht zurück.

Ich frage mich, ob sie es tun. Und ob Devlin es weiß. Und warum es mich überhaupt interessiert.

Ich wende meine Aufmerksamkeit wieder der Lektion zu und schaffe es ohne Probleme zum Mittagessen. Dort gehe ich direkt zu Dixies Tisch. Sie trägt das Hundehalsband und die Ohren vom Vortag, dazu ein schwarzes Top, dass ein üppiges, sommersprossiges Dekolleté zeigt. Ich setze mich neben sie auf einen Sitzplatz.

„Also", beginne ich. „Erzähl mir mehr über diese Sache mit den *Darling Dogs* und *Darling Dolls*."

Meine Frage scheint sie zu verblüffen. Ich weiß nicht, ob sie überrascht ist, dass ich gefragt habe, oder dass ich mich wieder zu ihr gesetzt habe oder aus einem anderen Grund.

## Mobbe mich

Bevor sie antworten kann, treffen die Dolce-Jungs ein und ragen über unserem Tisch auf.

„Was tust du da?", fragt King.

„Mit meiner Freundin zusammensitzen", sage ich rundheraus. Aus irgendeinem beschissenen Grund fühle ich mich wegen des dummen Hündinnen-Labels mit ihr verbunden.

King ruckt mit dem Kinn zum Nebentisch, der leer steht. „Können wir reden?"

Ich seufze und stehe auf, folge ihnen zu dem leeren Tisch. „Ich habe das ganze Ding aufgegeben, ein Mauerblümchen zu sein", sage ich. „Ich gebe zu, es war dumm. Aber ich werde auch keine Schlampe sein. Ich mag Dixie. Und sie braucht mich."

„Du bestrafst dich selbst für das, was in New York passiert ist, indem du dieses Mädchen aufpolieren willst?", fragt Royal und kommt der Wahrheit viel zu nah.

„Nein", sage ich mit einem finsteren Blick.

„Sie ist eine Hündin", sagt Duke.

„Eine was?", frage ich und mein Herz schlägt schneller. Wissen sie davon? Und dass ich diesen Titel von ihr übernommen habe?

„Hässlich", sagt Baron. „Sie passt nicht auf sich auf. Wenn sie sich ein bisschen anstrengen würde, wäre sie okay. Schöne Titten."

„Du bist ekelhaft", sage ich. „Und verstößt gegen die Regeln."

Da sie im Grunde jeden Typen ablehnen, den ich in Betracht ziehen würde, während sie jede ficken können, die sie wollen, habe ich sie schwören lassen, meine Freundinnen seien die Ausnahme. Keine Dates mit ihnen, kein Vögeln und kein Gerede über ihre Titten.

„Na gut", sagt Duke. „Aber willst du wirklich so anfangen? Ich sehe sie nicht als soziale Aufsteigerin. Wir kommen an die Spitze und sie wird dich zurückhalten."

Ich verschränke die Arme und starre ihn an, weigere mich, nachzugeben. „Entweder kommt sie mit mir oder ich gehe nirgendwo hin."

„Nun ja", sagt King. „Wie du willst. Aber du machst dir nur mehr Arbeit."

# Mobbe mich

„Ich habe keine Angst vor harter Arbeit", sage ich. „Außerdem kennt sie diese Schule. Sie hat ihr ganzes Leben in dieser Stadt gelebt. Vielleicht kann sie uns helfen. Und ich weiß, dass ich ihr helfen kann."

„Dann setzen wir uns zu ihr", sagt Royal achselzuckend. Meine Brüder nehmen alle bei Dixie am Tisch Platz, die aussieht, als würde sie gleich einen Herzinfarkt bekommen. Ihr Gesicht wird rot und sie stottert, während ich sie vorstelle. Sie sagt während des gesamten Mittagessens kaum ein Wort, während meine Brüder über das Training für die Footballmannschaft diskutieren. Die Saison hat bereits begonnen, aber Papas Einfluss kann ihnen zumindest ein Probetraining bescheren.

„Wer fängt an?", fragt King Dixie.

„Was?", fragt sie mit großen Augen. „Oh, ich … die Darlings natürlich. Und … sie." Sie deutet vage auf einen Tisch, an dem ich die drei Cousins und ihre Meute sehe.

„Sobald wir im Team sind, werden wir uns beweisen", sagt Royal und starrt die Darlings böse an. „Wir werden sehen, wer dann anfängt."

„Sie sind wirklich gut", sagt Dixie.

„Du hast uns nicht spielen sehen", sagt Duke mit einem Schmunzeln.

„Ihr solltet am Freitag zum Spiel kommen", sagt Dixie. Ihre Wangen laufen rot an und sie schiebt sich einen Bissen Sandwich in den Mund.

„Klingt gut", sagt Duke. „Wir können die Konkurrenz ausloten."

„Nächste Woche wird es keinen Wettbewerb mehr geben", sagt King.

Als das Mittagessen zu Ende ist, stolzieren Devlin und Preston vorbei, schöne Blondinen umschwärmen sie wie Fliegen. Devlin erblickt uns und kichert. „Das ist das Beste, was ihr abbekommen könnt?"

„Ihr könnt nicht einmal unsere Reste abbekommen", sagt Preston und lacht über meine Brüder. „Die einzigen Mädchen, die euch wollen, sind die Hündin und eure eigene Schwester."

Sie gehen lachend davon. Sogar Colt grinst, als er ihnen nachschlendert. Ich sehe Dixie von der Seite an, die wieder rot wie ein Hummer angelaufen ist.

## Mobbe mich

„Seine Worte werden ihm noch früh genug im Hals stecken bleiben", sagt Duke mit einem Grinsen. „Wenn wir all ihre Freundinnen ficken."

Meine Brüder gehen zum Unterricht und Dixie packt meinen Arm. „Oh. Mein. Gott. Das sind deine *Brüder*?"

„Ja", sage ich und verdrehe die Augen. „Und nein, ich kann dich nicht mit ihnen verkuppeln." Das ist eine Sache, die sich nicht geändert hat. Ich bin an diese Art von Frage gewöhnt. Ich bin daran gewöhnt, dass Mädchen versuchen, mir nahezukommen, nur um an meine Brüder zu kommen. Ich bin daran gewöhnt, dass sie mich fallen lassen, wenn sie herausfinden, dass meine Brüder nicht mit meinen Freundinnen ausgehen.

„Oh, ich habe das nicht ..." Dixie wird wieder ganz rot und nervös. „Ich meine, sie würden nicht mit mir ausgehen."

„Warum nicht?", frage ich.

„Weil", sagt sie und sieht mich mit großen Augen an, als ob es offensichtlich wäre, als ob ich wissen sollte warum.

Ich zucke mit den Achseln. „Sie gehen nicht mit meinen Freundinnen aus. Wenn du also darauf aus bist, lass uns das freundschaftliche Getue überspringen und du kannst ihnen nachjagen. Sich mit mir zu befreunden, um zu ihnen zu gelangen, wird nicht funktionieren."

„Tue ich nicht." Dixie zieht sich zurück und ich bemerke, dass ich ohne Absicht in den Defensivmodus gerutscht bin und gerade eine totale Bitch bin.

„Es tut mir leid", sage ich seufzend. „Es ist einfach einmal zu oft passiert. Wenn ein Mädchen ohne Grund nett zu mir ist, nehme ich das sofort an. Das ist beschissen und daran sollte ich arbeiten."

„Du bist misstrauisch, wenn Leute nett zu dir sind?"

Ich kann nicht anders, als zu lachen. „Abgefuckt, oder? Aber auch ziemlich typisch für meine alte Schule."

„Wow", sagt sie kopfschüttelnd. „Heißt das … ich meine, du bist nett zu mir. Sollte ich misstrauisch sein? Weil du wahrscheinlich nicht mit mir befreundet sein solltest. Ich bin die Hündin der Darlings und du … du könntest eine Puppe und gleichzeitig die führende Cheerleaderin sein."

„War ich schon, hab ich schon mal gemacht", sage ich. „Ich bin bereit für eine Veränderung."

„Aber du bist wunderschön", sagt sie und ihr Gesicht wird rot. „Ich bin nicht einmal hübsch."

„Halt die Klappe", sage ich. „Du bist hübsch."

Sie senkt den Kopf und schüttelt ihn hin und her. „Schau mich an. Ich hatte noch nie einen Freund. Der einzige Grund, warum ich hierher gehe, ist, weil meine Tante den Bürgermeister geheiratet hat."

„Zunächst einmal hatte ich auch noch nie einen Freund. Und zweitens, wer sagt, dass du nicht hübsch bist? Die Darlings? Scheiß auf die. Mein Bruder findet dich sexy."

„Was?", quietscht sie und kommt schlitternd im Flur zum Stehen. „Er hat das gesagt?"

Ich zucke mit den Achseln. „Okay, er hat etwas Unhöfliches über deine Titten gesagt, aber das meinte er."

„Wirklich?" Dixie strahlt praktisch, als sie ihre Brüste zurechtlegt, sie hochschiebt und ihren BH richtet.

„Diese Schule ist beschissen", sage ich. „Leg nicht zu viel Wert darauf, was die Leute hier denken. Diese ganze Stadt hier ist zurückgeblieben."

Sie scheint eine Minute darüber nachzudenken, bevor sie nickt und den Flur entlang weitergeht. Ich trete neben sie.

„Also, bin ich jetzt der *Darling-Dog*? Was genau bedeutet das?"

„Nun, verschiedene Dinge", sagt Dixie und wird wieder rot. „Eigentlich sollte ich dir die wahrscheinlich geben, jetzt, wo sie dich in Anspruch genommen haben ..." Sie verstummt und berührt ihre Hundeohren.

„Sag mir nicht, dass es dir leidtut, dass du den Titel an mich weitergegeben hast."

„Nein", sagt sie schnell. „Tut es nicht. Hier." Sie reißt das Stirnband ab und greift nach hinten, um ihr Hundehalsband zu öffnen. „Sie wären wahrscheinlich sauer, wenn sie sehen, dass ich es trage, nachdem sie mir meinen Titel weggenommen haben. Es ist besser, wenn ich es dir gebe."

# Mobbe mich

„Du kannst beides gleich dort rein werfen", sage ich und zeige auf einen Mülleimer.

Dixies Augen weiten sich. „Devlin Darling hat mir dieses Halsband angelegt. Ich kann es nicht einfach wegwerfen."

„Dann lass mich", sage ich, nehme ihr die Sachen aus der Hand und lege sie genau dort ab, wo sie hingehören. Ich wische mir die Hände ab und wende mich wieder ihr zu. „Jetzt, wo wir uns darum gekümmert haben, erzähl mir mehr über die Footballmannschaft."

An diesem Nachmittag erfahre ich Details für meine Brüder und erzähle ihnen alles, was ich von Dixie gelernt habe. Ein kleiner Stich von Schuldgefühlen begleitet meine Enthüllung, als ob ich den Darlings etwas schulde. Was ich nicht tue. Zwei von ihnen sind totale Arschlöcher mir gegenüber gewesen und Colt ... nun, ich weiß nichts über Colt. Aber Loyalität schulde ich ihm bestimmt nicht. Das sind meine Brüder und ich möchte, dass sie alles haben, was sie wollen. Und sie wollen alles.

Während ich rede, biegen wir in unsere Nachbarschaft ein und laufen auf die schmale, einspurige Asphaltstraße in

Richtung unseres neuen Zuhauses. Ich unterdrücke die Schuldgefühle. Ich erzähle meinen Brüdern nichts, was sie nicht herausfinden könnten, indem sie herumfragen, so wie ich es getan habe. Und ich helfe ihnen gerne.

Wir passieren gerade die Auffahrt der Darlings, als der Range Rover wild nach links schlägt. King reißt das Lenkrad gerade und die Zwillinge schreien einen Chorus von Flüchen, als ein weiterer Ruck durch uns hindurchgeht. Der Wagen rutscht seitwärts, das Rad versinkt im Seitenstreifen, bevor der Wagen zwischen den Ziegelmonstern, die hier als Briefkästen dienen, zum Stehen kommt. Unser Briefkasten und der der Darlings stehen Seite an Seite, genau zwischen den beiden Grundstücken, und wir haben es geschafft, beide umzukippen. Wenn man das Material der Briefkästen bedenkt, haben wir wahrscheinlich auch den Range Rover zu Schrott gefahren.

„Was zum Teufel", zürnt King und springt aus dem Auto.

Ich höre, wie die Luft aus dem durchlöcherten Reifen pfeift, aber ich bin zu benommen, um mich auch nur eine

Sekunde lang zu bewegen. Die Zwillinge fluchen weiter, als sie aus dem Auto springen, um den Reifen zu begutachten.

„Bist du okay?", fragt Royal und dreht den Spiegel so, dass er mich sieht.

„Bin okay", sage ich, atme tief ein und streiche mit meinen feuchten Handflächen über meine Oberschenkel. „Es ist nur ein flacher Reifen."

„Da liegen Scheißnägel auf der Straße", schreit Duke.

King duckt sich zurück ins Auto, packt das Lenkrad und starrt geradeaus, den Kiefer zusammengepresst und seine Knöchel weiß.

„Was ist passiert?", frage ich, lege die Hände um meine Knie und drücke zu, bis meine Nägel die Haut zerkratzen. „Kannst du den Reifen wechseln?"

„Geh hoch zum Haus", sagt King, ohne einen Muskel zu bewegen.

„Wir haben keine drei Ersatzreifen", sagt Baron und lässt sich neben mir auf den Sitz fallen.

Eine Tür schlägt zu und ich drehe mich um und sehe eine dünne blonde Frau aus dem Haus der Darlings kommen. Sie trägt eine pinkfarbene Caprihose und eine geblümte Bluse, das Haar zu einem hohen, glatten Pony hochgebunden. Auf ihren rosa High Heels kommt sie mit affektierten Schrittchen auf uns zu, geht vorsichtig den weißen Kiesweg zwischen den sich verbeugenden Bäumen hinab. Ihre Hüften schwingen bei jedem winzigen Schritt, ein Handy in der einen Hand und etwas, das wie ein Kuchen aussieht, in der anderen.

„Hallöchen", ruft sie und winkt uns mit der Hand zu, die das Handy hält.

Royal flucht leise, während er sich von der Beifahrerseite erhebt. Der Rest von uns steigt auch aus, denn es ist offensichtlich, dass der Range Rover im Moment nirgendwo hinfährt. Duke pfeift leise, seine Augen sind auf die schwingenden Hüften der Frau gerichtet, die sich nähert. „Wenn das Devlins Mutter ist, muss ich nichts fürs Team ertragen, um sie zu ficken."

„Glaubst du, sie waren es?", frage ich. Wie zur Antwort biegt ein puderblauer Bel Air in die Nachbarschaft ein und rollt hinter uns heran. Das Verdeck ist heruntergeklappt, sein blondes Haar zerzaust, sein Arm ruht auf der Fensterbank des Autos. Eine Designerbrille bedeckt seine gemeinen Augen. Er sieht wie aus einem Film aus, besonders als er uns ein selbstgefälliges Grinsen zuwirft. „Probleme mit dem Auto?", fragt er gedehnt, bewegt sich nicht, um aus seinem Cabrio zu steigen.

„Oh, da bist du ja, Liebling", ruft die Frau, als sie das Ende ihrer Auffahrt erreicht und zu unserem Auto kommt. „Ich wollte die ganze Woche die Nachbarn begrüßen. Komm, wir stellen uns vor."

Devlin antwortet nicht. Er bleibt eine Minute im Auto und ich glaube, er wird das ablehnen. Doch gerade als es unangenehm wird, schwingt er die Tür auf und steigt aus. Seine Mutter legt den Kopf schief, er beugt sich vor und gibt ihr einen schnellen Kuss auf die Wange. Ich bin gerührt, ganz zu schweigen davon, dass ich höllisch überrascht bin. So wie sich dieser Typ in der Schule benimmt, hätte ich ihn nie als Muttersöhnchen bezeichnet. Sie sieht auch nicht alt genug aus, um seine Mutter zu sein, aber der Schein trügt. Wenn ich von Mamas Freundinnen etwas gelernt habe, dann sind es die Anstrengungen, die Frauen unternehmen, um jung zu wirken.

„Ihr müsst der Dolce-Clan sein", sagt sie, anscheinend zufrieden mit Devlins Zuneigungsbekundung. Sie saust an ihm vorbei und auf uns zu. Auf ihrer Nase sitzt eine Sonnenbrille, sodass ich ihren Gesichtsausdruck nicht vollständig lesen kann, als sie uns wahrnimmt.

„Das sind wir", sagt King und streckt die Hand aus. „Ich bin King Dolce."

„Der König des Dolce-Clans?", fragt sie und kichert dann über ihren eigenen Witz.

Ich erzwinge ein Lächeln und unterbreche sie, bevor sie so eklig wird, wie ältere Frauen sich oft in Gegenwart meiner Brüder benehmen. „Sie müssen Mrs. Darling sein", sage ich und strecke eine Hand aus. „Ich bin Crystal Dolce."

Sie drückt mir die Glaskuchenform in die Hand. „Es ist schön, dich kennenzulernen, Crystal", sagt sie. „Warum bringst du das nicht zum Haus und holst deinen Papa her, damit er sich diese Briefkästen ansieht, während wir uns vorstellen?"

Mein Kiefer knallt fast auf den Bürgersteig, als ich sie anstarre.

# Mobbe mich

Was. Zum. Teufel.

Sie scheint nicht zu bemerken, dass sie echt unhöflich ist, oder schert sich wahrscheinlich keinen Dreck drum, dreht sich um, um ihre dünnen, gebräunten Finger in Kings Hand gleiten zu lassen. „Nun, hallihallo. Ich bin Mrs. Darling, Ihre Nachbarin." Sie lächelt ihn anbetend an, bevor sie an mir vorbei reicht, um Royals Hand zu schütteln, so nah, dass ich ausweichen muss, damit ich nicht umgestoßen werde. Devlin steht hinter ihr, ein gelangweiltes Grinsen auf den Lippen. Ich wünschte, ich könnte seine Augen hinter seiner Sonnenbrille sehen, erkennen, was er davon hält, dass seine Mutter so offensichtlich mit meinen Brüdern flirtet.

Royal schüttelt ihre Hand, bevor er näher tritt, um sich zu mir zu gesellen. „Sieht gut aus", murmelt er und blickt auf den Kuchen. „Willst du nicht loslaufen, damit die Erwachsenen reden können?"

„Halt die Klappe", sage ich, stoße ihn mit dem Ellbogen an und versuche, nicht zu lachen. Ich bin so dankbar, dass er immer bemerkt, wenn ich seine stille

Unterstützung brauche, und immer da ist, um sie mir zu geben, ohne dass ich ihn überhaupt darum gebeten habe.

Als Mrs. Darling versucht, uns Devlin vorzustellen, nickt er uns zu. „Wir haben uns in der Schule kennengelernt", sagt er knapp.

„Meine Güte, was ist hier denn passiert?", fragt sie und deutet auf den Steinhaufen, auf dem davor die Briefkästen gewesen sind.

„Nur ein kleiner Unfall", sagt King und klingt so unbekümmert, dass man nie ahnen würde, dass er vor fünf Minuten aussah wie eine Bombe, die gleich explodieren würde. „Keine Sorge, wir kümmern uns darum."

„Oh, darüber mache ich mir keine Sorgen", sagt Mrs. Darling mit einer Handbewegung und Gelächter. „Ich habe mir nur Sorgen um euch gemacht. Alles in Ordnung?"

„Uns geht es gut, danke", sagt Royal.

„Das ist gut", sagt sie. „Ich kann mir nicht vorstellen, wie ich mich fühlen würde, wenn mein Devlin einen Unfall hätte. Gut, dass er so ein sicherer Fahrer ist. Vor allem bei so einem Auto kann man nicht vorsichtig genug sein."

# Mobbe mich

Ich vergesse meine Manieren und starre die Wahnsinnige an. Okay, ich beginne zu verstehen, warum er mit Redneck Barbie ausgegangen sein könnte. Seine Mutter ist eine Vorstadthausfrauenversion und ich wette, ihr Medizinschrank könnte mit dem von Mama konkurrieren.

„Muss ich euch helfen?", fragt Devlin und grinst uns an. „Es ist nicht weit. Wir können es wahrscheinlich einfach eure Auffahrt hochschieben."

„Wir schaffen das", sagt Royal und starrt unseren selbstgefälligen Nachbarn mit Dolchen in den Augen an.

„Unsinn", gurrt Mrs. Darling. „Mein Devlin hilft gerne, nicht wahr, Baby? Er ist auch stark. Aber ich wette, das seht ihr."

Sie lacht und schlägt ihm auf eine Art und Weise auf den Arm, welche an Flirten grenzt.

Devlin malmt seinen Kiefer hin und her.

„Lasst mich einfach einsteigen und lenken", sagt Mrs. Darling, während sie um den Range Rover herum auf den Fahrersitz zugeht.

„Wir müssen ihn nicht schieben", sagt King. „Ich parke ihn einfach am Ende unserer Einfahrt."

# Selena

Der Motor läuft, damit er uns aus dem Graben lenken kann, aber wir brauchen neue Reifen, bevor wir irgendwo auf diesen Felgen hinfahren können.

„Oh, Junge", sagt Mrs. Darling und beugt sich langsam vor, um einen Nagel auf der Straße aufzuheben. „Würdet ihr euch das ansehen? Kein Wunder, dass ihr flache Reifen habt."

„Drei flache Reifen", murmelt Royal und funkelt Devlin an.

Devlin blickt teilnahmslos zurück.

„Einige Kinder müssen hier draußen gespielt haben", sagt Frau Darling. „Ich muss mit der Nachbarschaftswache darüber sprechen. Stellt euch vor! Nägel auf der Straße. Es ist ein Segen, dass ihr so langsam gefahren seid. Es hätte eine echte Tragödie werden können."

Ich starre Devlin hart an und warte, dass das kleinste Zucken ihn verrät, aber er sieht nur zu, der Gesichtsausdruck gelassen, die Nachmittagssonne scheint aufs goldene Haar, als wäre er vollkommen der Engel, für den seine Mutter ihn hält.

# Mobbe mich

Royal umrundet die Vorderseite des Autos, schneidet Mrs. Darling ab und rutscht auf den Fahrersitz. Auf keinen Fall wird er diese Verrückte oder irgendjemand anderen sein Auto fahren lassen. Er fährt nach vorn, springt über ein paar lose Ziegelsteine und rattert zurück auf die Straße. Als er von der Straße in unsere Einfahrt reinfährt, starrt Mrs. Darling ihm nach und streicht abwesend mit den Händen über ihre Mitte. Mir entgeht jedoch nicht, wie sie ihren Bauch nach innen saugt und ihre Brüste herausstreckt.

„Ich wollte schon die ganze Woche vorbeischauen und eurem Papa Hallo sagen und das ist nun die beste Entschuldigung", sagt sie, dreht sich um und nimmt mir den Kuchen aus der Hand, bevor sie King anstrahlt. „Ich erinnere mich an ihn aus der High School. Er war damals ein echter Hingucker, genau wie ihr Jungs."

O Gott. Ich drehe mich weg und verdrehe die Augen, nur um von Devlin Darling erwischt zu werden. Scheiße.

„Du weißt, dass du dafür bezahlen wirst", murmele ich ihm zu.

„Wofür?", fragt er, sein Gesichtsausdruck ist völlig ausdruckslos, als hätte er keine Ahnung, wovon ich rede.

„Du legst dich mit der falschen Familie an", sage ich. „Und bitte halte deine betrunkene Mutter von meinem Vater fern."

Seine Brauen ziehen sich zusammen und seine Lippen werden schmaler. Endlich eine Reaktion.

„Ich könnte das Gleiche sagen", sagt er. „Halte deinen lüsternen Vater von meiner Mutter fern."

„Nun", sage ich und schwinge den Pferdeschwanz über meine Schulter. „Ich denke, das ist eine Sache, auf die wir uns einigen können. Unsere Familien vertragen sich nicht."

„Deal."

Royal ist aus seinem Auto zurückgekehrt und runzelt die Stirn, als er sieht, wie ich mit Devlin rede. „Komm schon, Crys", sagt er, legt einen schützenden Arm um mich und lenkt mich weg.

Wir gehen alle unsere Auffahrt hoch, Mrs. Darlings pinkgekleideter Arsch zuckt bei jedem Schritt, als sie vor uns marschiert. Neugierig, ob Devlin folgt, schaue ich über meine Schulter zurück. Ich kann nicht anders.

Er beobachtet uns mit kühler Distanz, als ob er über all dem steht. Allein auf der Straße stehend, die Schultern gerade und breit, den Kopf hoch erhoben, sieht er von Kopf bis Fuß königlich aus. Mehr als königlich. Die Sonne erleuchtet ihn wie ein goldener Gott.

Er macht keinen einzigen Schritt in unsere Richtung, aber er geht auch nicht weg. Etwas in mir zieht sich zusammen, als ich ihn allein dastehen sehe. Ich frage mich, ob er sich unter dieser gemeißelten Steinfassade danach sehnt, sich uns anzuschließen. Er weiß jedoch, dass er sich nicht mit dem Feind verbrüdern kann. Ich erinnere mich, wie es ist, an der Spitze zu stehen, zu wissen, dass man sich anderen nicht anschließen kann, weil es bedeutet, seinen Thron zu verlassen. Wenn du das auch nur eine Minute lang tust, könnte jemand anderes übernehmen. Meine Brüder stehen jetzt Schlange, um Devlins Platz zu übernehmen.

Während ich meine Augen von Devlin löse, kann ich nicht umhin zu denken, dass ich ihm ähnlicher bin, als er weiß – mehr, als ich ihn jemals wissen lassen werde. Ich kenne die Angst, die einen auffrisst. An der Spitze ist es einsam, selbst für einen nicht lächelnden, grausamen Gott.

# Zehn

Eine Stunde später betrete ich mein Zimmer und schreie fast vor Schock auf.

„Was zum Teufel machst du hier?", flüstere ich und schließe instinktiv die Tür. Ich weiß nicht, warum ich Devlin verstecke oder warum er hier ist oder warum ich weiß, dass meine Brüder das nicht sehen dürfen, wenn ich nicht will, dass sie wegen Mordes ins Gefängnis kommen.

„Wird auch Zeit", sagt Devlin, setzt sich hin und schwingt seine Beine von der Seite meines Bettes, wo er wie ein König auf den Kissen gelegen hat. „Ich warte schon seit einer Stunde."

„Warum bist du in meinem Zimmer?", flüster-schreie ich und gestikuliere zur Tür. „Meine Brüder werden dich sofort ermorden."

Er sieht überhaupt nicht besorgt aus. „Wie viele Kissen braucht ein Bett?", fragt er, wirft eines meiner Kissen in die Luft und fängt es auf. „Ich meine, selbst wenn du aufrecht schlafen willst, hast du mehr als genug. Wofür verwendest du die alle?"

„Gib mir das", zische ich und schnappe mir das lavendelfarbige Seidenakzentkissen.

Er klemmt es sich unter den Arm und beugt seinen Ellbogen darüber, hält es unter sich gefangen und grinst zu mir hoch. „Und bist du nicht angeblich in der Mafia? Solltest du es nicht gewohnt sein, seltsame Dinge in deinem Bett zu finden? Das hier ist besser als ein Pferdekopf."

„Wie bist du überhaupt hier reingekommen?", will ich wissen.

„Du solltest wirklich daran denken, dein Fenster zu schließen", sagt er und deutet träge auf mein Fenster, wo die Vorhänge sanft im Wind flattern. Er hat das Mückennetz entfernt und das Fenster zum Balkon offen gelassen. Er muss die Außentreppe hochgestiegen sein, während wir alle drinnen gewesen sind, was wirklich verflucht albern von ihm ist.

„Du musst gehen", sage ich und mein Herz hämmert in meinen Ohren. Ich muss mich wirklich zusammenreißen, um nicht zur Tür zurückzuweichen. Er ist in mein Zimmer gestiegen und hat eine Stunde auf mich gewartet, vielleicht meine Sachen durchwühlt. Was ist das für ein Psycho?

„Erzähl mir zuerst, wovon sie reden", sagt er.

„Wer?"

„Unsere Eltern", sagt er, als ob ich das wissen sollte.

„Ich weiß es nicht", sage ich und hebe die Hände hoch. „Nichts. Langweilige Scheiße."

„Wie was?", fragt Devlin und seine Augen werden hart.

Ich seufze. „Sie erinnern sich an die High School."

„Ich dachte, ich hätte dir gesagt, du sollst deinen Vater von meiner Mutter fernhalten", sagt er mit zusammengebissenen Zähnen. „Nein, eigentlich solltest du deine ganze Familie von meiner fernhalten. Ich weiß nicht, wer ihr denkt, dass ihr seid, einfach hierherzukommen und euch mit uns anzulegen, aber wenn ihr nicht aufhört, werdet ihr es bereuen."

„Sie ist diejenige in unserem Haus", sage ich. „Du bist derjenige, der durch mein Fenster geklettert ist. Ich denke, *deine* Familie muss sich von unserer fernhalten."

„Dein Papa hat diesen Scheiß schon mal probiert", sagt Devlin. „Damals hat es nicht funktioniert und es wird jetzt nicht funktionieren. Halte ihn von uns fern."

„Wovon redest du?"

Er starrt mich eine lange Minute an, als ob er nicht glaubt, dass ich das nicht weiß. Seine Sonnenbrille hat er auf den Kopf hochgeschoben und plötzlich wünschte ich, er hätte das nicht getan. Ich will seine Augen nicht sehen, will nicht sehen, wie sie durch mich hindurch sehen, durch all meine Abwehrmechanismen. Ich bin noch nie allein mit ihm gewesen und plötzlich fühlt es sich furchtbar gefährlich an.

Devlins Lippen verziehen sich zu einem grausamen Grinsen und ich weiß mit Sicherheit, dass er mich durchschaut hat.

# Mobbe mich

„Hast du Angst vor mir, Crystal?", fragt er, springt vom Bett auf und durchquert mit drei Schritten mein Zimmer.

„Nein", sage ich und gehe einen Schritt zurück.

Er füllt den Raum aus. Seine Anwesenheit erfüllt mein ganzes Zimmer, saugt die ganze Luft raus und lässt mich atemlos zurück. Er drückt mich gegen die Tür, sein Hals krümmt sich, er schaut auf mich herab, seine Finger legen sich um meine Kehle in einem Griff, der kaum mehr als eine Liebkosung ist und kaum weniger als eine Drohung.

„Das solltest du aber", flüstert er und seine Mundwinkel verziehen sich zu diesem sadistischen Lächeln.

„Nun, das tue ich nicht." Mein Puls flattert gegen seine Fingerspitzen, aber so leicht gebe ich nicht nach. Ich greife nach seinem Handgelenk, um es wegzuziehen, aber je fester ich ziehe, um es von meiner Kehle zu lösen, desto stärker drückt er zu.

„Lass heute Nacht eine Warnung sein", sagt er. „Halte dich verdammt noch mal von meiner Familie fern. Sei die gute Hündin, von der ich weiß, dass du sie sein kannst.

Denn wenn du das nicht wirst, werde ich dein Leben zu einem lebenden Albtraum machen. Ich werde dich wünschen lassen, du wärst gar nicht mehr am Leben." Mit seiner freien Hand streicht er sanft über meine Wange, mit der anderen hebt er mein Kinn an. „Ich werde dich nackt ausziehen und dich darum betteln lassen, gefickt zu werden, obwohl du weißt, dass ich dich so gut einreiten werde, dass du mich anflehen wirst, damit aufzuhören. Aber ich werde nicht aufhören. Ich werde dich Stück für Stück brechen, bis nichts mehr von dir übrig ist als Zuckerkristalle, meine Süße."

Er streicht über meine Unterlippe und meine Haut fängt an zu kribbeln, während er mich an der Tür festhält. Er tritt vor, bis zwischen unseren Körpern nur noch ein Hauch ist, eine Kluft, die mit einer heißen Elektrizität aufgeladen ist, die durch meinen ganzen Körper rast. Ich atme seinen Duft ein, wie frisch gemähtes Gras mit einem Hauch von Leder und dem berauschenden, schwindelerregenden Duft von Jungenschweiß. Ich möchte angeekelt sein, aber ich werde fast ohnmächtig, als ich ihn einatme.

# Mobbe mich

„Du bist krank", flüstere ich, meine Finger zittern, als ich sein Handgelenk wegdrücke, und meine Nägel kratzen in seine Haut.

„Oh, Schätzchen", murmelt er, seine Lippen so nah an meinen, dass ich nicht sicher bin, ob die Hitze, die ich fühle, seine Haut ist oder nur sein Atem. „Du hast keine Ahnung."

Ich drücke fester, meine Nägel sinken so tief, dass sie die dünne Haut an der Innenseite seines Handgelenks zerreißen. Er holt Luft und in seinen Augen blitzt etwas Unlesbares auf, etwas, das ich als Wut lese.

„Du hast mich zum Bluten gebracht", knurrt er. „Das hättest du nicht tun sollen."

„Es – es tut mir leid." Ich zucke zurück, aber als sich Devlins Blick auf meine Lippen richtet, merke ich, dass er nicht sauer ist. Seine Augen sind vor Geilheit getrübt. Mein eigener Körper reagiert, meine Oberschenkel werden heiß, obwohl jeder Teil meines Gehirns schreit, dass ich rennen soll.

„Gehorche mir nicht, kleiner Mischling", schnurrt er. „Trau dich. Ich werde es genießen, dich zu zerschmettern."

# Selena

Seine Lippen streichen über meine, eine Berührung so leicht wie das Flattern eines Schmetterlingsflügels, und ein heißer Schauer der Lust durchströmt meinen verräterischen Körper. Meine Augenlider fallen zu und ich neige meinen Kopf, bevor ich Zeit zum Nachdenken habe.

Seine Antwort ist ein grausames Lachen. „Oh, nein", sagt er und tritt einen Schritt zurück, um Abstand zwischen unseren Körpern zu schaffen. Meine Augen fliegen auf und Scham erfasst mich. Devlins Hand umklammert immer noch meinen Kiefer und Triumph erhellt seine Augen. „Das ist alles, was du bekommst, kleine Hündin. Jetzt lauf und sag deinen Brüdern, dass sie sich mit den falschen Leuten anlegen. Niemand kann die Darlings in dieser Stadt ersetzen. Du kannst mich beim Wort nehmen oder es auf die harte Tour lernen."

Er dreht sich auf dem Absatz um und ist in drei Sekunden flach aus dem Fenster geklettert. Ich höre seine leisen Schritte auf dem Balkon, als ich gegen die Innenseite meiner Tür sinke, meine Augen schließe und versuche, zu Atem zu kommen. Mein Herz rast schon so lange, dass mir schlecht wird, und meine Glieder zittern. Und, o Gott, ich hasse mich dafür, so leicht in seine Falle getappt zu sein. Ich hasse mein Herz dafür, dass es schlägt, wenn er in der Nähe ist; ich hasse die Schmetterlinge, die in meinem Bauch schwirren, bis mir schwindelig wird, wenn ich nur einen Hauch seines Geruchs wahrnehme. Ich hasse es, dass wenn ich ihm in die Augen schaue, ich mehr als nur ein privilegiertes, arrogantes Arschloch sehe. Ich sehe jemanden, der mehr ist, als er die Leute sehen lässt, jemand, der blutet und verwundet ist wie der Rest von uns.

Wenn ich ihm in die Augen schaue, sehe ich nicht nur ein Monster. Ich sehe mich selbst.

# Elf

*Sie müssen eine Schwäche haben. Das sagt mein Bruder. Es ist ein Kartenhaus. Nimm eine Karte heraus, und das Ganze fällt zusammen. Wir müssen nur herausfinden, welche, bevor sie unsere Schwäche erkennen.*
*Das Problem ist, ich denke, es ist zu spät. Devlin kennt die Schwäche der Dolces bereits.*
*Mich.*

Am nächsten Tag finden wir den Bel Air auf unserem Parkplatz vor, den uns die große Spende von Papa gekauft hat. „Will er sich wirklich mit uns anlegen, nachdem er mein Auto zerstört hat?", zürnt Royal.

Devlins Worte vom Vorabend wiederholen sich in meinem Kopf und ich packe seinen Arm. „Lass es einfach sein", flehe ich meinen Bruder an. „Das ist doch egal. Es

144

ist ein Parkplatz, verdammt noch mal. Willst du echt wegen so etwas Dummem suspendiert werden? Komm schon. Park woanders und ignoriere sie."

Royals Nasenflügel beben, als er das glänzende, puderblaue klassische Cabriolet auf seinem Platz anstarrt. Ich muss zugeben, es ist ein wirklich schönes Auto. In Anbetracht des Zustands, in dem der Range Rover seit letzter Nacht ist, kann ich es Royal nicht verübeln, dass er sauer ist, das Auto auf seinem Platz parken zu sehen. Das muss Salz in die Wunde reiben. Trotzdem möchte ich meine Brüder nicht in der Nähe der Darlings haben. Ich möchte lieber einfach Frieden schließen und weitermachen.

„Wir kümmern uns später um ihn", sagt King zu Royal und fährt auf einen anderen Parkplatz. Ich entspanne mich ein wenig und hoffe, dass meine Brüder sehen, wie kleinlich und lächerlich es ist, sich um einen Parkplatz zu streiten, obwohl der Rest des ganzen Parkplatzes frei ist.

Die Darlings sitzen wie immer auf ihrem Auto. Dolly steht mit einem anderen Mädchen an ihrem pinkfarbenen Barbie-Pick-up, beide beobachten die Darlings, während sie reden, und tun offensichtlich so, als würden sie die

Jungs nicht beobachten. Als wir näher kommen, hören sie auf, so zu tun, und starren uns offen an, wie alle anderen, die noch auf dem Parkplatz herumhängen.

„Wieder da, wo ihr hingehört", sagt Devlin gedehnt mit einem gelangweilten Grinsen auf den Lippen. Lippen, die Schmetterlinge in mir explodieren lassen, wenn ich sie ansehe.

Verdammt.

„Ignorier ihn", zische ich, packe Royals Arm und drücke zu.

„Draußen bei den Müllcontainern", fügt Preston über den Kopf eines Mädchens hinweg, das sich wie eine parasitäre Ranke um ihn geschlungen hat.

Devlin hat mir gesagt, ich solle seine Familie in Ruhe lassen, aber anscheinend gilt das nicht für ihre Seite.

Und dann hallen seine Worte von letzter Nacht durch meinen Kopf. „Trau dich …"

Stachelt er meine Brüder an, in der Hoffnung, dass wir reagieren, damit er es an mir auslassen kann? Das hat nichts mit mir zu tun. Ich sollte nicht einmal mit meinen Brüdern reingehen. Wenn ich mich in der Schule von ihnen trenne, müssen die Darlings erkennen, dass ich nicht Teil ihres kleinen Spiels bin.

„Ich gehe Dixie suchen", sage ich zu meinen Brüdern. „Ich treffe euch später."

Ich eile davon und überlasse ihnen das Parkproblem mit den Darlings. Ich werde mich nicht in diesen lächerlichen Machtkampf um einen Parkplatz verwickeln lassen. Ich will nichts damit zu tun haben, vor allem, solange mein Herz nicht aufhört, wie ein Fisch zu zappeln, wenn ich Devlins Namen höre oder sein Lächeln sehe oder mich an den Geruch seiner Haut erinnere, als er sich näher gebeugt hat ...

Ich gehe Devlin in der ersten Stunde problemlos aus dem Weg, aber als ich in Literatur ankomme, klopft Colt auf den Sitz neben sich. Er sitzt ausgestreckt auf seinem Stuhl, die Beine im Gang, als könnte ihn ein Schreibtisch nicht halten. „Setz dich, Sugar", sagt er mit einem breiten, lockeren Grinsen.

„Ich kann nicht", sage ich mit einem schmalen Lächeln.

# Selena

„Deine Brüder halten dich an der kurzen Leine", sagt er und grinst immer noch, als wäre es egal. Aber in seiner Stimme höre ich einen Anflug von Herausforderung, ein Ton, der mir mehr Angst macht als Devlins herzzerreißender Blick. Denn so sehr mich Devlin einschüchtert, so sehr verführt mich Colt. Er verleitet mich zu etwas Leichtsinniges, etwas Tödlichem.

„Es liegt nicht an meinen Brüdern", sage ich. „Sondern an deinem Cousin."

Ich drehe mich um und eile zu einem leeren Schreibtisch. Gerade als ich mich setzen will, schlüpft Colt in den Sitz.

„Dieser Sitz ist besetzt." Er grinst mich an, fordert mich noch stärker als zuvor heraus. Ich starre ihn an, ohne mich zu bewegen. Die Wahrheit ist, ich möchte diese Herausforderung annehmen. Ich möchte die Grenze überschreiten, etwas Wildes und Gefährliches tun. Ich möchte Devlin trotzen, um zu beweisen, dass er mir keine Angst macht, obwohl er es tut. Um mir zu zeigen, auch wenn ich es ihm nicht zeigen kann, dass er mein Leben nicht kontrolliert.

## Mobbe mich

Aber das hieße, sie herauszufordern.

„Was tust du da?", frage ich Colt.

„Dieser Sitz ist besetzt", sagt er noch einmal, beugt sich vor und stützt einen Unterarm auf dem Schreibtisch ab. Harte, sehnige Muskelstränge laufen an seinem Arm entlang und feine goldene Haarsträhnen glänzen auf seiner sonnengebräunten Haut.

„Na gut." Ich seufze und setze mich in die nächste Reihe, aber er rutscht um seine Sitzlehne herum und lässt sich auf den Platz fallen, auf den ich zusteuere. Inzwischen haben wir einige Leute auf uns aufmerksam gemacht. Alle schauen zu und warten auf etwas.

Vielleicht auf das Signal, mich anzubellen.

*Fuck. Ich sollte sie besser langweilen, bevor das passiert.*

„Was willst du?", zische ich Colt an, knirsche mit den Zähnen und versuche, nicht in die erwartungsvollen Gesichter in der Klasse zu sehen.

Er klopft auf den Sitz neben sich. „Du kannst hier sitzen."

„Ich sitze nicht neben dir."

„Okay." Er lächelt mich an, aber es erreicht seine Augen nicht. Trotz der lässigen Kiffer-Vibes, die er ausstrahlt, hat sein Blick etwas Berechnendes und Hartes. Er wird nicht aufgeben, das wird mir grade klar. Nicht, bis ich gehorche.

Und wirklich, was schadet es? Das ist albern – in der Klasse herumzulaufen und ein dummes Spiel mit Stühlen zu spielen. Ich kann einfach da sitzen, wo ich gestern gesessen habe, und Colt ignorieren. Ich wirbele herum, streiche meine Haare über die Schulter und marschiere zu dem leeren Sitz. Ich falle hinein, bevor er ihn erreichen kann. Ich bin so unreif wie er. Ich hätte einfach neben ihm sitzen können, wo er ist. Aber wenn die einzige Macht, die ich habe, darin besteht, ihn dazu zu bringen, zu mir zu kommen, dann werde ich das nutzen.

Eine Sekunde später schiebt er sich neben mich. „Hey, Sugar", sagt er. „Schön, dass du zur Vernunft gekommen bist."

Das entspannte, leichte Grinsen täuscht über den eisernen Willen hinweg, den ich vor einer Sekunde hinter diesen grauen Augen gesehen habe. Aber ich werde nicht vergessen, dass er da ist.

„Was willst du?", flüstere ich, lehne mich näher und drehe meinen Kopf zu ihm, damit die neugierigen Augen der anderen meine Worte nicht lesen können.

„Kann ein heißer Typ nicht mit einem hübschen Mädchen reden wollen?", fragt er, anscheinend ohne meine Verärgerung zu bemerken.

„Nicht, wenn ihre Familien sich gegenseitig umbringen wollen."

„Du willst mich töten?", fragt er mit gespielter Überraschung.

Ich beiße die Zähne zusammen. „Jetzt gerade?"

Colt lacht, ein lautes, leichtes Lachen. Er sieht vielleicht nicht bösartiger aus als ein großer, freundlicher Golden Retriever, aber ich habe die Entschlossenheit in seinen Augen gesehen. Ich weiß, dass hinter diesem Kerl mehr steckt, als man denkt.

Wenn er dieses Spiel spielen will, dann spiele ich mit. Ich kenne seine Gründe nicht, aber wenn er nicht will, dass die Leute wissen, dass er mehr als einen entspannten Flirt im Sinn hat, wer bin ich denn, seine Tarnung auffliegen zu lassen? Ich weiß alles darüber, wie man sich hinter einer Fassade verbirgt, eine bestimmte Maske tragen zu müssen, weil die Leute das wollen und erwarten. Und ich weiß, wenn er mehr mit mir teilen will, hätte er es getan, anstatt mit einem koketten Kommentar abzulenken.

Also lasse ich es auf sich beruhen. Als er mich während des Unterrichts anstupst, schaue ich nach unten und sehe ein Blatt Papier auf meinem Schreibtisch, sein träges Gekritzel erstreckt sich über mehrere Zeilen.

*Wenn unsere Familien sich gegenseitig umbringen wollen, könnten wir auf jeden Fall Romeo und Julia sein.*

Ich kann das Lächeln nicht zurückhalten. Ich möchte sauer auf ihn sein, weil er mich dazu gebracht hat, bei ihm zu sitzen, aber ich kann es nicht. Auch wenn ich seine Gründe nicht kenne und ihm nicht vertraue, heißt das nicht, dass ich die ganze Stunde unglücklich oder wütend verbringen muss. Ich kann auf mich aufpassen und trotzdem ein bisschen Spaß daran haben, mit einem süßen Jungen zu flirten. Es ist ja nicht so, als hätte ich das zu Hause jemals tun können.

## Mobbe mich

*Hm, mir gefallen unsere Chancen nicht.*

Ich schiebe ihm das Papier zurück. Er lächelt und beugt sich über das Papier, um eine Antwort zu kritzeln. Ich versuche, seine breiten Schultern und seinen Rücken nicht zu bewundern, als er sich zum Schreiben runterbeugt.

*Wenn du nicht jung sterben willst, schreiben wir das Ende um.*

Ich schnaube und schicke eine schnelle Antwort zurück. *Das Ende von R&J kann man nicht umschreiben. Es macht die Geschichte aus.*

Er rutscht tiefer in seinen Sitz und blinzelt den Lehrer eine Minute lang an, als würde er nachdenken. Dann lächelt er in sich hinein, richtet sich aufrecht hin und beginnt zu schreiben. Ich stelle fest, dass mein Herzschlag ein wenig schneller wird und die Vorfreude wächst, während er seine Antwort formuliert. Ich beobachte, wie das Lächeln in seinen Mundwinkeln zuckt, und merke, dass ich selbst ein albernes Grinsen zurückhalte. Der Rausch, mit ihm zu flirten, reißt mich mit sich. Ein gefährlicher Nervenkitzel durchfährt mich, als mir klar wird, dass meine Brüder es nicht erfahren werden. Niemand an dieser Schule wird zu ihnen rennen und ihnen sagen, wenn ein Typ mit mir flirtet. Vor allem nicht mit einem Darling.

Aber seine Cousins könnten es erfahren. Er könnte es ihnen sagen.

Der Gedanke schickt einen Adrenalinstoß durch mich. Die eine Hälfte von mir hat Angst, dass er es Devlin erzählen wird. Die andere Hälfte ist begeistert bei dem Gedanken, was er tun wird, wenn ich ihm nicht gehorche. Wird er wieder durch mein Fenster kommen und mich gegen die Tür stoßen? Wird er diesmal mehr tun als nur zu drohen?

Mein Herz hämmert und ich spüre, wie mein Gesicht bei der Vorstellung rot wird.

*Dummes Herz. Dummer Körper. Dumme Vorstellung.*

Colt faltet das Papier viermal und schiebt es zurück unter meine Hand. Seine Finger streicheln über meine Haut und verweilen, bis ich hochschaue und seinem Blick begegne. Er zwinkert und zieht seine Hand zurück.

*Wir werden unsere eigene Geschichte schreiben. Wir nennen sie Homey-O und Drooliet. Total passend, oder?*

# Mobbe mich

Ich rolle mit den Augen. *Lass mich raten. Drooliet wie Sabbermäulchen, weil ihr alle entschieden habt, dass ich eine Hündin bin.*

*Nein. Weil du jedes Mal ein wenig sabberst, wenn du diese Waffen siehst.*

Als ich vor Lachen grunze und vom Lesen dieses Juwels hochschaue, lehnt Colt seinen Ellbogen auf seinen Schreibtisch. Er beugt ihn und streichelt sinnlich die Wölbung seines Bizeps.

Diesmal kann ich nicht anders, als laut zu lachen. Der Lehrer wirft mir einen irritierten Blick zu. „Haben Sie etwas dagegen, sich uns anzuschließen, Miss Dolce?"

„Ja, tut mir leid", murmele ich.

Colt lehnt sich in seinem Stuhl zurück, ein hämisches Grinsen im Gesicht. Ich zerknülle langsam das Papier, auf dem wir geschrieben haben, und beobachte dabei sein Gesicht. Etwas flackert durch seinen Blick, während sein Lächeln fest an seinem Platz bleibt. Es ist so schnell vergangen, dass ich nicht sagen kann, ob es Wut, Beleidigung oder Interesse gewesen ist.

# Selena

Ich schaffe es, ihn für den Rest des Unterrichts zu ignorieren, aber meine Neugier ist geweckt. Ich kann nicht aufhören, an ihn zu denken. Ich möchte mehr über diesen Jungen wissen, der so beiläufig und so leicht lächelt. Die Zwillinge sind genauso, kokett und lustig, aber Colt hat etwas an sich. Etwas Dunkleres unter dieser sonnigen Oberfläche.

Ich schaffe es durch den Rest des Unterrichts und dann durch den Rest des Schultages. Zu Hause sage ich meinen Brüdern, dass wir die Darlings vielleicht einfach in Ruhe lassen sollten. Wir haben unsere Zeit an der Spitze schon gehabt. Wenn sie das wirklich noch einmal brauchen, können wir vielleicht einen Waffenstillstand mit den Darlings schließen.

Royal lacht darüber. Sie haben sein Auto zerstört. Er wird ihnen nie vergeben. Royal ist mein Fels in der Brandung. Er ist loyal und beschützend und gut. Aber das Wort Vergebung kommt in seinem Wortschatz nicht vor.

Trotzdem verspricht er, dass ich weit weg sein werde, wenn er irgendwelche Rachepläne schmiedet. Was auch immer sie tun, sie werden mich in keiner Weise mit reinziehen. Die Darlings können es mit meinen Brüdern aufnehmen und mich da rauslassen. Danach sind meine Brüder verdächtig ruhig und ich stochere nicht mit Fragen herum. Ich will nicht wissen, was sie vorhaben. Unwissenheit ist Glückseligkeit und so. Wenn ich es nicht weiß, kann ich für nichts verantwortlich gemacht werden, was sie tun.

In der nächsten Woche hänge ich mit Dixie in der Schule rum und gebe ihr Tipps zu Make-up, Jungs und Mode. Ich lebe mich in meinen Klassen ein. Ein paar gedämpftes Wuffs und Kichern sind der einzige Hinweis darauf, dass sich die Leute an den ersten Schultag erinnern. Niemand schließt sich zusammen, um mich anzubellen, und die Darlings lassen mich so gut wie in Ruhe, außer Colt, der mich zwingt, neben ihm in Literatur zu sitzen. Devlin kommt nicht in mein Schlafzimmer gestürmt, also hält Colt wohl den Mund.

Jeden Tag verlassen wir das Haus lächerlich früh, damit wir in der Schule ankommen und auf dem Primo-Spot parken können, bevor die Darlings da sind. Zu Hause lerne ich, ignoriere die mitternächtlichen Footballgeräusche von nebenan und behalte Papa im Auge, damit er nicht wieder daran denkt, Mrs. Darling zu bespaßen. Das erste Wochenende vergeht ruhig. Zu ruhig. Ich werde langsam nervös wegen meiner Brüder. Seit dem Vorfall mit dem Briefkasten fahren wir mit zwei Autos zur Arbeit – Kings Evija und Dukes Hummer. Der Range Rover steht mit neuen Reifen in der Garage, aber mit eingedellter Seite, und erinnert mich jeden Tag daran, dass ein Vergeltungsschlag geplant ist.

Am nächsten Freitagmorgen, obwohl wir früh ankommen, hat der Bel Air wieder auf unserem Platz geparkt. Meine Brüder sagen kein Wort, was mein Blut gefrieren lässt. Ich weiß es besser, als zu glauben, dass sie den Kampf aufgegeben haben. Meine Brüder werden nie aufhören. Sobald sie sich etwas in den Kopf gesetzt haben, ist es unmöglich, sie von etwas anderem zu überzeugen. Selbst ich kann sie nicht überreden und sie würden alles für mich tun.

Royal begleitet mich zu meiner ersten Klasse, aber er sieht sich immer wieder um, als wäre er abgelenkt. Als würde er auf etwas warten.

# Mobbe mich

„Was ist los?", frage ich. Es sieht meinem streitfreudigen Bruder nicht ähnlich, nervös zu sein.

„Nichts", sagt er. „Aber vielleicht solltest du heute Nacht zu Hause bleiben."

Ich schlucke schwer und nicke. So gern ich auch zum Spiel gehen und die Konkurrenz mit meinen Brüdern ausloten möchte, wenn sie sich heute Abend prügeln, möchte ich nicht dabei sein. Das Spiel zu verpassen und zu Hause zu bleiben, ist der leichteste Weg, um den Darlings klarzumachen, dass ich, selbst wenn ich meiner Familie treu bin, bei den eskalierenden Streichen nicht mit an Bord bin. Ich habe zwei Wochen in Willow Heights überlebt, aber bin jeden Moment auf Eierschalen gelaufen.

Die Glocke läutet und ich winke und gehe in die erste Stunde, dankbar, dass Devlin abwesend ist. Er scheint die erste Stunde nur zu besuchen, wenn er Lust hat, was ungefähr die Hälfte der Zeit vorkommt. Ich beschwere mich nicht. Ich husche zu unserem Labortisch und atme aus. Ich weiß nicht einmal, wie ich mir meine Gefühle für Devlin erklären soll. Wenn ich im Unterricht neben ihm sitze, fällt mir das Atmen schwer. Mein Körper ist wie elektrisiert, wenn er in seiner Nähe ist, meine Haut brennt darauf, näherzukommen, sich an ihn zu drücken. Aber sobald er spricht, will ich ihm in die Eier schlagen. Ich höre, wie er nachts den Football wirft, und es zieht mich auf meinen Balkon, in der Hoffnung, jeden Abend einen Blick auf ihn zu erhaschen, wie ich es beim ersten Mal getan habe. Und dann lächelt er dieses kalte, gefährliche Lächeln, das ihn so furchterregend und hypnotisierend wie eine Schlange aussehen lässt.

Ich schüttele die Gedanken ab und versuche, mich zu konzentrieren. Nichts an Devlin Darling passt in meinen Plan, mich hier besser aufzuführen. Nichts an ihm würde in mein Leben passen, nicht wenn sich meine Brüder mit ihm bekriegen. Trotzdem hat er seit dem ersten Tag, an dem wir zusammengesessen haben, keine Sitze verschoben oder mich gebeten, umzuziehen. Manchmal erwische ich ihn dabei, wie er mich ansieht, und für eine Sekunde kann ich den echten Devlin sehen, in ihn hineinsehen, sehen, dass er nur ein Mensch ist wie der Rest von uns. Manchmal bringt er mich mit seinem stillen, unerwarteten Humor sogar zum Lachen. Und dann gibt er einen unhöflichen, herrischen

Kommentar von sich, der zeigt, was für ein selbstgefälliger Arsch er wirklich ist.

Nach dem Unterricht gehe ich zu meinem Schließfach und hoffe, dass ich Glück habe und Colt aus der zweiten Stunde verpasse. Ich bemerke, wie ein paar Leute flüstern, als ich an meinem Schließfach anhalte, aber ich kann nicht sagen, ob es schlimmer als sonst ist. Schließlich bin ich die *Darling Dog*. Und obwohl nicht wirklich etwas daraus geworden ist, bekomme ich gerade genug Kommentare und Hundegeräusche, um zu wissen, dass niemand es vergessen hat. Es hängt über mir, folgt mir wie ein Echo durch die Gänge. Ich kann keinen Moment vergessen, dass ich markiert worden bin.

Ich fange an, das Zahlenschloss zu drehen, als ich etwas Vertrautes rieche, das ich nicht einordnen kann, ein Geruch, halb abgestandenes Fett, ein Teil muffig und ein Teil etwas anderes. Ich werde langsamer, während ich das Schloss auf die zweite Zahl drehe, aber mein Verstand rast. Ich kann mich umdrehen und fragen, wer es getan hat, auch wenn ich nicht genau weiß, was „es" ist. Ich kann zum Unterricht eilen, ohne mein Schließfach zu öffnen, aber wenn ich das tue, werden alle wissen, dass ich weglaufe. Oder ich kann mein Schließfach öffnen und mich dem stellen, was sie dort hineingestopft haben.

Ich bin oft weggerannt, habe mich versteckt und gute Miene zum bösen Spiel gemacht, aber ich bevorzuge es, wenn es nicht so aussieht, als würde ich vor Angst weglaufen. Eine Dolce zu sein bedeutet, nie das Gesicht zu verlieren, und wenn das bedeutet, sie über mich lachen zu lassen, werde ich es tun. Wenn ich nicht die Ruhe verliere, kann ich trotz ihres Lachens meine Würde behalten. Und wenn ich nicht reagiere, werden sie früh genug das Interesse verlieren.

Ich atme tief durch, halte bei der letzten Zahl inne und spüre, wie das Schloss einrastet, bevor es nachgibt. In der Sekunde, in der das Schloss sich öffnet, springt die Tür wie von allein auf. Ich springe unwillkürlich zurück, obwohl ich gedacht habe, ich wäre bereit dafür. Die Tür schwingt auf und eine Kaskade von Hundefutter strömt aus meinem Schließfach. Es regnet zu Boden, verteilt sich über den Flur und begräbt die Zehen meiner nackten Pumps.

## Mobbe mich

Ein paar Leute bellen, aber die meisten lachen nur. Ich starre auf mein Schließfach, mein Herz hämmert, mein Verstand rast.

*Reagiere nicht,* sage ich mir. *Nimm deine Bücher, schließ dein Schließfach und geh zum Unterricht, als wäre nichts passiert. Was auch immer du tust, vergiss es, vergieß keine Träne, egal, was sie tun.*

Ich greife nach vorn und ziehe das Shakespeare-Buch heraus, meine Hände zittern, meine Finger sind taub. Noch mehr Hundefutter regnet auf meine Bücher herab. Ich greife nach der Schließfachtür und versuche, nicht zu weinen. Ich werde ihnen diese Genugtuung nicht geben.

Bevor ich das Schließfach schließen kann, packt eine Hand die Tür von hinten und schlägt sie mit einem metallischen Knall zu, der durch den Flur hallt. Devlin steht dahinter, seine Handfläche flach auf meinem geschlossenen Schließfach, seine Augen starren in meine. Ein nervöses Gelächter dringt durch den Flur und ich suche nach meinen Brüdern, weil ich denke, dass sie jemand kommen sieht.

Aber sie sind nirgendwo zu sehen. Diese Leute haben keine Angst vor meinen Brüdern oder vor einem Kampf. Sie haben Angst vor Devlin.

Wenn man die Wut in seinen eisigen Augen knistern sieht, ist leicht zu verstehen, warum er anderen Angst einflößt. Ich weiß aber nicht, warum jemand außer mir Angst haben sollte.

„Wer hat das gemacht?", fragt Devlin und dreht sich langsam um, um sich die Menge anzusehen.

Ein Gemurmel geht durch die versammelte Menge, aber niemand tritt nach vorn. Ich bin davon ausgegangen, dass er es gewesen ist, und wenn nicht er, dann einer seiner Cousins. Aber er sieht aus, als würde er gleich ausflippen. Ich verstehe das nicht. Er hat mich zur *Darling Dog* ernannt. Er hat eine Zielscheibe auf meinen Rücken gemalt. Und jetzt ist er sauer, dass mich jemand ins Visier genommen hat?

„Was ist hier los?", ruft eine aufgebrachte Lehrerinnenstimme und eine zierliche ältere Lehrerin in Bleistiftrock und Blazer drängt sich durch die Menge.

## Mobbe mich

„Gehen Sie weg", sagt Devlin, ohne sie anzusehen. „Das ist eine Angelegenheit der Darlings. Das geht Sie nichts an."

Sie sieht aus, als würde sie widersprechen wollen, aber dann kneift sie die Lippen zusammen und starrt ihn missbilligend an. Ohne ein weiteres Wort dreht sie sich um und drängt sich durch die Menge, sodass ich mit offenem Mund zurückbleibe. Fuck. Die Darlings haben kein bisschen Angst vor Konsequenzen, denn für sie gibt es keine. Wenn ich irgendwelche Zweifel gehabt habe, dass sie diese Schule anführen, sind sie jetzt verflogen. Ebenso wie jede Chance, aus der Szene herauszukommen, die sich grade um mich herum aufbaut.

Und so sehr ich mit dieser Lehrerin davonlaufen möchte, ein unersättlich neugieriger Teil von mir möchte unbedingt wissen, was als Nächstes kommt, obwohl ich weiß, dass es nicht gut sein kann. Ich bin fasziniert von Devlins Wut. Wie ein Sturmjäger möchte ich ihm folgen, seine zerstörerische Kraft miterleben, obwohl ich weiß, dass dieser Sturm mich zerfetzen könnte.

## Selena

Ich weiß, er würde mich sowieso nicht gehen lassen. Und als Colt auf meine andere Seite schlüpft, ist das Spiel vorbei. Sie werden mich aufhalten, wenn ich jetzt versuche zu rennen.

„Das ist die *Darling Dog*", sagt Devlin zu der Menge, seine Hand schießt hervor und packt mich im Nacken. Er zieht mich an seine Seite, aber diesmal ist sein Griff nicht gewaltvoll. Er ist fest und besitzergreifend, nicht grausam. „Sie ist *meine* Hündin. Verstanden?"

„Lass sie es essen", ruft ein Typ und schreckt dann zurück, als Devlin seinen Blick in seine Richtung richtet.

„Wer hat das gesagt?", fragt Devlin und sein Griff wird fester.

Devlins Blick bohrt sich in die Menge und nach ein paar Sekunden lacht der Typ, der gesprochen hat, nervös. „Ich dachte nur, es wäre lustig."

„Ist das ein Witz für dich?", fragt Devlin.

„Na ja –"

Bevor er den Satz beenden kann, unterbricht Devlin ihn. „Hier geht es nicht um Streiche. Das ist echt. Dieses Mädchen ist eine Hündin. *Unsere* Hündin. Niemand füttert sie, nimmt sie mit auf Ausflüge oder streichelt sie ohne unsere Erlaubnis."

„Entschuldigung", sagt der Typ und schlurft einen Schritt zurück.

„Du kannst es essen, wenn du denkst, dass das lustig ist", sagt Preston und tritt durch die Menge. Von allen Darlings kenne ich ihn am wenigsten, und doch ist er genauso beängstigend. Seine Drohungen klingen wie Witze, aber das Funkeln an Bösartigkeit in seinen Augen vermittelt mir den Eindruck, dass er jede kranke Drohung, die er macht, gerne in die Tat umsetzen würde.

„Was?", fragt der unglückliche Typ, der gesprochen hat, und seine Augen werden groß, als er sieht, dass alle drei Darling-Cousins hier sind.

Preston spricht langsam. „Nimm eine Handvoll und iss."

Der Typ blickt von einer Seite zur anderen, als suchte er nach jemandem, der ihn rettet. Aber die Lehrerin wird sich offensichtlich nicht in dieses Ritual einmischen. Nach einer Sekunde beugt sich der Typ runter und nimmt eine Handvoll hoch. Sein Gesicht rötet sich gedemütigt, als er es zum Mund führt, aber er hört nicht auf. Er steckt das Futter in den Mund und beginnt zu kauen.

„Wer hat unsere Hündin gefüttert?", verlangt Devlin und macht sich nicht einmal die Mühe, zuzusehen, wie sein Cousin den Typen öffentlich schikaniert. Niemand antwortet, aber eine Gruppe beliebter Mädchen lacht nervös.

„Ihr?", fragt er, den Blick mit einer Bosheit auf sie gerichtet, die mir Angst um sie macht. Ja, sie haben einen beschissenen Streich gespielt, um mich zu demütigen, aber ich habe das Gefühl, dass sie etwas viel Schlimmeres bekommen als ein Schließfach voller Hundefutter.

„Es war nur ein Scherz", sagt Lacey schließlich.

„Lache ich?", fragt Devlin mit leiser, aber donnernder Stimme. Seine Finger zittern vor kaum zurückgehaltener Wut und mir wird klar, dass dieser Kerl gerade völlig außer Kontrolle ist. Als er mich an der Kehle gepackt hat, ganz kühl und berechnend, hat er vielleicht verrückt gewirkt, aber jetzt sieht er... vollkommen psycho, nicht mehr alle Tassen im Schrank bekloppt und wahnsinnig aus. Ich habe plötzlich Angst um Lacey. Sie ist zwar eine Bitch, aber auch Bitches haben Würde.

„Das ist keine große Sache", sage ich schnell.

„Ruhe", befiehlt Devlin und schüttelt mich ein wenig. Er starrt Lacey und ihre Freundinnen an und streckt seine andere Hand aus. „Gebt mir eure Puppen."

Was. Zum. Teufel.

„Was? Nein", schreit Lacey, ihre Augen werden groß und ihre Finger fliegen zu ihrer Kehle.

„Wir haben das nicht ernst gemeint", sagt ein anderes Mädchen, sie klingt den Tränen nahe. Sie wirft mir einen panischen Blick zu, als könnte ich sie vor dem Schicksal retten, das sie gewählt hat.

„Ihr seid Dollys Vermächtnis nicht würdig", sagt Devlin.

„Das war Laceys Idee", jammert ein anderes Mädchen.

„Und du hast mitgemacht", sagt Colt. „Du hättest wirklich nicht mit unserem Welpen spielen sollen."

Devlin sieht das Mädchen mit zusammengekniffenen Augen an. „Du bist schwach. Keine von euch hat es verdient, eine Puppe zu sein."

„Es tut mir leid", wimmert das Mädchen, während ihr Tränen in den Augen schießen, als sie eine Halskette aus ihrem Hemd zieht. An der silbernen Kette hängt eine winzige Kristallballerina. Ihre Hand zittert sichtlich, als sie diese in Devlins ausgestreckte Handfläche fallen lässt. Sie wirft mir einen vernichtenden, hasserfüllten Blick zu, bevor sie sich die Tränen wegwischt.

„Ich habe meine zu Hause gelassen", sagt ein anderes Mädchen mit zitternder Stimme.

„Geh und hol sie", sagt Devlin. „Bis du zurückkommst, werden deine Freundinnen schlemmen."

„Was?" , fragt Lacey und sieht entsetzt aus. „Ich kann kein Hundefutter essen. Ich bin eine *Darling Doll*."

„Nicht mehr", sagt Devlin mit einem sadistischen Funken des Triumphs in seinen Augen, als er seine Hand um die drei Ballerina-Anhänger legt.

„Aber ... ich vertrage kein Gluten", protestiert sie.

„Auf die Hände und Knie", sagt Devlin langsam, ein grausames Lächeln umspielt seine Lippen. „Ihr drei werdet wie Hunde essen, bis sie zurückkommt."

# Mobbe mich

„Beeil dich", sagt ein anderes Mädchen und diejenige, die ihre Halskette zu Hause gelassen hat, dreht sich um und sprintet den Flur entlang zum Ausgang.

Prestons Hand bewegt sich träge zu seinem Schritt und er streichelt sich selbst durch seine Hose. „Ich habe noch etwas, was ihr auf den Knien tun könntet, wenn ihr möchtet."

„Nein", schnappt Devlin. „Sie werden das Chaos aufräumen, das sie angerichtet haben."

Mir wird schlecht, als ich die drei Mädchen in dem Hundefutter-Chaos auf die Knie sinken sehe. Ich kann nicht die Einzige sein, denn es ertönt kein Lachen mehr. Der Flur ist still, während wir zusehen, wie Lacey ein einzelnes Bröckchen zwischen ihre zitternden Lippen steckt und zu kauen beginnt.

„So essen Hunde nicht", sagt Preston und hält sein Handy hoch, um die Szene zu filmen. „Drück deinen Arsch in die Luft und hebe es mit diesen hübschen Lippen vom Boden auf, die du doch so gerne benutzt."

Für einen Moment treffen mich Laceys Blicke und sie starrt mich mit solch intensivem Hass an, dass ich zurückschrecke. Mit einem Schluckauf senkt sie den Mund zu Boden und bekommt ein Stück Futter zwischen die Lippen. Während sie kaut, hallt das Knirschen durch die Stille und eine Träne läuft ihr über die Wange. Sie schnieft und hebt ein weiteres Stück auf, jetzt kommen noch mehr Tränen. Die anderen Mädchen weinen auch und alle essen schweigend das Hundefutter, mit dem sie mein Schließfach gefüllt haben als hasserfüllten, hässlichen Streich.

Ich kann nicht anders, als bei dem erbärmlichen Anblick, wie sie Hundefutter vom Boden fressen, entsetzt zu sein. Ich mag keine Mobber, aber das mag ich auch nicht.

„Ich denke, das reicht", sage ich. „Ihr habt euren Standpunkt klargemacht."

Devlin wirbelt herum und nagelt mich mit seinem Körper an das Schließfach. Er stützt sich mit beiden Ellbogen gegen das Metall und hält mich gefangen. Mein Atem kommt schneller, als unsere Körper sich berühren, ein Kontakt, der sich in dieser bizarren Situation gefährlich gut anfühlt, als wäre er irgendwie ein Trost statt einer Bedrohung.

# Mobbe mich

„Du hast den Punkt völlig verpasst", knurrt er. „Ich sage, wenn es genug ist. Was ich sage, läuft in dieser Schule. Nicht du und nicht deine Stadtjungen-Brüder. Ich."

Seine Augen blitzen auf und ich nicke und meine Zunge schießt instinktiv heraus, um meine Lippen zu befeuchten. Die Bewegung fällt Devlin ins Auge und er senkt seinen Blick für einen langen Moment auf meine Lippen, was die Schmetterlinge in meinem Bauch weckt.

*Nein, nein, nein ...*

„Sei eine gute Hündin und gehorche deinem Herrchen", sagt er so leise, dass nur ich und Colt, der neben uns steht, es hören können. „Jetzt geh zum Unterricht, bevor du in noch mehr Schwierigkeiten gerätst."

# Zwölf

Die Jungs gehen an diesem Abend zum Spiel, aber Papa hat mich bestochen, damit ich zu Hause bleibe, mit dem Versprechen, dass wir etwas Zeit miteinander verbringen. Als die Jungs gehen, ist er immer noch nicht zu Hause. Am Horizont braut sich ein Gewitter zusammen und die Hitze ist vorerst endlich zu Ende. Ich sitze draußen auf dem Balkon, in einen Bademantel gehüllt, und sehe in der Ferne Blitze aufflackern. Wo ist er?

Mein Handy klingelt und erschreckt mich. Angst durchzuckt mich, als ich es aus meinem Bademantel ziehe, sicher werde ich sehen, dass Papa anruft, um zu sagen, dass er einen Unfall gehabt hat, oder schlimmer noch, dass meine Brüder etwas Dummes getan haben.

Stattdessen sehe ich eine Video-Chat-Anfrage von Mama. „Liebling", sagt sie, als ich den Anruf annehme. „Runzele nicht so die Stirn. Ich möchte kein Geld ausgeben müssen, um diese Falten glätten zu lassen, bevor du zwanzig wirst."

„Hi, Mama", sage ich und verdrehe die Augen. „Wie ist alles zu Hause?"

Sie verzieht das Gesicht und ich erwäge, sie wegen der Falten zu ärgern, aber ich beschließe, diese Spitzfindigkeiten vorerst für mich zu behalten. Sie ist jetzt für mich da, während sonst niemand da ist, und der Anruf ist eine gute Ablenkung von meinen melancholischen Gedanken und grundlosen Sorgen.

„Weißt du, ich dachte, es wäre viel aufregender als bisher", sagt sie. „Es stellt sich heraus, dass das Leben als Single nicht so glamourös ist. Es ist nicht anders, als ihr noch hier wart, außer dass ich niemanden habe, mit dem ich reden kann, wenn mir langweilig wird."

„Schön, dass wir dich all die Jahre unterhalten konnten."

„Wo ist dein Vater?"

„Arbeit", sage ich. „Natürlich."

Sie schmollt mich an. „Weißt du, er wäre vielleicht ein guter Ehemann gewesen, wenn er nicht schon mit seinem Job verheiratet wäre. Keine Frau will die Geliebte in ihrer eigenen Ehe sein."

„Das sind Probleme für deinen Therapeuten, Mama." Ganz zu schweigen davon, dass Mama ohne Papas Job nie in der Lage gewesen wäre, das Leben, das sie so sehr liebt, in Manhattan aufrechtzuerhalten.

Sie fängt an, mir eine lange Geschichte über etwas Skandalöses zu erzählen, das sie über ihren Therapeuten herausgefunden hat. Ich höre halb zu, dankbar für die Ablenkung ihres endlosen Klatsches. Es ist mir egal, mit wem ihr verheirateter Therapeut vögelt, aber die Vertrautheit ihres Tratsches ist beruhigend.

Als sie ihre Geschichte endlich beendet hat, ist es dunkel geworden. Immer noch keine Spur von Papa. Das Darling-Haus steht dunkel und leer nebenan, die ganze

## Mobbe mich

Familie ist zweifelsohne beim Spiel. Anscheinend ist Football im Süden eine Familienangelegenheit.

Das erinnert mich an Papas Geständnis. „Wusstest du, dass Papa hier aufgewachsen ist?", frage ich Mama.

Sie seufzt und verdreht die Augen. „Er ist dort nicht aufgewachsen. Er ging dort ein paar Jahre aufs Gymnasium und er tut gerne so, als gehöre er dorthin. Ihr gehört alle genauso nach New York wie ich. Wann wird er sich diese dumme Idee aus dem Kopf schlagen und zurückziehen?"

„Du willst ihn zurück?", frage ich und spüre, wie sich ein Kloß in meinem Hals bildet.

„Er ist derjenige, der mich verlassen hat", sagt sie. „Ihr habt mich alle verlassen."

Ich schüttle den Kopf und lasse mich nicht ablenken. „Deshalb wollte er also hier eine Filiale aufbauen? Weil er hier aufs Gymnasium gegangen ist."

Sie seufzt wieder. „Ich gehe davon aus."

„Hat er jemals von einer Familie namens Darling gesprochen?", frage ich. „Die er damals kannte?"

„Oh, ich weiß nicht", sagt sie. „Er hat manchmal darüber gesprochen, aber es klang alles so todlangweilig."

# Selena

„Hast du also schon mal von ihnen gehört?", frage ich. „Ihr Sohn sagte, Papa habe schon einmal versucht, sich mit ihnen anzulegen."

„Dein Vater ist ein Geschäftsmann", sagt Mama. „Manchmal muss man in einem Unternehmen schwierige Entscheidungen treffen."

„Also war es geschäftlich", sage ich. „Nicht persönlich."

Ich muss zugeben, ich bin erleichtert. Ich habe befürchtet, es wäre etwas Skandalöseres wie eine Affäre. Auch wenn ich mit Papa besser klarkomme als mit Mama, wäre ich am Boden zerstört für sie, wenn er fremdgegangen wäre.

„Ja", sagt Mama schniefend. „Was sonst? Bei deinem Vater ist es immer geschäftlich."

„Was hat er getan?" Blitze zucken am Horizont und ich schaue wieder auf die Auffahrt und frage mich, wo er jetzt ist. Sie hat aber recht. Die Arbeit steht immer an erster Stelle. Wahrscheinlich hat er unsere Pläne vergessen und ist wieder lange im Büro geblieben.

„Wer weiß", sagt Mama. „Ich glaube, dieser Darling-Typ hat behauptet, *Dolce Drops* seien seine Idee gewesen. Was natürlich lächerlich ist. Wenn es seine Idee gewesen wäre, wären es *Darling Drops* gewesen."

Also alter geschäftlicher Groll. Überhaupt nichts Sensationelles. Eigentlich etwas enttäuschend. Nicht dass ich Drama zwischen unseren Familien will, aber die Darlings haben sich offensichtlich ohne die Hilfe von Papa gut geschlagen. Was ich nicht verstehe, ist, warum er direkt neben einem Mann einziehen will, der ihn beschuldigt, sein Patent gestohlen zu haben oder was auch immer.

„Nicht jeder kann gewinnen, Crystal", sagt Mama, nippt an ihrem Martini und überprüft ihr Bild in der Ecke des Bildschirms. „Verlierer wird es immer geben. Du musst diese Realität akzeptieren und darfst dich nicht in dem Schicksal der Verlierer verwickeln. Du musst auf dich aufpassen. Das haben wir immer versucht, euch Kindern beizubringen."

„Da hast du einen tollen Job gemacht", sage ich. Mama achtet immer auf sich selbst, das ist sicher.

„Gut", sagt sie. „Dolces gewinnen immer. Vergiss das nicht."

„Werde ich nicht", sage ich und schaue auf das Haus der Darlings. Ich frage mich, ob sie das Devlin sagen. Ob sie ihm predigen, ein Gewinner zu sein, gut und stark auszusehen, niemals die Risse in seiner Rüstung zu zeigen. Ich frage mich, ob er ein Familienmotto hat, ob er fünfmal so viel Druck verspürt wie ich, weil er das einzige Kind ist, der Erbe ihres Familiennamens und ihres Vermögens.

Ich frage mich, ob es eine Möglichkeit für die Dolces und die Darlings gibt, beide zu gewinnen. Im Moment sieht es nicht danach aus.

# Dreizehn

*Wer wählt ein Mädchen aus, das das ganze Schuljahr wie eine Hündin behandelt wird? Monster, die machen so was. Kranke Ficker. Soziopathen. Falls ein Teil von mir sie versteht oder verstehen will, macht mich das dann auch zu einem Soziopathen?*

Am Montag holt Royal den Range Rover aus der Garage und sitzt mit Leerlauf in der Einfahrt, während der Rest meiner Brüder einsteigt. Er hat das Auto seit dem Unfall nicht mehr gefahren, und das aus gutem Grund. Es sieht aus wie ein Schrottauto.

„Was tust du da?", frage ich und betrachte das verbeulte und zerkratzte Fahrzeug misstrauisch. Einer der Scheinwerfer ist zertrümmert, zusammen mit der

Seitenwand dahinter, der Beifahrertür und einem Teil der dahinter liegenden Hecktür.

„Zur Schule fahren", sagt Royal. „Duke, nimm Crystal in deinem Auto mit."

„Auf keinen Fall", sagt Duke. „Ich will das Gesicht dieser Arschlöcher nicht verpassen, wenn wir auftauchen."

„Warum habe ich das Gefühl, dass du verhaftet wirst?", frage ich.

„Weil du dir zu viele Sorgen machst", sagt Duke und legt einen Arm um mich. „Jetzt komm schon, wenn wir ihnen direkt folgen, werden wir alles beobachten können."

„Was auch immer passiert, ich will es nicht sehen", sage ich. Aber ich steige trotzdem mit Duke ins Auto. Vielleicht ist ein Teil von mir immer noch die neugierige Bitch, die ich in New York gewesen bin. Oder vielleicht möchte ich einfach nur wissen, was meine Brüder tun. Es liegt definitiv nicht daran, dass ich die Darlings auch sehen möchte, denn ich kann nicht verhindern, von ihnen angezogen zu werden wie ein Voyeur, der in ihr Leben schaut und versucht, sie zu verstehen. Das sage ich mir zumindest selbst.

# Mobbe mich

Ich steige mit Duke und Baron in den Hummer und wir folgen dem kleineren Wagen wie eine Militäreskorte. Es sendet auf jeden Fall eine klare Botschaft.

„Ist das eure Art, der Schule zu sagen, legt euch nicht mit uns an oder wir bringen die großen Waffen mit?", frage ich.

Baron lacht vom Beifahrersitz aus. „Ja, klar."

„Diese Arschlecker gehen unter", singt Duke, offensichtlich high vor Aufregung, die Darlings zu besiegen.

Ich erinnere mich an Devlins Worte und bekomme Magenschmerzen. „Seid ihr sicher, dass ihr nicht einfach quitt sein wollt und weitermacht? Ich meine, wäre es wirklich so schlimm, eine noch größere Crew zu haben? Eine, die nicht nur unsere Familie ist. Denkt darüber nach. Wir wären sieben statt vier. Ihr wärt fast doppelt so stark."

„Du verstehst wirklich nicht, wie das funktioniert, oder?", fragt Baron und dreht sich um, um mich hinter seiner Brille anzulächeln. Ein Grübchen bildet sich in seiner Wange. Er ist immer noch mein entzückender kleiner Bruder, egal welchen Plan er sich ausdenkt.

# Selena

Ich öffne den Mund, um es ihm zu verraten, aber dann schließe ich ihn. Wenn ich meinen Brüdern erzähle, dass er mich bedroht hat, werden sie viel Schlimmeres tun als alles, was sie als Rache für Royals Auto planen. Ich werde meine Nase da nicht reinstecken und alles noch schlimmer machen. Ich halte mich einfach von der ganzen Sache fern, beobachte an der Seitenlinie, was passiert, und lasse die Jungs die Dinge allein klären. Es ist ja sowieso nicht so, als würden sie auf mich hören.

Wir fahren wie immer früh auf den Parkplatz. In der letzten Woche haben meine Brüder das dumme Spiel mit den Darlings gespielt, bei dem jeder versucht, früher als der andere anzukommen, um den Primo-Parkplatz zu bekommen. Aber heute, anstatt zu fluchen und finster dreinzublicken, weil die Darlings ihren Platz gestohlen haben, kichert Baron, als er sein Telefon im Videomodus auf das Armaturenbrett stellt. Duke fährt auf den Parkplatz und kreist herum, sodass wir eine Reihe hinter dem Bel Air bilden. Er bleibt mitten auf der Straße stehen und ignoriert ein Auto, das hinter ihm fährt und darauf wartet, in eine Reihe der Parkplätze abzubiegen.

# Mobbe mich

„Was tust du da?", frage ich noch einmal, mein Herz hämmert so laut in meinen Ohren, dass ich meine eigenen Worte kaum hören kann. „Was auch immer es ist, du musst aufhören."

„Ich halte es nur auf Video fest", sagt Baron. „Das wird auf meinem YouTube-Kanal so viele Hits bekommen."

Ich lehne mich zwischen den Sitzen nach vorn, Angst wirbelt in mir wie ein unruhiges, stürmisches Meer. Royal fährt im Rover die Reihe von Parkplätzen entlang, ohne langsamer zu werden, während er auf seinen Parkplatz zusteuert. Tatsächlich scheint er schneller zu werden. Die verbeulte Tür und das zerbrochene Licht blitzen vorbei und ich möchte meine Augen schließen, um sie zu bedecken, aber ich kann nicht. Ich starre geschockt hin, als der ramponierte Rover auf den Bel Air zuschießt.

Devlin und Preston blicken von ihrem üblichen Platz beim Auto hoch. Und Colt ... Der nervig charmante Colt klebt wie immer an seinem Handybildschirm. Ein Schrei bleibt mir im Hals stecken und meine Hand fliegt hervor, als könnte ich Royal aufhalten, als könnte ich Colt packen und ihn aus dem Weg zerren.

Preston schreit etwas und springt vom Auto weg. Angst legt sich wie eine Hand über sein Gesicht und löscht seine perfekte Maske der Gleichgültigkeit. Devlin packt Colt und zerrt ihn über den Bürgersteig, schneller als er in der Lage sein sollte, sich zu bewegen, während sein Cousin stolpert und verwirrt protestiert. Und dann kracht der Range Rover wie eine Abrissbirne in den Bel Air.

Quietschen von Metall und zersplitterndem Glas hallt über den Parkplatz. Der Bel Air rutscht aus seinem Parkplatz, dreht sich um volle hundertachtzig Grad, während er den winzigen Grasstreifen hinunterhüpft, welcher den Parkplatz vom Gebäude trennt, in den Graben gleitet und gegen das Ende eines Durchlasses knallt.

Stille legt sich über den Parkplatz. Alle sind zu fassungslos, um sich zu bewegen. Nur ein paar Dutzend Leute sind draußen, alle stehen wie erstarrt da, als sie sehen, wie sich der schöne Streitwagen, der die Könige der Schule kutschiert, in einen zerknitterten Haufen verwandelt, wie eine zerbrochene Blechdose.

## Mobbe mich

Devlin bewegt sich zuerst. Er springt auf den Rover zu, der quer über dem begehrten Parkplatz steht. Dampf quillt aus der eingedellten Motorhaube, die ganze Front ist eingeschlagen. Ich schreie, taumele zur Tür des Hummers und springe auf den Bürgersteig. Ich rappele mich hoch, als Devlin die kaputte Beifahrertür aufreißt. King springt ihm entgegen und packt Devlin vorn an seiner Jacke.

„Ich schätze, wir haben dich einfach nicht gesehen", knurrt King und schüttelt Devlin. „Auf *unserem* Parkplatz."

Devlin schwingt aus, seine Faust trifft auf Kings Kiefer. Er ist sprachlos. Seine Augen sind völlig verrückt. Royal springt über den Sitz und stürzt sich in den Kampf, wobei er in Devlin und King schlägt. Er wendet sich zu Devlin, dem es egal zu sein scheint, wen er schlägt. Er schlägt Royal mit der Faust ins Gesicht und zerschmettert seine Nase. Royal stolpert zurück und greift nach Devlin, aber er ist zu schnell. Er wirbelt herum wie ein Derwisch und seine Fäuste regnen auf meine Brüder herab. Blut spritzt auf den Bürgersteig.

Schreiend renne ich auf sie zu, geblendet von Panik. Er wird meinen Bruder töten.

# Selena

Hinter meinem Drang, meinen Zwilling zu beschützen, steckt kein Gedanke, nur Instinkt. Denn wenn ich einen Gedanken bewältigen könnte, würde er mich über den Rand drängen. Wenn ich einen Gedanken fassen könnte, wäre es, dass Devlin völlig verrückt ist. Er kämpft mit einer Rücksichtslosigkeit, die Royal nicht hat, mit einem völligen Mangel an Selbsterhaltung, als ob es ihm egal wäre, welcher von ihnen in diesem Kampf stirbt, aber er wird bis zum Tod kämpfen.

Bevor ich sie erreiche, sieht Royal von seinem Würgegriff an Devlin hoch.

„Crystal, verschwinde", schreit er.

Und in dem einen Moment der Ablenkung schlägt Devlin zu. Seine Faust trifft so hart auf Royals Kopf, dass ich das Knacken hören kann, als würde eine Wassermelone zu Boden fallen. Royal krümmt sich seitwärts, sein Körper sinkt schlaff auf den Bürgersteig.

Ich schreie und springe zu ihm. Aber Dukes starke Arme legen sich von hinten um mich und heben mich von den Füßen. Ich trete aus und schreie, geblendet von Panik.

# Mobbe mich

Devlin springt auf die Füße und beginnt, Royal wild zu treten, völlig außer Kontrolle und anscheinend nicht begreifend, dass Royal nicht mehr kämpft.

„Stopp", schreie ich, aber niemand hört in dem Chaos zu. Alle schreien.

King greift Devlin und sie stürzen zu Boden. Preston springt auf sie zu und legt seinen Arm von hinten um Kings Nacken. Eine Sekunde später heulen Sirenen beim Parkplatz auf und ein Polizeiauto hält neben uns an. Zwei Polizisten springen heraus und laufen hinüber, um den Kampf zu beenden. Devlin schlägt immer noch so wild zu, dass er nicht einmal weiß, dass Preston einer von denen ist, die hinter ihm stehen, oder dass ein Polizist hier ist. Erst als sie anfangen, die Kämpfer mit ihren Knüppeln zu schlagen, bringen sie sie auseinander.

Sie drücken Devlin mit dem Gesicht nach unten auf den Bürgersteig und schließen ein Paar Handschellen um seine Handgelenke. Preston und King stehen mit den Händen über dem Kopf da und warten darauf, dass sie an die Reihe kommen, mit Handschellen gefesselt zu werden.

# Selena

„Wer hat die verdammten Bullen gerufen?", fragt Duke, die Arme immer noch um mich, als der Cop meinen ältesten Bruder und zwei Darlings festnimmt.

Ein Krankenwagen kommt und Rettungskräfte springen heraus und kommen herüber, um Royal abzuholen. Mein Herz bleibt fast stehen und ich befreie mich aus Dukes Griff und renne zu meinem wahnsinnigen, kampflustigen Zwilling. Alle meine Brüder haben ihre Laster, ihre riskanten Verhaltensweisen, bei denen sie sich lebendig fühlen, die sie so nah an die Schwelle bringen, dass sie hinüberschauen und dem Tod in die Augen starren können. Aber Royal, mein Gott. Warum muss er die gefährlichsten Sachen von allem wählen?

Ich falle neben ihm auf die Knie, ersticke an meinem Schluchzen und ignoriere die Rettungskräfte, die mir sagen, ich solle zur Seite gehen. Es muss ihm gut gehen. Er muss verdammt noch mal okay sein.

„Wach auf", flehe ich ihn an und ergreife seine Hand, als wäre es das Einzige, was mich vor dem Ertrinken bewahrt. Meine Stimme wird zu einem Flüstern, während Tränen über mein Gesicht fließen. „Bitte."

# Mobbe mich

Royals Hand zuckt einen Moment, bevor seine Lider aufflattern. Seine dunklen Augen heften sich an meine und seine Finger halten mich fester. „Crystal."

„Ich bin hier", sage ich und ein hysterisches Lachen quillt durch meine Tränen durch. „Du Riesenidiot. Du warst ohnmächtig. Du hast mich zu Tode erschreckt."

„Sind alle in Ordnung?", fragt er und versucht, sich aufzurichten.

Die Sanitäter drücken ihn wieder nach unten und bestehen darauf, dass er dort liegen bleibt, während sie die Trage bereit machen.

„Na ja", sage ich und wische mir übers Gesicht. „King und die Darlings wurden verhaftet."

Royal sagt immer wieder, dass es ihm gut geht, aber sie wollen ihn trotzdem in den Krankenwagen bringen, nachsehen, ob er eine Gehirnerschütterung hat, und machen viel Aufhebens um ihn. Devlin, Preston und King sitzen auf Bordsteinen, während die Cops mit ein paar Schülern sprechen. Der Schulleiter und ein anderer Verwaltungsmensch sind nach draußen gekommen und fordern uns alle auf, zum Unterricht zu gehen. Weitere

Polizisten treffen ein sowie ein Schleppwagen, um die kaputten Autos wegzuschleppen.

Ich weigere mich, Royals Seite zu verlassen. Falls er ins Krankenhaus muss, fahre ich ganz bestimmt mit. Ich möchte keine Aussage zu dem machen, was passiert ist. Baron hat sowieso alles auf Video.

Ich begleite Royal ins Krankenhaus, wo sie ihm sagen, dass er eine Gehirnerschütterung hat. Papa kommt wütend hereingestürmt, aber nachdem er mit Royal gesprochen hat, nickt er nur und sagt: „Lass dich von niemandem herumschubsen, Sohn."

Papa setzt uns an diesem Nachmittag zu Hause ab, hinterlässt mir strenge Befehle, mich um Royal zu kümmern, und fährt los, um die Sache mit King zu regeln. Ohne ihn scheint das Haus ruhig zu sein. Es ist so groß, mindestens drei- oder viermal größer als das Sandsteinhaus. Es gibt Räume in dieser Bude, von denen ich nicht einmal die Namen kenne.

„Ich kann nicht glauben, dass du das getan hast", sage ich schließlich zu Royal. „Du hättest sterben können."

# Mobbe mich

„Er hatte es verdient", sagt Royal und legt sich in einen Sessel. „Er hat mein Auto kaputt gemacht. Ich habe seines kaputt gemacht."

„Du denkst vielleicht, du bist quitt, aber er wird es nicht so sehen", erkläre ich ihm. „Was wirst du tun? Einfach weitermachen, bis wirklich jemand getötet wird?"

„Ich lasse nicht zu, dass irgendein Arschloch über mich trampelt", sagt Royal.

Ich setze mich auf den bequemen Lederarm des Liegesessels. „Ich weiß", sage ich seufzend. Das ist nicht der Dolce-Weg.

„Wer hat die Bullen gerufen?", fragt Royal nach einer Minute.

„Ich weiß es nicht", sage ich ehrlich. Ich habe die Menge nicht beobachtet, als alles passiert ist.

„Ich denke, es wird uns nicht schaden", sagt Royal. „Dass sie fest festgenommen wurden. Es könnte die Dinge für uns erleichtern."

Ich stöhne und schließe meine Augen. Das wird nie enden. Das wird mir jetzt klar. Bis jemand wirklich tot sein wird, werden sie weiterkämpfen. Meine Brüder werden nie nachgeben und ich habe das Gefühl, dass die Darlings genauso stur sind.

Mein Handy ist voller SMS, und nachdem Royal mir versichert hat, dass es ihm gut geht, und er mich bittet, ihn nicht mehr wie ein Baby zu verhätscheln, gehe ich nach oben und ziehe meinen Stuhl auf den Balkon. Die meisten SMS stammen von Dixie, die ausflippt und unbedingt den Klatsch und Tratsch hören will. Ich rufe sie trotzdem an.

„O mein Gott, geht es dir gut?", fragt sie anstelle eines Hallos.

„Mir geht es gut", sage ich. „Royal geht es gut. Alle werden in Ordnung sein."

„Hast du gesehen, was mit Devlin Darlings Auto passiert ist?", fragt sie. „Ich glaube nicht, dass je wieder irgendwas gut wird!"

Darüber lache ich. „Findest du das nicht ein bisschen zu dramatisch?"

„Das ist kein Auto, das man einfach *kaufen* kann", sagt sie. „Selbst wenn die Versicherung die Kosten ersetzt, können sie das Auto nicht ersetzen."

# Mobbe mich

„Ich bin sicher, jemand repariert alte Autos, um sie zu verkaufen", sage ich und meine Kehle wird plötzlich trocken vor Nervosität. Ich zupfe an dem Schorf, der sich seit heute Morgen auf meinem Knie gebildet hat.

„Das hat er nicht gekauft", sagt Dixie. „Er und sein Vater haben es gebaut. Von Grund auf neu!"

„Nicht von Grund auf", sage ich. „Ich meine, vielleicht haben sie es restauriert, aber es war schon gebaut."

„Ich sage nur, es ist unersetzlich. Devlin wird auf Blut aus sein."

„Was ist mit seiner Familie los?", frage ich, während ich das Haus betrachte, in dem Devlins Mutter mit rosa hochhackigen Schuhen und sein schwer fassbarer Vater leben.

„Seine Eltern sind geschieden", sagt sie. „Soweit ich weiß, war es ziemlich chaotisch. Seine Eltern sind beide wieder neu verheiratet."

Auf der Schotterstraße nebenan höre ich die Reifen knirschen, und als ich nach unten schaue, sehe ich Mr. Darlings Auto, das hinten in die Garage fährt. Ich kann nicht erkennen, ob Devlin auf dem Beifahrersitz sitzt oder nicht. Er ist mit der Frau, die den Kuchen gebracht hat, ziemlich liebevoll umgegangen und hat sie sogar Mama genannt. Jetzt frage ich mich, ob der Mann des Hauses doch nicht sein Vater ist.

„Neben welchen wohnen wir?", frage ich.

„Seinem Vater", sagt sie. „Seine Mutter lebt irgendwo außerhalb der Stadt. Ich weiß nicht. Es ist nicht so, als wäre ich zu ihren Partys eingeladen. Kannst du dir das vorstellen?"

„Mehr als vorstellen wird für uns nicht drin sein", sage ich. „Wenn man bedenkt, dass ich für sie eine Hündin bin."

„Oh, tut mir leid", sagt sie. „Ich hatte nicht nachgedacht. Aber du hast recht. Du wirst jetzt nie wieder zu einer Darling-Party eingeladen."

„Schade."

„Ich weiß", sagt sie. „Ich habe gehört, sie sind episch. Aber auch unheimlich. Ich habe gehört, dass letztes Jahr nach dem Homecoming die Leute sich gegenseitig herausforderten, Dinge zu tun, und ein Mädchen wagte es, vom Balkon in den Pool zu springen. Sie hat sich das Genick gebrochen und ist gestorben!"

„Das ist sicher nur ein Gerücht", sage ich automatisch. Ich denke an ein totes Mädchen, das in einem Pool schwimmt. Ich denke an ihre Eltern, die sie gefunden haben. Ich denke an die Nachrichten, die sie auf ihrem Handy gefunden haben, an die Kommentare auf ihren sozialen Medien.

Ich schließe meine Augen und versuche zu atmen.

*Kein totes Mädchen. Sie ist nicht gestorben.*

„Nein, es ist wahr", beharrt Dixie. „Homecoming ist dieses Wochenende. Das ist das Jubiläum. Wir sollten uns ihr Grab ansehen. Ich weiß, auf welchem Friedhof sie begraben ist."

Ich zittere und schlinge meine Arme um mich. Früher bin ich auf Partys gegangen, aber meine Brüder haben mich gut bewacht. Es ist so einiges passiert, aber eher das Übliche wie dass jemand in dieser Nacht geschwängert worden ist oder die Zwillinge sich ein Mädchen teilten, ohne es ihr zu sagen. Partys haben Spaß gemacht. Sie sind nicht tödlich gewesen.

„Ich werde nächstes Wochenende zu keinen Afterpartys gehen", sage ich zu Dixie.

„Aber du musst zum Spiel gehen", sagt Dixie, als ob es eine Selbstverständlichkeit wäre.

„Du gehst?", frage ich überrascht. Ich habe Dixie nicht für einen Footballfan gehalten.

„Natürlich", sagt sie und ich kann ihre Augen förmlich rollen sehen. „Alle in der Stadt gehen zum Homecoming. Es gibt nichts anderes zu tun. Die meisten Geschäfte schließen sogar. Wie eine Geisterstadt. Während eines regulären Spiels ist es schon schlimm genug, aber während Homecoming?"

„Ich weiß nicht."

„Du gehst", sagt sie. „Alle gehen. Es wird Spaß machen. Außerdem weiß ich, dass deine Brüder gehen. Ich habe sie letzte Woche gesehen."

„Du hast sie gesehen?"

„Natürlich", sagt sie. „Ich gehe zu allen Spielen. Jeder in der Schule macht das."

„Nicht jeder", murmele ich. Von der anderen Seite des Rasens zwischen unseren Häusern höre ich die

# Mobbe mich

Fliegengittertür des Hauses der Darlings zuschlagen. Eine Minute später setzt das bekannte Aufschlagen des Footballs ein, der auf etwas trifft. Er ist heute Abend früh dran. Normalerweise höre ich Devlin erst spät in der Nacht üben.

„Deine Brüder könnten schon bald als Spieler dabei sein", sagt Dixie. „Ich habe gehört, dass die Darlings möglicherweise nicht im Team sind."

Ich setze mich aufrecht hin, mein Herz bleibt in meiner Brust stehen. „Was?"

„Nun, ich weiß nichts über Preston und deinen Bruder", sagt sie schnell. „Aber es ist ein Video im Umlauf, das deutlich zeigt, wie Devlin deinen Bruder angreift und ihn dann tritt, während er ohnmächtig am Boden liegt. Es sieht ziemlich schlecht aus, Crystal."

Mein Kopf dreht sich, als sich das ganze Puzzle zusammensetzt. Baron hat nicht nur ein Video gemacht, um Hits auf seinem YouTube-Kanal zu bekommen. Er hat das alles so geplant. Sie haben genau gewusst, wie sehr Devlin sein Auto geliebt hat. Das hat sogar seine Stiefmutter neulich gesagt. Sie haben gewusst, dass er seinen Verstand verlieren würde, wenn sie ihn rammen. Und wie ich Baron kenne, hat er das Video so geschnitten, um genau das zu zeigen, was es zeigen soll. Er ist ein Zauberer mit Videos. Er würde es nie zugeben, aber im Herzen ist er ein totaler Geek. Er mag Football spielen, um es zu verbergen, damit er trotzdem flachgelegt werden kann, aber der Typ ist ein Technikgenie.

„Glaubst du wirklich, Devlin wird aus dem Team geschmissen?", frage ich, meine Stimme kaum mehr als ein Flüstern. Ich erschaudere bei dem Gedanken, wie sauer er sein wird, was er tun wird, um sich zu rächen, wenn sie ihm Football wegnehmen. Ich werde nicht mehr mit offenem Fenster schlafen, das ist sicher.

„Ich weiß es nicht", sagt Dixie. „Seine Eltern können ihn wahrscheinlich wieder reinkriegen. In dieser Stadt können sie alles machen. Aber diesmal ist es nicht nur die Schule. Die Polizei war involviert."

„Sie haben die Bullen nicht in der Tasche?", frage ich und denke daran, wie viel Einfluss mein Vater zu Hause gehabt hat. Wenn mein Papa einen NY-Polizisten dazu bringen kann, wegzusehen, können die Darlings sicherlich einen Kleinstadtpolizisten dazu bringen, dasselbe zu tun.

„Hängt vom Polizisten ab", sagt Dixie. „Polizist Gunn war einer von denen, die sie verhaftet haben, und er ist definitiv ein guter Polizist, aber er ist auch mit Mr. Darling befreundet." Sie unterbricht sich selbst und kichert. „Er ist auch süß. Ich werde ihn dir beim Spiel am Freitag zeigen."

Mir wird schlecht, wenn ich nur an das Spiel denke. Ja, ich möchte, dass meine Brüder beim Trainer eine Chance bekommen, das zu tun, was sie am besten können. Aber ich möchte nicht darüber nachdenken, was Devlin tun könnte, um sie danach zu sabotieren. Sie haben nicht nur ein Auto zerstört. Sie haben einen unbezahlbaren, wieder restaurierten Klassiker zerstört, an dem er mit seinem Vater gearbeitet hat. Sie haben ihn nicht nur verhaften lassen. Sie haben es auch aufgenommen, geschnitten, um ihn besonders schlecht aussehen zu lassen, und haben ihn möglicherweise für den Rest seines Abschlussjahres aus dem Team werfen lassen. Wenn er Football auch nur halb so liebt wie meine Brüder, wird es noch hässlicher werden.

# Vierzehn

*Ich weiß, dass ich das Richtige getan habe. Dixie ist nicht mehr die Darling Dog. Sie muss kein Hundeohren-Stirnband tragen und niemand bellt sie an. Wenn jemand etwas tut, dann tun sie es mir an. Und ich kann damit umgehen. Ich habe nur den Mobbern das Opfer weggenommen. Warum kann ich also nicht die kleine Stimme loswerden, die in meinem Hinterkopf flüstert, dass jemand Gutes, jemand Besseres, niemanden ruinieren würde, selbst wenn der es verdient hätte, um zu kriegen, was man will?*

„Ich weiß nicht, Dixie", sage ich, als wir an einem Friedhof in einem mir noch nicht vertrauten Stadtteil anhalten. Die Häuser hier sind kastenförmige Backsteinbauten mit schmalen Fenstern, die mit Klimaanlagen ausgestattet sind. Es ist offensichtlich, dass sie schon beim Bau hässlich

202

gewesen sind, und das muss vor Jahrzehnten gewesen sein, wenn man den Zustand betrachtet, in dem sie sich befinden. Es gibt einen Grund, warum ich noch nie auf dieser Seite der Stadt gewesen bin. Die Leute auf meiner Seite der Stadt tun gerne so, als gäbe es diese Seite nicht.

„Mach schnell", sagt Royal und stellt den Motor seines brandneuen Range Rovers ab.

„Weißt du, du müsstest mich nicht herumfahren, wenn du Papa überreden würdest, mich fahren zu lassen."

„Wenn du einen Führerschein hast, kannst du fahren", sagt Royal mit einem selbstgefälligen Lächeln.

„Was nie passieren wird, wenn du mich nicht üben lässt."

„Glaubst du, ich lasse dich mit meinem neuen Baby üben?", fragt er mit gespieltem Schock.

„Ich würde damit nicht parkende Autos rammen", schieße ich zurück. „Also bin ich schon eine bessere Fahrerin als du."

„Kein Führerschein, kein Fahren", sagt er. „Geht zu eurem toten Mädchen. Ich habe Zeug zu erledigen."

# Selena

Ich verdrehe die Augen in Dixies Richtung und sie springt heraus und führt mich über ein kleines Stück abgestorbenen Grases zu einem knarrenden Eisentor. Wir betreten den Friedhof, der sich weit nach hinten erstreckt. Die Grabsteine sind meist klein, mit vielen verblassten Plastikblumen. Daneben steht eine alte weiße Kirche, an den Bodenbrettern blättert die Farbe ab und sie ist mit Flechten und Staub befleckt.

„Das ist deprimierend", murmele ich, während wir uns auf einem durch das Gras gezogenen Pfad zurückbewegen. Drei Gestalten nähern sich uns auf dem Weg, zwei Männer und eine zierliche Frau, im Gegenlicht der untergehenden Sonne. Wir sind heute wahrscheinlich die letzten Besucher, da ich sonst niemanden sehe.

„Es ist ein Friedhof", sagt Dixie. „Ich denke, es geht darum, deprimierend zu sein."

Ein Schauer durchläuft mich und ich drücke den Strauß, den wir auf dem Weg hierher gekauft haben, an meine Brust. Dies könnte das Endergebnis des letzten Jahres gewesen sein. Das ist es fast gewesen. Nur ein paar Minuten länger in diesem Pool und es wäre anders ausgegangen. Wenn ihre Mutter fünf Minuten später nach Hause gekommen wäre, wenn sie zwei weitere rote Ampeln überquert hätte, wenn sie den Hund zuerst gefüttert hätte, als sie das Haus betreten hat, wenn sie die Einkäufe weggeräumt hätte, bevor sie nach ihrer Tochter gesucht hat. Ich versuche, mir vorzustellen, wie ich mich fühlen würde, wenn ich das Grab dieses Mädchens besuchen müsste, und ein weiterer Schauer durchläuft meinen Körper und ich umklammere die Blumen noch fester.

Die drei Gestalten treten in den Schatten der Kirche, zeigen mehr als ihre Silhouetten, und ich halte ruckartig an. Einer von ihnen ist Devlin Darling.

Mein Herz hüpft in meiner Brust und die Welt schwankt unter mir. Er ist heute nicht in der Schule gewesen, also habe ich ihn seit dem Nicht-Unfall gestern Morgen nicht mehr gesehen.

Neben ihm klammert sich ein zierliches blondes Mädchen an den Arm eines großen, hinreißenden Typs mit durchdringenden blauen Augen und windgepeitschten blonden Haaren. Die Augen des Mädchens sind rot und geschwollen, als hätte sie geweint. Der Typ an ihrem Arm sieht düster aus, wie Devlin. Aber als Devlins Augen zu uns schweifen, verhärten sie sich zu Feuerstein.

„Dixie Powell?", sagt der Blonde mit dem düsteren Gesicht. Sein Gesicht verzieht sich zu einem breiten, freundlichen Grinsen, seine Augenwinkel verziehen sich und die nüchterne Umgebung scheint vergessen. Er löst seinen Arm von der zierlichen Blondine und umarmt Dixie fest.

Sie sieht aus, als würde sie gleich in Ohnmacht fallen, und ich schwöre, sie schwillt auf das Doppelte ihrer üblichen Größe an, vor Stolz, von dem Schönling erkannt zu werden.

„Ich habe Linds gesagt, dass Willow Heights dich abgeworben haben muss", sagt er, zieht sich zurück und wirft Devlin einen gespielten Blick zu. „Bastarde."

„Was machst du hier?", raunt Devlin und starrt Dixie an, als könnte er es nicht ertragen, mich anzusehen. Eine Handvoll winziger weißer Blütenblätter prangt auf einer Schulter seiner dunkelblauen Jacke und sein Haar ist vom Wind zerzaust. Ich löse meine Augen von ihm und sehe das Paar neben ihm an. Ich habe sie noch nie in Willow Heights gesehen.

„Heute ist ihr Todestag, oder?", sagt Dixie und schrumpft neben mir wieder auf ihre eigentliche Größe.

Wut lodert in mir auf, aber ich halte den Mund und versuche Devlin ebenso gründlich zu ignorieren, wie er mich ignoriert.

„Du hast sie nicht einmal gekannt", sagt Devlin und reißt mir die Blumen aus den Armen. „Keine von euch. Geht nach Hause."

Inzwischen ist Dixie noch kleiner geworden, wird wieder die wehklagende Hündin, die ich an meinem ersten Tag kennengelernt habe. „Gehört dir dieser Friedhof?", frage ich und schnappe nach den Blumen.

Devlin hält sie aus meiner Reichweite. „Sag mir ihren Namen", sagt er und seine Augen bohren sich in meine.

„Ich kenne ihren Namen nicht", sage ich rundheraus. „Ich bin hier, um meine Freundin zu unterstützen. Das war's. Wenn dir dieser Friedhof also nicht gehört, schlage ich vor, dass du uns aus dem Weg gehst, denn das hat nichts mit dir zu tun."

# Selena

Devlin starrt mich ungläubig an. „Nichts mit mir zu tun?", fragt er. „Sie ist in meinem verdammten Haus gestorben, Crystal. Und Leute wie du wollen ein Spektakel daraus machen, indem sie vorbeimarschieren, ihre falschen Tränen vergießen und so tun, als ob sie einen Scheiß geben würde, obwohl sie sich nicht einmal die Mühe machen können, ihren Namen zu erfahren. Er ist Destiny. Und sie ist keine Nebenveranstaltung."

Er lässt die Blumen zu Boden fallen und tritt darauf, während er sich an uns vorbeischiebt und weggeht.

Das blonde Mädchen weint wieder und klammert sich an den Arm des freundlichen Jungen. Er schenkt uns ein entschuldigendes Achselzucken, hebt die Blumen auf und gibt sie zurück. Sie sind kaputt und schmutzig, aber ich nehme sie trotzdem. Dixie wirkt wie erstarrt, alle Farbe ist aus ihrem Gesicht gewichen.

„Entschuldigung", murmelt der Blonde, legt einen Arm um sein Mädchen, führt sie weg und folgt Devlin.

„Bist du okay?", frage ich und wende mich an Dixie.

# Mobbe mich

Sie nickt und schluckt schwer. „Danke. Ich kann nicht glauben, dass du das für mich getan hast. Du bist eine gute Freundin, Crystal."

„Regeln der Freundschaft", sage ich achselzuckend.

„Erste Regel", sagt sie mit einem schwachen Lächeln. „Sich gegenseitig den Rücken freihalten."

„Willst du einfach gehen?", frage ich und nehme ihren Arm. Ich habe gewusst, dass dies eine schlechte Idee gewesen ist, obwohl ich erwartet habe, dass Familie anwesend sein würde, aber nicht Devlin Darling.

Es sei denn, er gehört zur Familie. Scheiße.

Ich schlucke den Kloß in meiner Kehle herunter und schaue über meine Schulter. Das einzige Auto, das auf dem Parkplatz übrig geblieben ist, ist das von Royal.

„Nein", sagt Dixie. „Wir haben ihr Blumen gebracht. Es ist nicht so, als wären wir nur hier, um zu gaffen."

Genau das ist es. Devlins Worte treffen mich bis ins Knochenmark – weil sie wahr sind. Dixie ist letztes Jahr nicht in Willow Heights gewesen, also hat sie das Mädchen nicht besser als ich gekannt. Wir sind einfach wegen des sensationellen Klatsches gekommen.

# Selena

*Hast du gehört …*

*Könnte es wirklich wahr sein?*

*Ist wirklich ein Mädchen auf einer Darling-Party gestorben?*

Es stellt sich heraus, dass es wirklich verdammt wahr ist. Jetzt, wo ich weiß, dass es echt ist, dass eine echte Person, eine Person in unserem Alter, unter der Erde weilt, ist das Letzte, was ich tun möchte, mich auf ihre Knochen zu stellen.

„Komm schon", sagt Dixie, nimmt mir die zerfetzten Blumen aus den Armen und marschiert mit wehendem rotem Haar zum hinteren Teil des Friedhofs. Dass ich für sie eingesprungen bin, scheint ein Feuer unter ihrem Arsch entzündet zu haben und sie kann es kaum erwarten, auch Devlin zu trotzen. Ich bewundere sie nur widerwillig dafür, auch wenn ich ihr nicht wirklich folgen möchte. Sie ist noch nie hier gewesen, aber man muss kein Genie sein, um Destinys Grab zu finden.

Es ist mit so vielen weißen Blumen übersät, dass es aussieht, als ob ein Leichentuch das Gras vor ihrem Grabstein bedeckt. Ich schlucke schwer und mache einen Schritt in diese Richtung, meine Knie drohen einzuknicken.

# Mobbe mich

Alles, woran ich denken kann, ist das Mädchen da unten, ein Mädchen, das in einen Pool hat springen wollen, nicht um zu sterben, sondern um tapfer zu sein. Um Applaus zu bekommen, um auf die Schulter geklopft zu werden und Bewunderungsschreie zu hören. Sie ist nicht auf den Abgrund gesunken und hat Chlor eingeatmet. Ihre Mutter hat sie nicht im Wasser schwebend vorgefunden, mit dem Gesicht nach unten, das Haar um ihren Kopf ausgefächert.

Wer hat ihre Eltern angerufen? Wer hat es ihnen gesagt? Wer hat sie aus dem Wasser gezogen? Wer hat bemerkt, dass sie nicht geschwommen ist, dass sie nicht hochgekommen ist?

Ich sinke auf die Knie neben dem weißen Blumenmeer, das sie wie eine Daunendecke bedeckt. Ich stelle mir vor, wie schwer es sein muss, zwei Meter unter der Erde zu liegen und unter dem Gewicht einer Decke aus Trauer. Wie sie dich runterhalten und einsperren würde, sodass du nie wieder aufstehen kannst.

„Ich denke nicht, dass du mit mir befreundet sein solltest", würge ich hervor und starre auf die weißen Blütenblätter um meine Knie.

# Selena

„Was?", fragt Dixie. „Bist du okay, Crystal? Was ist los?"

„Devlin wird mir das Leben zur Hölle machen", sage ich. „Du hast gesehen, wie sehr er mich hasst. Ich kann dich da nicht mit reinziehen."

„Soweit ich das beurteilen kann, hasst er jeden", sagt Dixie. „Und außerdem war ich schon die Darling Dog. Viel Schlimmeres kann er nicht machen."

„Erinnerst du dich, als ich dich bat, meine Freundin zu sein?", sage ich. „Ich habe dir doch gesagt, dass ich in meiner alten Schule die Anführerin der Cheerleadergruppe war, dass ich kein sehr guter Mensch bin."

„Ja …"

„Ich bin nicht gut", sage ich, meine Stimme kaum mehr als ein Flüstern. „Ich bin kein guter Mensch."

„Aber du hast gesagt, du fängst von vorn an", sagt Dixie. „Ich meine, ja, deine Brüder haben ziemlich schlimme Sachen gemacht, aber du hast nichts Schlimmes getan, seit du hier bist. Ich denke, die Leute sollten eine zweite Chance bekommen, auch wenn sie vorher etwas Schlimmes getan haben."

# Mobbe mich

„Was, wenn das, was sie getan haben, unverzeihlich war?", frage ich den Boden vor mir, wo ein totes Mädchen begraben liegt. „Ich war schlimmer als Devlin. Ich habe jemanden nicht nur eine Hündin genannt. Ich … ich hätte ihr das hier fast angetan."

„Was?", fragt Dixie und lässt sich neben mir auf den Boden sinken.

„Das Schlimmste ist, ich weiß nicht einmal warum", flüstere ich. „Ich kannte das Mädchen nicht einmal."

„Wer war sie?", fragt Dixie. „Jemand in New York?"

„Ja, sie war auf unserer Schule. Sie war nur … Sie war eines dieser Mädchen, die sich viel zu hart anstrengte, weißt du? Sie mischte sich zum Beispiel in Gespräche ein, die sie belauschte und an denen sie nicht beteiligt war. Sie war so verzweifelt,wollte unbedingt dazugehören. Und aus irgendeinem Grund hat sich meine Freundin in den Kopf gesetzt, dass sie dieses Mädchen hasste. Sie konnte sie nicht ausstehen."

„Und du hast mitgemacht, weil deine beste Freundin sie hasste."

„Ja", gebe ich zu, meine Wangen brennen vor Scham. „Zuerst nicht. Ich sagte ihr, sie solle das Mädchen in Ruhe lassen, aber sie kommentierte ihre Beiträge online und verspottete sie in der Schule, wenn sie verzweifelt war. Und das Mädchen, sie hat nichts getan. Sie hat nicht für sich selbst eingestanden. Es war nervig. Du wolltest sie nur schütteln und ihr sagen, dass sie etwas Selbstachtung haben soll."

„Wie ich", sagt Dixie leise.

„Nein", sage ich schnell. „Nein, nicht wie du."

Aber vielleicht hat sie recht. Vielleicht hat mich das zu Dixie hingezogen. Ich habe dieses Mädchen nicht gekannt, nie gewusst, was in ihrem Kopf vorgegangen ist oder warum sie so gewesen ist, und vielleicht habe ich es auf eine unterbewusste Weise verstehen wollen.

„Veronica war meine Co-Kapitänin im Cheer-Team und ein Jahr älter als ich", sage ich. „Auch wenn ich glaubte, dass es gut lief, hatte ich immer das Gefühl, auf dünnem Eis zu laufen. Ich war erst in der Unterstufe und ich wusste, dass ich den Platz als Co-Kapitänin auch deshalb bekommen hatte, weil sie ein gutes Wort für mich eingelegt hatte. Sie wusste, wie hart ich arbeitete, wie viele Nächte ich bis vier Uhr morgens aufgeblieben war, um Routinen zu üben."

„Dann hört es sich so an, als hättest du es verdient", sagt Dixie, ihr sommersprossiges Gesicht ist so ernst, dass ich sie umarmen möchte. „Du hattest es verdient."

„Ja", sage ich leise. „Aber es war nicht nur das. Es geht darum, wen du kennst, wen du beeindruckst, wer an deiner Seite steht. Ich war beliebt, Dixie, aber ich war unglücklich. Ich war in Therapie und nahm Medikamente, aber ich konnte das Gefühl nicht aufgeben, dass der Boden jeden Moment unter mir einbrechen würde. Wenn ich nur einen falschen Schachzug machte, würde alles, was ich für mich selbst aufgebaut hatte, zusammenbrechen."

„Wegen deiner Freundin?"

Ich lache leise und erzähle ihr etwas, was ich noch nie jemandem erzählt habe. „Kennst du den Lippenstift, den ich immer trage? Ich habe ihn meine Markenfarbe genannt."

„Er steht dir gut", sagt Dixie.

„Das Komische ist, ich mag ihn nicht einmal so sehr", sage ich. „Ich meine, er ist in Ordnung, aber nicht besser als jede andere Farbe. Aber ich habe ihn eines Tages in der achten Klasse getragen und Veronica sagte, er gefällt ihr. Danach hatte ich das Gefühl, wenn ich eine andere Farbe trage, könnte sie mir sagen, dass sie mir nicht schmeichelt oder dass ich schlecht aussehe. Also trug ich diesen Lippenstift die nächsten zwei Jahre jeden Tag. Und die Sache ist die, sie hätte wahrscheinlich nichts gesagt. Es ging nicht einmal um sie. Das war mein Problem. Es war wie dieser Aberglaube, wenn ein Mann jedes Spiel das gleiche Unterhemd trägt, weil er davon überzeugt ist, dass seine Mannschaft verlieren wird, wenn er etwas anderes trägt. Ich hatte jede Sekunde des Tages so schreckliche Angst, obwohl ich hatte, was jedes Mädchen will."

„Warum hast du nicht einfach aufgehört?", fragt Dixie, als ob es so einfach wäre. Vielleicht ist es das.

„Das habe ich anscheinend", sage ich. „Aber nicht damals. Nicht bis dieses Mädchen da war. Veronica hackte auf ihr herum und ich stand einfach nur da und fühlte mich elend. Und ich erinnere mich, dass ich dachte, sie ist so erbärmlich. Warum lässt sie Veronica nicht in Ruhe? Aber sie kam immer wieder zurück, wie eine Hündin, die getreten werden wollte, nur damit sie etwas Aufmerksamkeit bekam. Ich habe mir immer wieder gesagt, warum sollte ich für sie einstehen, wenn sie nicht für sich selbst einsteht?

Ich erinnere mich an den ersten Tag, an dem ich etwas zu ihr sagte, und es war nur ein kleiner zickiger Kommentar, aber danach fühlte ich mich wie Dreck. Ich fühlte mich nicht gut oder mächtig. Dadurch fühlte ich mich sogar noch kleiner. Und das Kranke ist, das hat mich nicht aufgehalten. Es war, als ob ein Teil von mir es mochte. Ich fing an, gemeiner zu werden, weil ich nur wollte, dass sie endlich zuschnappte und sich gegen alles wehrte. Aber sie hat es nie getan."

„Sie ist gestorben?", fragt Dixie mit großen Augen.

„Nein", sage ich. „Aber sie hat es versucht. Dann änderte sich alles. Die Schule mischte sich ein, sah all die schrecklichen Dinge, die wir online zu ihr gesagt hatten. Größtenteils war es Veronica, aber ich habe auch mitgemacht. Und nicht nur, wenn wir zusammen waren und sie es mir sagte. Es war, als hätte ich Schwäche gesehen, und ich hasste sie. Ich wollte sie nur aus ihr rausprügeln. Und das Traurige daran ist, es gab keinen Grund dafür. Sie hat niemandem den Freund gestohlen oder jemanden aus der Truppe geworfen. Das ist der Teil, der mich wirklich beschäftigt. Es gab keinen Grund."

„Vielleicht keinen guten", sagt Dixie. „Wahrscheinlich hat sie dich nur an dich selbst erinnert. Wie sehr du deine Freundin beeindrucken wolltest und wie sehr du das Gefühl hattest, nicht mit ihr mithalten zu können. Also wolltest du, dass jemand anderes es tut."

Ich nicke und warte darauf, dass sich der Schmerz in meinem Hals auflöst. „Ich will dich nicht mit mir runterziehen", sage ich. „Wenn Devlin Rache will und er uns heute zusammen gesehen hat …"

„Du hast ihm nichts getan", betont sie. „Dein Bruder hat sein Auto kaputt gemacht. Nicht du. Es gibt keinen Grund für ihn, dich zu hassen."

„Braucht er einen Grund?", frage ich. „Hatte er einen Grund, dich zur Hündin der Darlings zu machen?"

## Mobbe mich

Dixies Wangen röten sich im schwindenden Tageslicht. „Ich meine, ein paar andere Leute haben mich zuerst angepöbelt. Und dann kam er und forderte mich für sich und seine Brüder ein. Jetzt wagt es niemand mehr, ein Wort zu mir zu sagen. Ich sage nicht, dass das, was du getan hast, nicht mutig und gut und alles ist, aber …" Sie schüttelt den Kopf.

„Du mochtest es, wenn er auf dir herumhackte?"

Sie zuckt mit den Schultern, ihr Gesicht wird noch röter. „Das ist es nicht", sagt sie schnell. „Aber wie … ich weiß, wie ich aussehe, Crystal." Sie sieht mich hart an.

„Du bist sexy", sage ich. „Du hast Kurven. Kerle mögen das."

„Ich bin dick", sagt sie. „Und ich weiß, dass es mich interessieren sollte, aber ich möchte das nicht einmal wirklich ändern. Ich bin damit zufrieden."

„Was in Ordnung ist."

„Ja, aber Typen wie die Darlings? Sie wollen Mädchen, die so kurvig sind wie du."

„Er hat mich auch als Hündin markiert", erinnere ich sie. „Ich glaube nicht, dass es wichtig ist, wie du aussiehst.

Sie wählen einfach zufällig Leute aus, um alle anderen zu terrorisieren, damit sie wachsam bleiben."

Dixie zuckt mit den Schultern. „Trotzdem. Sie würden einem Mädchen wie mir nie Aufmerksamkeit schenken. Aber als ich die *Darling Dog* war …"

Ich reibe mir die Stirn. „Dixie. Das ist beschissen. Du musst dich nicht entscheiden, entweder wie eine Hündin behandelt zu werden oder unsichtbar zu sein."

„Vielleicht nicht", sagt sie. „Aber wenn ich für Typen wie sie sichtbar sein möchte?" Sie schließt die Augen und stöhnt. „Und das tue ich. Es tut mir leid, ich weiß, es ist so erbärmlich wie dieses Mädchen, das wollte, dass deine Freundin ihr Aufmerksamkeit schenkte, aber, o mein Gott, Crystal. Es sind die *Darlings*."

„Nun, ich denke, was er tut, ist krank. Und ich werde sie aufhalten. Keine *Darling Dogs* mehr."

Dixie starrt mich an, als wäre ich verrückt. „Das kannst du nicht tun."

„Vielleicht nicht", sage ich, stehe auf und strecke eine Hand aus. „Aber ich werde es versuchen."

## Mobbe mich

„Wie?", fragt Dixie und lässt sich auf die Füße ziehen, bevor sie ihre Hände an ihrem Rock abwischt.

„Ich weiß nicht", sage ich. „Aber ich war in der gleichen Position. Wenn jemand einen Tyrannen versteht, dann ich."

# Fünfzehn

*Es gibt nur eine Möglichkeit, beim Mobbing zu gewinnen, wenn du dich ihnen nicht anschließen möchtest. Meine Brüder haben jede Möglichkeit, sich ihnen anzuschließen, ruiniert und ich hätte ihre Pläne wahrscheinlich sowieso nicht ändern können. Ich habe den Fehler bereits einmal gemacht, mich einer Tyrannin anzuschließen. Was für die Darlings nur eine Option lässt. Sie zu schlagen.*
*Die Frage ist nur, wie?*

Am nächsten Tag stürzt alles über uns zusammen. Von dem Moment an, als wir die Schule betreten, hört man überall Getuschel. Die Leute werfen uns böse Blicke zu, und als wir den Flur entlanggehen, folgt uns ein Chor aus tiefem, wütendem Bellen. Ich laufe mit zitternden Knien vorwärts und halte die Augen geradeaus. Meine Brüder wissen nicht, dass das nur mir gilt. Sie haben es noch nie erlebt.

Als wir an meinem Schließfach ankommen, berührt Royal meinen Ellbogen. „Bist du okay?"

„Ganz prima", sage ich und drehe das Zahlenschloss.

Duke grinst und bläst den Massen Küsse zu, ohne sich des Hasses bewusst zu sein, der mit dem Bellen einhergeht. Aufmerksamkeit ist für ihn Aufmerksamkeit. Er wird größer dabei.

„Sobald sie uns spielen sehen, werden sie ein anderes Lied singen", sagt Baron und lehnt sich an das Schließfach neben meinem.

„Sie werden auf dem Boden herumkriechen, um unsere Schwänze zu lutschen", sagt Duke. „Und ich werde sie genau daran erinnern, wie viel sie nachholen müssen."

Royal begleitet mich zum Unterricht, wo nicht einmal Colt mit mir zusammensitzen will. Ich verstehe den Hass aber. Preston ist für das nächste Spiel suspendiert, ausgerechnet fürs Homecoming. Devlin ist auf unbestimmte Zeit vom Team suspendiert worden. Ich weiß, das ist perfekt, genau das, was meine Brüder gewollt haben. Aber ich kann nicht anders, als an die andere Seite zu denken. Gerade weil Dixie mich daran erinnert hat, dass ich meinen Platz im Cheerleader-Team meiner letzten Schule verdient habe, weiß ich, dass Devlins Position für ihn keine Selbstverständlichkeit ist. Ich höre ihn da draußen fast jede Nacht den Ball werfen. Er hat für diese Position wer weiß wie lange gearbeitet. Und hier kommen meine Brüder, bereit, sie ihm zu stehlen. Er hat nichts getan, um das zu verdienen.

Ich frage mich, was noch ihm gehören wird, wenn die Dolces mit ihm fertig sind. Er hat sein schönes Auto verloren. Er hat seinen Platz im Team verloren. Laut Dixie geht er mit niemanden aus, aber der Anzahl der Tage nach zu urteilen, an denen sowohl Dolly als auch Preston zusammen den Unterricht verlassen, bin ich mir ziemlich sicher, dass er nicht einmal mehr seinen größten Fan hat.

In dieser Nacht, als ich nicht schlafen kann, stehe ich auf meinem Balkon und lausche der Stille im Hinterhof der Darlings. Oben brennt ein einziges Licht und ich starre auf das sanfte Leuchten im Inneren des Rechtecks und will, dass es Devlin zum Erscheinen zwingt. Aber das Haus bleibt ruhig. Er hat gedroht, mich zu brechen, aber ich fürchte, meine Brüder haben ihn zuerst gebrochen. Er hat sein Mitternachtstraining aufgegeben und meidet mich in der Schule komplett.

Ein Gedanke schleicht sich in meinen Kopf und weigert sich zu gehen. Was ist, wenn ich nicht der einzige Tyrann in meiner Familie bin? Ein kühler Wind lässt die Magnolien im Hinterhof rascheln und ich schließe den Gürtel meines Bademantels fester um mich, aber mir scheint nicht warmzuwerden. Ich kann den Gedanken nicht abschütteln, selbst als ich wieder hineingehe, die Tür verschließe und die Vorhänge zuziehe, ins Bett krieche und mir das Kissen über den Kopf drücke. Was meine Brüder tun, ist nicht dasselbe wie ich. Sie haben etwas gesehen, was sie gewollt haben, und es sich genommen. Das ist es, was Leute tun sollen.

Menschen sollten nicht ohne Grund eine andere Person niedermachen. Das ist, was ich getan habe. Es ist völlig anders als das, was meine Brüder tun. Sie sind ehrgeizig, entschlossen und beharrlich. Ich bin klein, gemein und schwach gewesen. Das ist der Unterschied.

# Selena

Meine Brüder sind stark, eine Kraft, mit der man erst mal klarkommen muss. Ich bin schwach. Ich habe das in einer anderen Person gesehen und es zerstören wollen. Es ist ihnen egal, wer die Darlings sind oder was sie wollen. Wenn es die Darlings nicht gäbe, würden sie immer noch dasselbe wollen.

Ich drehe mich um und drücke das Kissen über meine Ohren, als könnte ich die Stille von Devlin, der nicht übt, ausblenden. Das hier ist albern. Meine Brüder sind nicht schlecht. Sie akzeptieren einfach kein Nein als Antwort. Sie wissen, was sie wollen, und nehmen es sich. Es ist ihnen einfach egal, über welche Leiche sie gehen müssen, um es zu bekommen.

*

Der Freitag rollt endlich herein, und mit einigem Bangen stimme ich zu, mit meinen Brüdern zum Homecomingspiel zu gehen. Wir steigen alle in den Range Rover und holen Dixie ab. Sie lebt in einem regulären Neubaugebiet in einem neuen Haus, das überall in den Vororten jeder Stadt zu finden ist. Sie stürzt hinaus und reißt die Tür auf, verstummt, als sie alle meine Brüder mit mir im Auto sieht. Ihre Wangen laufen rot an und ihre Augen weiten sich vor Angst, als ob sie befürchtet, dass wir ihr einen schrecklichen Streich spielen und voller Gelächter davonrasen werden.

„Hüpf mit diesem fetten Arsch hier auf meinen Schoß", sagt Duke, tätschelt seinen Oberschenkel und grinst sie an.

„Sag so was doch nicht", sage ich und ramme ihm den Ellbogen in die Seite.

„Hey, das ist keine Beleidigung", sagt er, nimmt Dixies Hand und hilft ihr auf seinen Schoß. „Wenn sie nicht deine Freundin wäre, würde ich meinen Schwanz zwanzig Zentimeter tief in diesem Arsch vergraben."

„Hör auf damit", schnappt King vom Vordersitz.

„Danke", sage ich. „Ich glaube nicht, dass meine Freundin deine widerlichen Sprüche ertragen muss, schon gar nicht, wenn sie auf deinem Schoß sitzt."

# Selena

„Man sollte erst Nein sagen, nachdem man es ausprobiert hat", sagt Duke und drückt Dixies Hüften. „Habe ich recht?"

Sie stößt ein kreischendes Lachen raus und läuft noch röter an, als sie es normalerweise bei meinen Brüdern tut.

Als wir beim Spiel ankommen, ist der Parkplatz voll. Man könnte meinen, es wäre ein Patriots Spiel, so wie die Leute ihre Autos mit Schwarz und Gold geschmückt haben. Die Fenster sind mit „Go Knights" bemalt, zusammen mit verschiedenen Trikotnummern.

Als wir aus dem Auto steigen, rast eine Gruppe von Fans über den Parkplatz, die eine riesige schwarze Flagge mit einem goldenen Ritterabzeichen darauf herumtragen. Sie tragen alle Knights-Trikots und haben das Gesicht voll bemalt.

Ich bemerke, wie sich meine Brüder gegenseitig ansehen. King grinst und ich kann die Aufregung spüren, die von ihnen ausgeht, als wir zum Tor gehen. Nicht nur die Aufregung fürs Zuschauen eines Footballspiels, sondern auch die Aufregung über diese neue und sehr willkommene Abwechslung von unserer alten Schule.

## Mobbe mich

Sicher, die Leute sind zu diesen Spielen gegangen. Eltern von Spielern, andere Schüler und einige Alumni. Das hier ist so viel größer.

Nach der unruhigen Schulwoche ist es schön zu sehen, dass meine Brüder wieder vor positiver Energie strotzen. Ein Blick in Royals dunkle Augen und ich weiß, dass ich neulich Nacht zu hart mit ihnen gewesen bin. Royal ist vielleicht genauso beschissen wie der Rest von uns, aber er ist gut, stark und beschützend und würde alles für mich tun.

Ich umarme ihn kurz, bevor ich mich zurückfallen lasse, um neben Dixie zu laufen.

„Es sieht so aus, als wäre die ganze Stadt hier", kommentiere ich und durchsuche automatisch die Menge, ohne zu bemerken, dass ich nach Devlin suche, bis der kleine Hoffnungsschimmer in mir stirbt, weil ich ihn nicht finde.

„Yup", sagt sie. „Wir spielen gegen die Faulkner High."

„Ah", sage ich und erinnere mich, dass Papa sie erwähnt hat. „Unser Rivale, die öffentliche Schule."

„Wir spielen gegen sie nur einmal pro Saison", sagt Dixie. „Und vielleicht einmal im Ausscheidungsspiel. Wer gewinnt, hat das ganze Jahr über das Recht, zu prahlen. Ich bin sicher, die Darlings waren die ganze Woche dort und haben ihrer Schule Streiche gespielt. Sie haben sich diese Woche kaum daran erinnert, dass wir existieren."

„Du sagst das, als wäre es eine schlechte Sache", sage ich. „Außerdem glaube ich, dass meine Brüder sie beschäftigt haben."

Sie zuckt mit den Schultern und schaut zur Tribüne hoch. „Faulkner hat letztes Jahr gewonnen. Das ist also unsere große Chance, es ihnen heimzuzahlen. Die ganze Stadt wartet jede Saison auf dieses Spiel."

Ich versuche, es mit einem großen Spiel in New York zu vergleichen. Außer dem Superbowl gibt es nichts, was die ganze Stadt für ein Footballspiel so begeistern würde. Selbst die Apokalypse würde nicht dafür sorgen, dass die Läden geschlossen werden.

„Vielleicht siehst du deinen Schönling vom Friedhof", sage ich und stoße ihren Ellbogen gegen meinen.

„Wen?", fragt sie mit großen Augen.

Ich rolle mit den Augen. „Tu nicht so, als wüsstest du das nicht."

„Das ist nur ein Typ, mit dem ich in die Grundschule gegangen bin", sagt sie und ihre Wangen werden rot. „Ich kenne ihn kaum noch."

„Er schien dich wirklich zu kennen", necke ich sie.

„Er war mit seiner Freundin zusammen", betont sie. „Die eine weitere der Darling-Cousinen ist, wie ich gerne hinzufügen möchte."

„Und sie geht auf die Faulkner High?", frage ich, lege die Hand auf mein Herz und tue so, als wäre ich empört.

„Ich denke, es hat mehr mit ihrem Freund zu tun als mit etwas anderen", sagt sie. „Sie wohnen definitiv im richtigen Teil der Stadt."

„Nun, ich denke, du solltest ihm nicht nachlaufen", sage ich. „Oder die Darlings werden dich ermorden lassen."

Apropos, ich schaue mich um und vergewissere mich, dass alle meine Brüder in meiner Sichtlinie sind. Ich warte weiter auf Vergeltung. Ich weiß es besser, als zu glauben, dass Devlin genug hat. Wenn er meinen Brüdern ähnlich ist, wird er nie genug haben. Er hegt einen Groll und er wird nicht aufhören, bis er ihnen eine Strafe erteilt hat, die dem Verbrechen angemessen ist.

„Lass uns Popcorn holen", sagt Papa. Er senkt seine Stimme und zwinkert mir zu. „Ich muss schließlich die lokale Wirtschaft unterstützen. Es ist gut, die Leute wissen zu lassen, dass du dich um sie kümmerst."

Ich bin mir nicht sicher, wie sehr es ihn wirklich interessiert und wie sehr er nur gesehen werden will, aber ich sage nichts. Ich weiß, dass Aussehen alles für eine Familie wie unsere ist. Wenn dies eine Gemeinschaftsveranstaltung ist, kannst du dir verdammt sicher sein, dass Papa, der Star seiner Familienshow, dabei ist, umgeben von seinem schönen Nachwuchs.

Meine Gedanken fühlen sich plötzlich illoyal an. Papa liebt Football. Vielleicht ist er wirklich begeistert von dem Spiel, davon, die Konkurrenz auszuloten, genau wie meine Brüder. Wenn sich jemand mehr darauf freut, ins Team zu kommen, als sie, dann ist er es. Er möchte vielleicht wie der Star des Dolce-Clans aussehen, aber er möchte, dass wir die Stars von allem anderen sind. Was auch immer für unsere Schule am wichtigsten ist, wir sollen im Mittelpunkt stehen.

„Lass uns Plätze reservieren", sagt Royal, nimmt meinen Ellbogen und lenkt mich zur Tribüne. Ich schaue über meine Schulter zurück, aber King läuft auf meiner anderen Seite, seine Anwesenheit beruhigt mich. Die Darlings werden hier vor der ganzen Stadt nichts tun. Daran werde ich erinnert, als ich den Polizisten sehe, der sie festgenommen hat und mit ein paar Einheimischen plaudert. Devlin ist wahrscheinlich nicht einmal hier. Er ist zu Hause und schmiedet wahrscheinlich gerade einen schrecklichen Racheplan mit Preston.

Die Tribünen sind voll mit Menschen jeden Alters, von Müttern mit Babys bis zu Urgroßeltern. Die eine Hälfte redet, während die andere Hälfte jubelt, obwohl die Spieler nicht auf dem Feld sind. Die Cheerleaderinnen beginnen einen Sprechchor und jeder auf der Tribüne beginnt, mit ihnen zu schreien. Ich entdecke Lacey, meine Führerin vom ersten Tag, in der Truppe. Überrascht mich nicht. Jede, die es wert ist, eine *Darling Doll* zu sein, die beim Mittagessen mit den Cousins sitzt, falls bei ihrer

Ankunft genügend Platz an ihrem Tisch ist, muss beliebt sein.

King stupst mich an. „Schau dir die Cheerleaderinnen an, während wir hier sind."

„Stehe nicht wirklich auf Mädchen, aber danke."

Er wirft mir einen genervten Blick zu. „Du musst wissen, womit du es zu tun hast."

„Ich glaube, ich stehe nicht mehr so auf das ganze Cheerleaderinnen-Zeug."

„Erzähl das Papa", sagt er und führt mich über eine Reihe von Metalltribünen zu einem Platz, der gerade groß genug ist für uns zwei, aber wir fragen ein Paar, ob sie runterrutschen könnten, um Platz für uns sieben zu machen. Die Nacht ist kühl und die Frau hat eine schwarze Fleecedecke über den Knien mit dem Wappen von Willow Heights darauf. Diese Leute nehmen ihren Football verdammt ernst.

Die Hälfte der Tribünen ist gefüllt mit Menschen, die schwarz-goldene Pompons schütteln. Ich schaue mich ehrfürchtig um, bin mir nicht sicher, ob mich der Anblick mehr einschüchtert oder beeindruckt. Wenn ich es in die

## Mobbe mich

Cheer-Truppe schaffen würde, würde ich von der ganzen Stadt unter die Lupe genommen werden. Buchstäblich. Auf der anderen Seite sind die Tribünen der Faulkner High genauso verrückt. Ein Blick in die Menge und ich weiß bereits, dass Faulkners Farben Marineblau und Weiß sind.

Auf dem Feld auf ihrer Seite schreit eine rothaarige Cheerleaderin ihre Truppe an. Sie steht mit dem Rücken zu ihrer Menge, aber ich kann sogar von der anderen Seite des Feldes erkennen, dass sie sauer ist. Ich bin froh, dass sie nicht die Mannschaftskapitänin ist, die ich beeindrucken muss. Nicht, dass noch einmal Cheeleaderin werden möchte. Ich werde meinen Therapeuten dazu bringen, mir davon abzuraten, falls ich gegen Papa keine Argumente finden kann.

„Die Proben fürs Team waren letztes Jahr", sagt Dixie. Ihre Wangen werden rot und sie senkt den Kopf. Für eine Sekunde denke ich, dass sie immer noch nervös ist, wegen meiner Brüder, aber dann bemerke ich, dass es nicht stimmt.

„Du hast es probiert?", frage ich.

„Es war dumm", murmelt sie. „Als ob man jemals eine Cheerleaderin sieht, die so aussieht wie ich."

„Das ist Quatsch", platze ich heraus. „Es gibt alle Arten von Cheerleadern."

„Wirklich?", fragt Dixie und nickt den Mädchen zu. Ich schaue sie mir an und stelle fest, wie homogen das Team von Willow Heights ist. Es gibt ein gemischtrassiges Mädchen, aber ansonsten ist die offensichtlichste Vielfalt im Kader ein zierliches Mädchen mit einem Bob. Ansonsten ist jedes einzelne Mädchen weiß, schlank und hat einen langen Pony, der hinter ihr schwingt. Die beiden Jungs im Kader sehen aus wie Bodybuilder im Training.

„Was für ein Quark", murmele ich. „Du solltest in die Truppe kommen, wenn du gut bist."

„Bist du es?", fragt Dixie. „Ich meine, du warst Kapitänin deiner letzten Truppe."

„Ja", sage ich achselzuckend. „Ich bin gut."

„Sie ist wirklich verdammt gut", sagt Royal, legt einen Arm um mich und drückt mich.

Es ist wahr. Ich bin gut gewesen. Ich habe dafür gearbeitet, aber das hat mich dazu gebracht, es nur noch mehr zu wollen. Ich würde lügen, wenn ich sagen würde, dass sich kein Teil von mir danach sehnt, dort unten zu sein, dass meine Finger nicht zucken, um einen Pompon zu halten, dass ich nicht jeden Schritt ihrer Choreografie beobachte.

Aber nach dem, was letztes Jahr alles abgegangen ist, will ich mir kein Lächeln aufs Gesicht kleben und jubeln. Ich will nicht auf der Spitze der Pyramide stehen, nicht einmal auf der sozialen Leiter. Ich will mich in Luft auflösen. Als damals Frühling geworden ist, hat es für uns weniger zu tun gegeben als während der Footballsaison. Ich bin in der Truppe geblieben, weil ich eine Krankschreibung von meinem Psychiater gehabt habe, aber ich habe gewusst, dass ich im Herbst nicht wieder cheerleadern würde.

Aber jetzt ... Dies ist eine neue Schule. Ein großer Teil von mir denkt, es wäre ein Fehler, einen Platz in der Truppe anzustreben, so wie es meine Brüder beim Footballteam tun. Wenn ich einen Platz bekomme, nehme ich den Platz von jemand anderem ein. Eine, die es probiert und sich diesen Platz verdient hat, eine, die vielleicht die ganze Nacht wach geblieben ist genau wie ich.

Andererseits bin ich besser als mindestens die Hälfte der Mädchen da unten. Und wenn sie wirklich solche Bitches sind, die Dixie ausgrenzen, weil sie ein bisschen dicker ist als sie, möchte ich etwas dagegen tun.

„Wie gut bist du?", frage ich und wende mich an Dixie.

„Was?"

„Wie gut bist du? Vielleicht können wir ihre Meinung ändern."

„Worüber redest du?", fragt sie mit großen Augen. „Du kannst nicht einfach … ich meine, ich bin ziemlich gut, denke ich. Allerdings habe ich seit Monaten nicht mehr geübt. Ich habe aufgehört, nachdem ich es nicht geschafft hatte."

„Dann fang noch mal an", sage ich. „Das werde ich auch tun. Wir werden diesen Bitches zeigen, was wir drauf haben."

# Sechszehn

*Highschool-Football hat etwas, das keine andere Sportart erreichen kann. Es schimmert in den Lichtern, in der Kälte der Abendluft, bei den Fans auf den Tribünen. Es liegt im grünen Gras und den weißen Linien, dem Geruch von Popcorn und dem Knistern der Lautsprecher. Ein Teil davon zu sein, an der Seitenlinie zu stehen und das Team als Cheerleaderin anzufeuern, war magisch. Aber das Feld hat mehr als Magie. Es hat Macht. Seine Kraft sickert durch Schuhe und ist in den Hallen der Schule. Heute Nacht trachten meine Brüder nach einer Machtübernahme.*

„Was tust du da?", fragt Dixie und späht über meine Schulter.

„Nichts", sage ich und stecke mein Handy in die Tasche, ohne den Blog zu posten. Ich schaue hinüber, um sicherzugehen, dass meine Brüder in ein Gespräch verwickelt sind und nicht dasselbe fragen.

„Du schreibst immer an deinem Handy", sagt Dixie. Als ich nicht antworte, drückt sie ihren Ellbogen gegen meinen. „Erzähl mir alles. Du musst es mir erzählen. Keine Geheimnisse. Regeln der Freundschaft, erinnerst du dich?"

„Es ist nichts Wichtiges", sage ich und senke meine Stimme fast zu einem Flüstern. „Ich habe nur einen Blog."

„Wirklich?", fragt sie und beugt sich vor, als würde ich saftigen Klatsch und Tratsch teilen. „Hast du viele Follower?"

„Ähm, nein", sage ich. „Er ist privat. Niemand außer mir kann ihn lesen. Es ist nur … eine Möglichkeit, mich auszudrücken. Wie ein Tagebuch, das meine Brüder nicht finden und durchlesen können."

„Also wissen sie es nicht?", flüstert sie und schaut an mir vorbei zu ihnen.

„Nein", sage ich. „Und ich habe vor, es dabei zu belassen, also sei still, okay?"

Sie tut so, als würde sie die Lippen mit einem Reißverschluss verschließen, ein Lächeln glänzt in ihren

# Mobbe mich

Augen, was meine Brust ihretwegen verengt. Es ist, als hätte sie noch nie eine richtige Freundin gehabt, mit der sie je ein Geheimnis hätte teilen können. Ich möchte sie umarmen und gleichzeitig schütteln. Sie ist so unglaublich transparent.

Eine Minute später erscheinen Papa und die Zwillinge, beladen mit Popcorn, Limonade und Süßigkeiten. Anscheinend hat Papa es ernst gemeint mit der Unterstützung der lokalen Wirtschaft. Es sieht so aus, als hätte er den gesamten Imbissstand leergekauft. Sobald er sich gesetzt hat, beginnt er, die Tribünen zu erkunden. Ein Anflug von Irritation durchfährt mich, als ich erkenne, was er tut. Er sucht jemanden, der wichtig ist, und stellt sicher, dass sie ihn sehen. So wie letzte Woche, als er mich bei unserer Vater-Tochter-Zeit im Stich gelassen hat, weil sich ein Stadtplaner bei einem Drink unterhalten wollte.

Tatsächlich reicht er mir eine Minute später seine Limonade und sagt: „Ich sage nur jemandem Hallo. Bin gleich wieder da."

„Ich dachte, wir zeigen uns als Familie", sage ich. Ich habe ihn kaum gesehen, seit wir hierhergezogen sind. Das ist nicht anders als das Leben zu Hause, aber er hat versprochen, dass es hier anders sein würde. Dass er mehr Zeit für uns hätte.

„Das tun wir", sagt Papa. „Es dauert nur eine Minute. Es ist wichtig."

*Und wir nicht?*

Ich möchte fragen, aber ich presse meine Lippen zusammen und nicke.

„Er kommt wieder", sagt Dixie, tätschelt mein Knie und lächelt mich mitfühlend an. Es lässt mich fast zerbrechen. Ich bin vielleicht nicht stark, aber ich will kein Mitleid. Es macht mich verwundbar und das will ich nicht sein. Nicht in der Öffentlichkeit.

Papa ist schon den halben Gang runter und braucht offensichtlich meine Zustimmung nicht, um uns zurückzulassen. Royal blickt ihm finster hinterher, rutscht dann hinüber und legt einen Arm um meine Schultern. „Was denkst du?"

„Dass er uns dazu bringt, mit dem Schulleiter zusammenzusitzen?", schlage ich vor und versuche zu lächeln.

# Mobbe mich

Er runzelt noch tiefer die Stirn und drückt mich an sich. „Es tut mir leid."

„Ihr habt aber nicht über ihn gesprochen, oder?"

„Nein."

„Es ist … intensiv", gebe ich zu, als die Band einsetzt und alle auf der Tribüne das Kampflied mitsingen. Es ist eher ein College-Spiel als ein High-School-Spiel. Nur das kleine Stadion mit den Lichtern an den Enden des vergammelten Rasens auf dem Spielfeld und die familiäre Atmosphäre zeugen von einem High-School-Spiel.

Die Cheerleader überlassen das Feld einer Reihe von sechs Majoretten. Ich entdecke Dolly unter ihnen, sie ist kein bisschen zu übersehen. Sie sieht hundertprozentig bombastisch aus in dem taillierten schwarzen Trikot mit goldenen Paletten, die wie Sterne aus dem dehnbaren Stoff funkeln. Ihre Kurven beschämen meine. Obwohl ich nie unglücklich über meine „perfekten Cs" gewesen bin, wie Veronica sie genannt hat, muss Dolly ein F-Körbchen haben. Ihre Hüften sind ebenfalls breit und rund, aber sie wirkt nicht wie eine Kardashian. Auch ihr Bauch krümmt sich ein wenig und ihre Oberschenkel lassen in absehbarer

Zeit keine Lücke. Sie ist einfach nur ein voluminöses Mädchen – groß, kurvig und dick.

„Ich glaube, ich habe gerade meine erste Ehefrau entdeckt", scherzt Duke und sieht offensichtlich dieselbe Person wie ich an. Es ist schwer, sie nicht anzusehen. Alle Majoretten tragen das Gleiche, aber niemand trägt es so wie Dolly. Ihr blondes Haar ist zu einer hohen Hochsteckfrisur hochgesteckt und sie trägt starken roten Lippenstift und falsche Wimpern, die so schwarz und lang sind, dass sie nicht einmal versuchen, echt auszusehen. Sie haben goldenen Glitzer drauf, der das Licht einfängt, wenn sie sich bewegt.

Royal stupst mich an und ich folge seinem Nicken und sehe, wie Papa uns zuwinkt. Er steht neben einem großen, mageren Mann mit zurückweichendem rötlichen Haar und einer scharfen Nase. Neben ihm steht eine Blondine unbestimmten Alters, die ebenso gut seine Tochter wie seine Frau sein könnte.

Na, super. Zeit zu lächeln und eine gute Dolce-Tochter zu sein.

# Mobbe mich

„Entschuldigung", murmele ich Dixie zu. „Du musst nicht mit uns kommen."

Sie sieht zwischen Papa und uns hin und her. „Scheiße auf einem Keks", sagt sie mit großen Augen. „Das ist meine Tante."

„Diejenige, die gerade den Bürgermeister geheiratet hat?"

„Diejenige, die mich ungepflegt genannt hat", bestätigt Dixie.

„Ich sage nur hallo", sage ich und Angst flammt in mir auf, weil ich das Gefühl habe, in zwei Richtungen gezogen zu werden, so wie es bei Veronica gewesen ist. Ich möchte eine gute Freundin sein, aber ich möchte auch eine gute Tochter sein. Ich möchte, dass mein Vater glücklich ist, aber ich möchte auch nicht gegen die Regeln der Freundschaft verstoßen – und nicht nur gegen die bescheuerte Liste, die Dixie erstellt hat –, indem ich ihm etwas erzähle, das ein Erwachsener nicht wissen sollte.

„Es ist okay", sagt Dixie. „Wir werden alle glücklicher sein, wenn wir so tun, als würden wir uns nicht sehen. Normalerweise sitze ich sowieso dort drüben mit den anderen aus der Unterstufe. Komm, setz dich zu uns, wenn du fertig bist."

Dixie geht los, um sich unter einige Leute zu mischen, die anscheinend ihre Freunde sind, obwohl sie beim Mittagessen nie mit ihnen sitzt. Vielleicht passiert das bei Footballspielen hier. Es bringt alle zusammen, die ganze Stadt jubelt. Bei einem Spiel ist jeder, der Schwarz und Gold trägt, ein Freund. An einer so kleinen Schule ist es unvermeidlich, dass die Leute sich zu Grüppchen formen, in die sie am besten passen. Sogar die Ausgestoßenen finden normalerweise eine Gruppe. Aber Dixie ist zu fröhlich, um eine Outsiderin zu sein. Ich freue mich für sie, wenn sie andere Freunde findet, auch wenn es meine Unsicherheit weckt. Abgesehen von den Freundschaftsregeln ist Dixie nicht mehr die *Darling Dog*. Ich bin es. Wenn sie mich als Gift bezeichnen und sich von mir fernhalten will, ist das fair. Sie hat mir gegenüber jede Verpflichtung mehr als erfüllt.

Mein Magen verengt sich, während wir unsere Sachen zusammenpacken. Ich stelle mir vor, mich unter die Menge zu mischen, zufälligen Leuten aus der Schule Hallo zu sagen und mich um nichts anderes als den Ausgang des Spiels zu kümmern. Aber ich weiß bereits, dass ich dem nicht entkommen kann, wer ich bin. Wer wir sind. Wo mein Vater hingeht, gehen wir alle hin. Wenn Papa sagt, springt, springen wir. Wenn er sagt, dass wir die Primo-Familie in dieser Stadt sein werden, machen wir es für ihn möglich.

Als wir neben ihm ankommen, sieht Papa die Zwillinge streng an, eine stumme Warnung, dass sie sich besser benehmen sollen. Meine Brüder sind nicht gerade Musterschüler.

Papa stellt seine neuen Freunde als Bürgermeister Beckett und seine Frau vor.

„Es ist wunderbar, in Willow Heights ein paar frische Gesichter zu sehen." Bürgermeister Beckett umklammert meine Hand ein wenig zu lange und betrachtet meine Brust ein wenig zu lange. Ihh. Ich ziehe meine Hand weg und achte darauf, dass mein Gesicht meinen Ekel nicht verrät. Ich habe in meinem Leben mit vielen schleimigen Geschäftspartnern von Papa zu tun gehabt. Ich soll der kleine Engel sein, zu unschuldig, es überhaupt zu bemerken, wenn sie meinen Körper anstarren und „versehentlich" meinen Arsch streicheln, wenn ich vorbeigehe. Zumindest sind sie alle schlau genug, mich nicht wirklich anzufassen. Falls Papa sie dafür nicht töten ließe, würden meine Brüder es tun.

„Sie und der Bürgermeister sitzen bei Footballspielen in der Menge", sage ich zu Mrs. Beckett, während wir unsere Plätze einnehmen. „Sagen wir einfach, das ist an unserer Privatschule in New York nie passiert."

Ich erwarte zumindest ein Schmunzeln, aber Mrs. Beckett zieht nur die Brauen hoch und pickt eine unsichtbare Fluse von ihrem schwarzen Hosenanzug. „Mein Mann findet es wichtig, wie einer von denen auszusehen."

„Und er hat absolut recht", sagt Papa. „Man muss wissen, was in einer Stadt vor sich geht, wenn man will, dass die Leute einem genug vertrauen, um mit wichtigen Angelegenheiten zu einem zu kommen."

Er ist zu sehr damit beschäftigt, dem Bürgermeister in den Arsch zu kriechen, um zu bemerken, dass er gerade seine Frau angepisst hat, die offensichtlich in der Loge neben dem Ansager sitzen möchte. Oder eher zu Hause einen Cocktail trinken und das Spiel im Fernsehen sehen möchte.

„Kommen Sie zu allen Spielen?", frage ich Mrs. Beckett. „Oder nur dieses eine, weil die ganze Stadt es tut?"

„Die meisten", sagt sie und wirft ihrem Mann einen vernichtenden Blick zu, der gerade mit Papa über neue Geschäfte in der Stadt plaudert und wie das der Wirtschaft hilft.

„Sitzen Sie immer auf unserer Seite?", frage ich und schenke ihr mein bestes verschwörerisches Lächeln. „Oder müssen Sie ab und an mit den Fans der Faulkner High zusammensitzen?"

„Also, wir sind als Bürgermeisterpärchen hier, aber seine Tochter ist auch im Cheerleader-Team."

„Oh, ja?", frage ich munter. Das sind definitiv relevante Informationen, wenn ich die Cheerleader-Truppe dazu überreden will, mich – und ihre Stiefnichte – während der Saison mitmachen zu lassen. Ich frage mich, warum Dixie das nie erwähnt hat. „Wer ist sie?"

„Dolly Beckett", sagt die Frau des Bürgermeisters.

„Oh", sage ich und verstecke schnell meine Überraschung. „Das hätte ich wissen sollen. Sie sieht genauso aus wie Sie."

Majoretten cheerleaden nicht. Das sollte ihre Mutter wissen.

Mrs. Beckett schnieft. „Sie ist meine Stieftochter."

„Oh, richtig! Es tut mir leid." Ich bin zu nervös, um mehr zu sagen. Anscheinend kann ich in Arkansas auch nicht gut Freunde gewinnen.

„Natürlich ist sie das", sagt King und stürzt herein, um mich zu retten. „Ich hätte gedacht, sie wäre Ihre Schwester."

Vielen Dank, dass es meine Brüder gibt. Ich stecke mir einen Twizzler in den Mund, bevor ich wieder ins Fettnäpfchen treten kann. Ich bin glücklich, dass King mit Mrs. Beckett flirtet und sie bezaubert, während ich den Cheerleadern zusehe, die eine schnelle Routine ausführen und dann an die Seitenlinie gehen. Die Tribünen beginnen zu beben, während alle auf der Tribüne immer schneller mit den Füßen hämmern und aufgeregt in die Luft trommeln, als der Ansager sich einschaltet. Seine Stimme dröhnt über das Feld.

„Lasst uns etwas Krach machen für die Faulkner High Wampuskatzen!"

Die andere Seite dreht durch, wirft Popcorn in die Luft, stampft auf der Tribüne und schreit.

„Was zum Teufel ist eine Wampuskatze?", fragt Duke.

„Es ist eine sechsbeinige Wildkatze", sagt Baron. „Hast du noch nie Harry Potter gelesen?"

„Nein", schießt Duke zurück. „Bist du noch nie flachgelegt worden?"

„Das Spiel heute Abend ist legendär", fährt der Ansager fort. „Begrüßen wir unsere Rivalen aus der Heimatstadt, Devlin Darling und die Ritter!"

Ich versteife mich in meinem Sitz, ein Schock durchbohrt mich. Sicher haben sie ihn nicht schon wieder ins Team gelassen. Es gibt ein Video von ihm, wie er meinen Bruder angreift, während er offensichtlich ohnmächtig am Boden liegt.

„Mir wurde gerade mitgeteilt, dass die Starspieler der Knights, Devlin und Preston Darling, das Spiel heute

Abend nicht spielen werden", sagt der Ansager nach einer kurzen Pause. „Das wird ihrem Stil einen Strich durch die Rechnung machen, aber ich würde sagen, es wird immer noch ein tolles Spiel. Zeigen wir Willow Heights unsere Unterstützung!"

Unsere Seite der Tribünen jubelt und schüttelt ihre hübschen Pompons, aber wir sind nicht so laut oder wild wie die Fans der öffentlichen Schulen. Ihre Seite sieht aus, als würden sie randalieren, wenn sie verlieren. Oder vielleicht liegt es daran, dass sie ihre Schule nur wie ein reguläres Team angekündigt haben und unsere wie eine Band mit einem berühmten Rockstar.

Vom ersten Spiel an sieht das Spiel nicht vielversprechend aus. Faulkner gewinnt den Münzwurf und ihr Quarterback macht eine Reihe von cleveren Spielzügen, die sie im Feld in Tor-Reichweite bringen, bevor sie den Ball abgeben müssen. Unser Quarterback, der Ersatz für Devlin, macht einige ernsthaft fragwürdige Pässe, die keine Punkte einbringen und dann zu einer Unterbrechung führen.

## Mobbe mich

Ich schaue zu King hinüber und trotz Willow Heights schlechter Leistung grinst er breit. Natürlich tut er das. Devlin mag die Schule regieren, aber während er suspendiert ist, könnte unsere Schule definitiv einen klugen Quarterback wie unseren Bruder gebrauchen.

Faulkner erzielt ein weiteres Tor und dann sind wir dran. Es sieht schlecht aus, bis Colt abfängt und den ganzen Weg für einen Touchdown rennt. Wenn ich erwartet hätte, dass Colt auf dem Feld langsam und faul ist, so wie er es in der Klasse ist, werde ich enttäuscht. Er ist schnell – wirklich schnell. Wieder habe ich das Gefühl, dass seine Schulpersönlichkeit nur ein Akt ist, dass er mehr ist, als er der Welt zeigt.

Zur Halbzeit liegen wir mit zwei Touchdowns im Rückstand und ich stehe auf, um mir die Beine zu vertreten – und um keinen Smalltalk mit dem schmuddeligen Bürgermeister und seiner mürrischen Frau zu machen. Ich werde langsam nervös, dass sie uns für den Ausgang des Spiels verantwortlich machen werden. Immerhin haben meine Brüder für die Suspendierung der Darlings gesorgt.

# Selena

Alle laufen herum, plaudern mit aufgeregten Stimmen über Colts Touchdown oder hängen einfach nur rum. Das Summen der Menge, die Lichter und die kühle Oktobernacht überfluten mich und jagen ein wenig Vertrautheit durch mich, selbst als ich allein in der Schlange vorm Imbiss stehe.

Vor mir steht Dolly Beckett. Na super. Jetzt kann ich ihren Arsch anstarren und mich fragen, was mit ihr und Devlin los ist. Weiß sie, dass er sich genug Sorgen um sein Spiel macht, um jede Nacht um Mitternacht wach zu sein und Pässe zu werfen? Oder dass er in der letzten Woche, seit wir sein Auto zerstört und ihn aus dem Team haben werfen lassen, nicht mehr trainiert? Würde es sie überhaupt interessieren?

Schließlich schlüpft sie fast jeden Tag gerne aus dem Unterricht und trifft sich mit Preston. Und warum kümmert es mich, ob sie heute Abend an Devlin oder Preston denkt?

Ich schiebe den Gedanken beiseite. Es ist mir egal.

## Mobbe mich

„Ich glaube, er hat es mit Absicht getan", sagt Dolly zu ihrer Freundin, einer anderen Majorette. „Ich meine, es ist, als ob er manchmal verletzt werden möchte."

„Er würde sich nicht absichtlich suspendiert lassen", sagt ihre Freundin. „Wir brauchen ihn. Das Team zerfällt ohne ihn."

Dolly seufzt. „Ich sag ja nur. Du hast gesehen, wie er sich da draußen benimmt. Es ist, als würde er keine Rücksicht auf seine persönliche Sicherheit nehmen."

Ich höre genauer zu. Das sind Informationen, die meine Brüder wollen. Also ist Devlin rücksichtslos als Quarterback. Jemand wie Royal würde niemals die Fehler machen, die sein zweiter QB macht, und er ist nicht rücksichtslos.

„Glaubst du, er hat mich vor dem Spiel bemerkt?", fragt Dolly.

Ich verdrehe die Augen und denke, dass kein heterosexueller Mann, der anwesend war, sie irgendwie hätte übersehen können. Aber dann wiederholt jemand hinter mir ihre Worte mit hoher, spöttischer Stimme und ich fühle mich sofort schuldig für meine eigenen unfreundlichen Gedanken. Dollys Gesicht wird rot, aber sie ignoriert das Mädchen und sieht ihre Freundin immer wieder an, die ihr ein mitleidiges Lächeln schenkt.

Ich drehe mich um und sehe Lacey und ein paar Mädchen aus der Cheerleadertruppe an, die ihre Pferdeschwänze wedeln lassen und lachen. Sie schauen durch mich hindurch und reden weiter. „Sie wissen, dass sie die Adeligen nicht direkt ansprechen sollen. Sie sind nur ein Haufen Möchtegern-Cheerleader."

Ein absurder Drang, Dolly zu verteidigen, steigt in mir auf, und obwohl ich es besser weiß, als mich hier gegen die Hierarchie zu stellen, kann ich nicht anders. Schließlich ist Lacey keine Puppe mehr, also nicht mehr so unantastbar wie früher.

„Solltest du nicht wieder auf dem Platz sein und die Fans mit mehr von deinen unoriginellen Tanzeinlagen bis zum Einschlafen langweilen?", frage ich leichtfertig.

Laceys Mund klappt ungläubig auf.

„Halt dich da raus", sagt eine andere Cheerleaderin, die ich als Carmen aus meinem Spanischunterricht erkenne. „Das geht dich nichts an, Kleinstadtschlampe."

# Mobbe mich

Ich grinse sie an und hebe eine Augenbraue an. „Das ist das Beste, was du drauf hast?", frage ich. „Selbst deine Beleidigungen sind unoriginell. Oh, und nur damit du es weißt, ich bin eine Großstadtschlampe."

Lacey hakt sich in Carmens Arm ein. „Achte nicht auf sie", sagt sie. „Sie ist nur sauer, weil sie nie eine *Darling Doll* sein wird. Sie ist nur Devlins kleine Schoßhündin."

„Und trotzdem bist du auf die Knie gegangen und hast Hundefutter gegessen, als er es dir befohlen hat", sage ich. „Also erinnere mich noch einmal daran, was der Unterschied zwischen einer *Darling Dog* und einer *Doll* ist?"

„Das kann sie nicht ernst meinen", sagt Lacey.

Ich zucke mit den Schultern und gleite mit meiner Hand über meinen geglätteten Pony. „Ich weiß nur, dass ich an diesem Tag nicht diejenige war, die Hundefutter aß." Ich drehe mich wieder nach vorn und bemerke, dass Dolly und ihre Freundin flüsternd die Köpfe zusammengesteckt haben. Wenn sie weglaufen und es Preston petzen will, gut. Was auch immer. Ich halte nicht den Mund und bin niemandes gehorsames Haustier, egal, wie sie mich nennen.

Inzwischen weiß ich, dass es nicht so schlimm ist, die Hündin der Darlings zu sein, auch wenn es sich so anhört. Sicher, ich wurde als Verliererin bezeichnet, aber abgesehen von dem einen demütigenden Vorfall und dem Ausbruch, nachdem wir die Darlings in Schwierigkeiten gebracht haben, ist es ziemlich mild. Sie haben den Hundefutter-Vorfall nicht einmal geduldet, also kann ich das nicht mal als Konsequenz, markiert geworden zu sein, zählen. Ich kann viel Schlimmeres ertragen als ein paar kichernde und abfällige Kommentare, wenn ich vorbeigehe. Ich habe viel Schlimmeres verdient.

Als ich zu unseren Plätzen zurückkomme, klopft Baron neben sich auf den Sitzplatz. „Papa hat den Bürgermeister überredet, mit uns zum Trainer zu gehen", sagt er. „Wir werden alle mit ihm reden, ihm zeigen, was wir bieten können."

„Heute Abend?", frage ich, wieder einmal überrascht und beeindruckt, wie geschickt Papa manipuliert.

„Ja", sagt Duke mit einem breiten Lächeln. „Gleich nach dem Spiel. Wenn sie das ganze Spiel über platt gemacht werden, sollte es nicht schwer sein, für uns selbst zu argumentieren."

„Herzlichen Glückwunsch", sage ich und lege einen Arm um jeden Zwilling. Meine Brüder sind gut. Wenn sie ein Probetraining bekommen, sind sie so gut wie im Team. Und wie kann der Trainer mit dem Bürgermeister auf unserer Seite nein sagen?

Ich erzähle meinen Brüdern, was Dolly gesagt hat, darüber, dass Devlin zu rücksichtslos ist, aber etwas in mir flimmert merkwürdig, als sie anfangen, darüber zu diskutieren. Ich schulde Devlin weder Dolly keine Loyalität, aber aus irgendeinem Grund fühlt es sich wie Verrat an. Was nützt Spionage, wenn du die Informationen nicht benutzt?

# Siebzehn

*Heute Abend beenden meine Brüder, was sie begonnen haben. Heute Nacht stürzen sie die Könige. Heute Abend gehört ihnen. Was auch immer die Konsequenzen sein mögen, wir werden uns ihnen stellen, wenn sie kommen. Aber heute Abend triumphieren wir.*

Nach dem Spiel machen wir uns auf den Weg zum Feld. Ich sage meiner Familie, dass ich sie vor der Umkleide treffe, und renne zur Toilette. Sie werden eine Weile beim Trainer sein, also habe ich viel Zeit. Außerhalb der Toilette hat sich eine Schlange gebildet, also trete ich nach draußen, lehne mich im Licht an die Wand und beende meinen Blogbeitrag, bevor ich Dixie eine SMS schicke. Die Knights haben verloren, also sind alle aus Willow Heights in schlechter Laune, aber ich kann nicht anders, als innerlich zu lächeln. Es wäre schwieriger gewesen, meine Brüder nach einem Sieg gegen unseren größten Rivalen ins Team zu kriegen.

Nach einer Niederlage wird sich der Trainer all die Dinge ansehen, welche die Mannschaft falsch gemacht hat – und all die Dinge, die meine Brüder besser machen können.

Ich schreibe Dixie für ein paar Minuten, bevor ein Schatten über mich fällt. Ich schaue gerade noch rechtzeitig auf, um zu sehen, wie Devlin Darling über mir aufragt. Bevor ich mich bewegen kann, reißt er mir das Handy aus der Hand.

„Hey", protestiere ich und greife danach.

Devlin grinst mich an und hält das Handy außerhalb meiner Reichweite. Seine Augen lachen jedoch nicht. Sie sind voller Abscheu. „Was zum Teufel ist das Problem deiner Familie?"

„Im Augenblick? Du bist unser Problem."

„Da hast du recht", sagt er mit angespanntem Kiefer.

# Selena

„Gib mir mein Handy zurück", sage ich und strecke eine Hand aus.

„Du gibst hier keine Befehle", sagt er. „Sag es mir, kleines Hündchen. Wie lautet ihr Spielplan?"

Ich verschränke die Arme vor meiner Brust. Es sind immer noch Dutzende Leute unterwegs – eine Mutter mit einem Kinderwagen kämpft sich durch die Badezimmertür, mehrere unbeaufsichtigte Kinder laufen schreiend im Kreis herum und viele Schüler stehen herum und reden. Ich bin nicht dumm genug, allein herumzuhängen, und es tröstet mich, alle Zeugen zu sehen, falls Devlin etwas versuchen sollte. Sein mörderischer Blick lässt jeden Instinkt in meinem Gehirn schreien, dass ich weglaufen soll.

Aber, o mein Gott … Ein Hauch seines maskulinen Duftes weckt in meinem Körper ganz andere Ideen.

„Sicher hast du es inzwischen herausgefunden", sage ich, hebe das Kinn und weigere mich, seinem Blick auszuweichen. „Ihr Spielplan ist es, deinen Platz einzunehmen. Und Dolces bekommen immer, was sie wollen."

# Mobbe mich

„Tun sie das?", fragt Devlin, sein Grinsen kehrt zurück, als seine Augen über meinen Körper streichen und meine Kleider mit einem Zug ausziehen.

Ich bin noch nie mit so nackter Geilheit angeschaut worden und zu meinem Entsetzen verhärten sich meine Nippel bei dem Starren. In der Hoffnung, dass er es nicht bemerkt, zwinge ich mich dazu, die Abwehrhaltung beizubehalten und meine Brust nicht zu bedecken. „Nimm es nicht persönlich. Wir wurden geboren, um zu regieren. Das ist uns in die Wiege gelegt worden."

„Alles ist persönlich", sagt Devlin, seine seidige Stimme wird leiser, als er näher kommt und seinen Ellbogen an die Wand über meinem Kopf lehnt, seine Haltung hält mich gefangen. Er ist so nah, dass ich in seinem berauschenden Duft ertrinke. Ich muss mich zusammenreißen, um meine Augen nicht zu schließen und ihn zu inhalieren.

Er sollte nicht einmal hier draußen sein. Obwohl er vom Spiel suspendiert ist, hat er mit der Mannschaft auf der Bank gesessen. Warum ist er nicht in der Umkleidekabine? Sind sie sauer auf ihn, weil er die

Kontrolle verloren hat und sich hat suspendieren lassen? Ich weiß, dass die Schule sich bei ihm einschleimt, aber wie sehr mögen ihn seine Teamkollegen und wie viel davon ist einfach Angst? Wenn meine Brüder seinen Platz im Team einnehmen, werden sie den Darlings treu bleiben und meinen Brüdern das Leben schwer machen? Oder werden sie eine Änderung des Status quo begrüßen und ihre Loyalität ändern, sobald sie sehen, wie gut meine Brüder sind?

Die Gedanken abschüttelnd, lege ich die Hände auf Devlins Brust und schubse ihn zurück. Er rührt sich nicht. Ich könnte genauso gut die Betonmauer hinter mir schubsen. „Meine Brüder werden gleich hier sein", sage ich. „Sie werden dich töten, wenn sie dich so nah bei mir sehen."

„Ich bin nicht dumm", sagt er. „Deine Brüder werden noch lange nicht nach dir suchen, Sweetie Pie. Und während sie damit beschäftigt sind, mein Leben zu vermasseln, werde ich ihres vermasseln."

Mit klopfendem Herzen ducke ich mich unter seinen Arm und renne weg. Aber bevor ich drei Schritte gemacht habe, klammert sich seine Hand um meinen Nacken. Ich schreie vor Schmerzen und ein paar Leute werfen neugierige Blicke in unsere Richtung. Devlin lenkt mich vom Stadion weg zum Parkplatz.

„Lass mich gehen", schreie ich in der Hoffnung, genug Aufmerksamkeit zu erregen, damit sich jemand einmischt. Ich zerre an ihm, um mich zu befreien, aber Devlins lange Finger drücken sich in meinen Nacken und lassen mich vor Schmerzen nach Luft schnappen.

„Sei eine gute Hündin und sei verdammt noch mal still", knurrt Devlin hinter mir.

Ich entwinde mich seinem Griff und stürze nach vorn, aber in dem Moment, in dem ich den Parkplatz erreiche, taucht Preston wie aus dem Nichts auf. Ich knalle gegen ihn, bevor ich mich stoppen kann, und seine Arme klammern sich wie eine Zwangsjacke um mich. Ich schreie und trete aus, die Zehen meiner Schuhe schlagen gegen sein Schienbein. Er grunzt und schiebt mich rückwärts in Devlins wartende Arme.

Ich schreie wieder, aber niemand bewegt sich, um mir zu helfen. Ein Paar eilt vorbei und zieht ihr Kind auf die andere Seite, als könnten wir ihr wehtun. Eine andere Frau schüttelt den Kopf, als wären wir nur ein Haufen nerviger Teenager, die zu laut sind. Die Kinder, die ich von der Willow Heights erkenne, laufen hinter uns her und beobachten aufgeregt, als könnten sie es kaum erwarten zu sehen, was als Nächstes passiert. Nicht eine Person sieht überrascht aus. Dies ist entweder ein regelmäßiges Ereignis, ein vorsätzlicher Angriff oder beides.

„Sei eine gute Hündin und hör auf zu kläffen", sagt Preston und lehnt sich mit einem boshaften Funkeln in den Augen zu meinem Gesicht. „Oder jemand wird verletzt."

Devlins Hand bedeckt meinen Mund und er steuert mich über den Parkplatz zu einem kleinen roten Cabrio. Er zieht die Hintertür auf und schiebt mich nach vorn auf den Sitz. Blinde Panik durchfährt mich und ich springe auf, um loszurennen. Er packt mich, packt mein Oberteil. Ich höre ein reißendes Geräusch und spüre die Kälte der Nacht auf meiner nackten Haut, aber ich schaue nicht nach unten. Gelächter erfüllt meine Ohren, als ich der Menge die Show gebe, für die sie gekommen sind.

# Mobbe mich

Devlin packt meinen Arm und schiebt mich zurück ins Auto, Wut lodert in seinen blauen Augen. „Böse Hündin", knurrt er. „Ich verlange nur Gehorsam."

Ich drehe mich um, um über den Sitz zu kriechen, aber er packt meine Beine und zieht mich zurück. Ich trete aus und spüre ein Anschwellen der Befriedigung, als mein Fuß sein Gesicht trifft – hart.

„Eine böse Hündin wird bestraft", säuselt Preston über mir und ich merke, dass er das Auto umkreist hat und vor der anderen Tür steht.

Kein Entkommen.

Welchen Triumph auch immer ich empfunden habe, als ich Devlin getreten habe, ist vorbei, als ich seine Gürtelschnalle klappern höre, als er sie öffnet. Ich schreie wieder, Angst rast meine Wirbelsäule runter wie ein Eispickel.

„Jetzt schau, was du getan hast", sagt eine vertraute Stimme. Colt.

Das Gefühl des Verrats reißt mich in die Wirklichkeit zurück, als Devlin seinen Gürtel von seiner Jeans losreißt. Mein Verstand wird blank vor Panik, aber vom brennenden Schmerz, als sein Gürtel meinen Hintern schlägt, werde ich schnell in die Gegenwart zurückgebracht. Ich höre ihn durch die Luft pfeifen, bevor er auf meine andere Arschbacke knallt. Ein scharfer, stechender Schmerz durchfährt mich, zusammen mit dem Gefühl der Demütigung. Seine Faust verknotet sich in meinem Oberteil in der Mitte meines Rückens und hält mich fest, während das Leder seines Gürtels immer wieder gegen meine Jeans schlägt.

„Mach sie fertig!" Prestons spöttische Stimme dringt in meinen Verstand ein. Mindestens zwei Dutzend Leute haben sich um das Auto versammelt, lachen und jubeln, als Devlin mich mit seinem Gürtel verprügelt.

So plötzlich, wie es angefangen hat, hört Devlin auf. Ich klettere auf den Sitz und drehe mich zu meinem Angreifer um. Er stolpert aus dem Auto zurück, schwer atmend, abgehakt, fast klingt sein Atem wie ein Schluchzen. Seine Augen sind weit und wild und das macht mir mehr Angst als die Wut, die ich vorhin dort gesehen habe.

## Mobbe mich

„Meine Brüder werden dich töten", bringe ich mit zitternder Stimme hervor. Ich kann immer noch nicht begreifen, was gerade passiert ist. Ich schiebe mich ganz über den Sitz, bis mein Rücken gegen die hintere Tür des Cabrios gedrückt wird. Die Kälte auf meinen Wangen sagt mir, dass mir Tränen aus den Augen fließen, aber ich kann sie nicht spüren. Ich kann nichts fühlen.

„Nein, werden sie nicht", sagt Colt und tritt neben seinen Cousin. „Weil du ihnen schreiben wirst, dass es dir gut geht."

Er grinst mich träge an und hält ein Handy hoch. Mein Handy.

„Viel Glück beim Herausfinden meines Passworts", schieße ich zurück. Fick Colt und seinen hinterhältigen Arsch. Er hat so getan, als wären wir Freunde, aber jetzt sehe ich, wie dumm ich gewesen bin. Es ist alles Teil ihres Plans gewesen. Mich in Selbstgefälligkeit locken, mich denken lassen, dass diese Darling Hündinnen-Sache keine große Sache ist, und mich dann angreifen. Was auch immer das für ein beschissener Initiationsstreich ist, ich habe genug davon.

# Selena

„Wir müssen dein Passwort nicht erraten", schnurrt Prestons seidige Stimme hinter mir und sein Arm schlingt sich um meinen Hals. Eine Daumenbewegung von ihm und eine 15 cm lange Klinge gleitet heraus.

„Wir gehen auf eine Party, um unser neues Haustier vorzustellen, und du wirst dich benehmen. Nicht wahr, Sweetie Pie?", sagt Devlin und hüpft über die Tür. Er setzt sich rittlings auf meine Hüften, hebt mein Kinn an und lächelt mich an, während sein Cousin eine Klinge nur Zentimeter von meiner Wange entfernt hält.

„Eine Party?", frage ich, ein ungläubiges Lachen erzwingt sich einen Weg nach draußen. „Du hältst mir ein Messer an die Kehle. Du hast mich grade mit einem Gürtel geschlagen."

„Ich wette, es hat dir gefallen", flüstert Preston in mein Ohr. Sein Atem ist heiß auf meiner Haut und eine warme Kälte durchfährt mich, als Devlins Daumen über mein nacktes Schlüsselbein streicht. Was zum Teufel ist nur falsch mit mir? Dieser Typ hält ein Messer an meiner Kehle. Aber er hat auch irgendwie recht. Ein kranker kleiner Teil in mir hat sich ergötzt an der Hilflosigkeit und sogar dem Schmerz von Devlins Bestrafung. Ein Teil in mir, der weiß, dass ich es verdient habe. Dass ich Schlimmeres verdient habe.

„Jetzt sagst du uns das Passwort auf deinem Handy oder er wird dir die Worte *bad dog* in deine Stirn ritzen." Devlins Daumen streicht langsam über meine Unterlippe, seine Augen sind fast zärtlich, als er mir droht.

Prestons Atem streichelt meinen Nacken, seine Lippen streichen über meine Ohrmuschel, während er ein stummes Lachen ausstößt. Ich bin gefangen zwischen zwei vollkommen psychotischen Jungs. Devlins Augen funkeln vor Bosheit, als er mich beobachtet und auf meine Antwort wartet, meinen Gehorsam.

„Du bist krank", sage ich mit zitternder Stimme.

„Ich habe dich gewarnt, Baby", sagt er und beugt sich vor, bis seine Nase meine berührt. „Ich bin kränker, als du es dir vorstellen kannst. Krank genug, dass es mir egal ist, was sie mir antun. Versuch, mich verhaften zu lassen, Schätzchen. Ich bin in einer Stunde frei, genau wie beim letzten Mal. Und du wirst meine Worte für den Rest deines Lebens tragen. Alle Schönheitsoperationen der Welt werden nicht reparieren, was ich mit deinem Gesicht machen werde."

„Okay", flüstere ich, umklammere Prestons Handgelenk und versuche, das Messer von mir wegzubekommen. „Markiere mich nicht."

„Oh, dafür ist es zu spät", flüstert Devlin zurück. „Du siehst es vielleicht nicht, aber ich habe dich schon markiert, Dolce. Du gehörst jetzt mir. Und ich werde heute Abend ein bisschen Spaß mit dir haben."

Ich beginne, mich zu bewegen, bereit, ihn wegzustoßen und mit all meiner Kraft zu kämpfen, aber Preston drückt die flache Seite der Klinge an meine Wange und lässt mich den kalten Stahl wie ein Versprechen spüren.

„Wirst du ein gutes Hündchen sein?", schnurrt er mir ins Ohr. „Oder wirst du mich dazu bringen, dich zu schneiden?"

„Schneide mich nicht", keuche ich.

„Dann gib uns das Passwort", sagt Colt, sein grinsendes Gesicht erscheint über meinem, sodass er verkehrt herum zu mir schaut wie ein verrückter Funhouse-Clown.

Ich flüstere die Nummern und er tippt sie in mein Telefon und tritt dann aus meiner Sichtlinie zurück.

„Gute Hündin", sagt Devlin und ein triumphierendes Lächeln zuckt in seinen Mundwinkeln. Er beugt sich hinunter, seine Lider fallen fast zu, als er meine Lippen beäugt. Unsere Münder sind so nah, dass ich seine Hitze wie einen Kuss an meinem spüren kann. Ich kann es spüren und das Beschissene daran ist, dass ich es fast will. Ich will – nein, ich brauche – Trost, eine Erlösung von dem Schlimmen, was gerade passiert ist, dass ich es fast von dem akzeptieren würde, der es mir angetan hat. Meine Lider fallen zu und ich fühle, wie Devlins minziger Atem über meine Haut kribbelt, bevor er ein leises Lachen ausstößt.

„Die hier braucht etwas Training", sagt er, springt auf und rutscht auf den Vordersitz. „Du weißt, was du mit ihr machen musst."

Bevor ich protestieren kann, zerrt Preston mich über die Autotür und Colt öffnet den Kofferraum.

# Selena

„Wollt ihr mich verarschen?", frage ich und stemme meine Absätze in den Bürgersteig. Ich drehe mich und reiße an seinem Griff, aber ich schaffe es nur, mein Oberteil vorn zu zerreißen. Ich kämpfe zu sehr, um mich darum zu kümmern, dass mein BH für die ganze Menge zu sehen ist. Aber ich bin diesen beiden starken Footballern nicht gewachsen. Ich kann mich nicht befreien. Zu schnell werde ich in den Kofferraum gestopft und er wird verschlossen.

Ich versuche zu atmen. Versuche, nicht auszuflippen. Ich bin nicht lebendig begraben. Ich bin in einem Auto. Aber der Gedanke an Destiny, das Mädchen, das auf einer von Devlins Partys gestorben ist, kommt mir in den Sinn. Vielleicht ist er bei ihrem Grab gewesen, um zu trauern. Vielleicht bereut er es genauso sehr, wie ich die Dinge bereue, die ich diesem Mädchen in Manhattan angetan habe. Aber der Unterschied ist, dass ich es versuche. Ich möchte besser sein. Devlin hat keine Lektion daraus gelernt. Er mobbt immer noch. Feiert immer noch. Er stopft mich immer noch in einen Kofferraum, wie er dieses

Mädchen in ein frühes Grab gebracht hat, wenn auch unbeabsichtigt.

Alles in mir sagt, dass ich durchdrehen muss, dass ich gleich sterben werde. Aber sie bringen mich nicht irgendwo hin, um mich zu töten und meine Leiche zu entsorgen. Sie nehmen mich mit auf eine Party. Ich werde dort keine Herausforderungen annehmen. Ich werde nicht vom Balkon springen. Ich schließe die Augen, tue so, als würde ich auf dem Rücksitz liegen, mir geht es gut. Dass ich auf eine Party gehe, um Spaß zu haben.

Wenn ich aufhöre zu kämpfen, langweilen sie sich vielleicht. Er wird mich nicht umbringen. Sie werden es nicht. Sie wollen mich so demütigen, wie ich letztes Jahr dieses Mädchen gedemütigt habe. Wenn sie es all die Monate hat ertragen können, kann ich es eine Nacht tun. Es wird mich nicht umbringen. Sie werden ihren Spaß haben und mich gehen lassen. Ich muss einfach mitspielen. Eine Sache ist sicher. Wenn ich Bedenken gehabt habe, diese Psychos zu besiegen, sind sie jetzt weg.

Die Grenze ist jetzt auch für mich überschritten worden. Meine Brüder und die Darlings haben diese

## Selena

Grenze bereits gezogen, aber ich habe gedacht, dass ich mich irgendwie nicht festlegen müsste, ob ich die Grenze überschreite. Ich dachte, es wäre vielleicht nicht so schwarz-weiß, vielleicht sind meine Brüder keine Heiligen und die Darlings keine Teufel. Ich habe versucht, das Gute zu wählen, aber ich bin die ganze Zeit eine Närrin gewesen. Ich bin Teil dieser Familienfehde, ob ich will oder nicht. Ich bin es immer gewesen. Ich bin ein Teil davon, weil Dolce-Blut durch meine Adern fließt, und das wird es immer tun. Meine einzige Wahl ist, für meine Familie zu kämpfen oder aufzugeben.

Ich habe mich letztes Jahr nicht für Veronicas Opfer eingesetzt. Ich habe sie auch meins werden lassen, weil ich nicht für mich einstehen konnte. Diesmal stehe ich auf. Für meine Familie und für mich.

Das Auto kommt auf Schotter zum Stehen und mein Herz schlägt schmerzhaft gegen meine Rippen. Eine Sekunde später schlagen die Autotüren zu und das Fahrzeug schaukelt.

Ich werde nicht sterben, erinnere ich mich selbst. Ihre Schritte ertönen auf dem Kies, und der Kofferraum springt auf. Preston steht über mir, das Messer bereits in seiner Hand. Ich weiß, wann ich mich wehren und wann ich mitspielen muss. Ich werde mich nicht auf seine Klinge werfen, um zu beweisen, wie knallhart ich bin.

„Sieht aus, als hätte ihr die Fahrt gutgetan", sagt Devlin und streckt eine Hand aus.

Ich möchte seine Hand wegschlagen, ihm eine scheuern. Aber ich halte mich im Zaum und lasse mir von ihm aus dem Kofferraum helfen.

„Bereit, ein gehorsames Hündchen zu sein?", fragt Colt und grinst, als wäre das alles ein urkomischer Witz.

Ich nicke, aber es spielt keine Rolle, ob sie meine Zustimmung haben. Devlin hat mir schon etwas um den Hals geschoben. Ich greife nach oben und packe es, aber er schließt es. Eine Sekunde später klemmt er eine Leine in den Ring vorn am ledernen Hundehalsband. Preston fängt an zu lachen.

Ich verschränke meine Arme vor der Brust und ziehe dabei mein Hemd zu. „So gehe ich nicht auf eine Party."

„Ich glaube, das tust du", sagt Devlin.

# Selena

„Sei eine gute Hündin und er wird ein gutes Herrchen sein", sagt Colt und lächelt immer noch, als hätten wir alle hier Spaß.

„Du hast dich mit der falschen Familie angelegt", sagt Devlin. „Lass es dir eine Lektion sein. Danach kannst du nach Hause gehen und deinen Brüdern alles erzählen."

Dann fällt mir auf, dass sie das auf dem Parkplatz nicht impulsiv gemacht haben. Sie haben keinen Wutanfall bekommen, weil meine Brüder zu den Trainern gegangen sind, um sie zu ersetzen. Das hier ist vorsätzlich. Berechnet. Sie hätten mich irgendwohin mitnehmen, mich angreifen und ermorden können. Aber sie haben eine öffentliche Beschämung ausgewählt. Wie gesagt, das ist persönlich. Sie schicken meiner Familie eine Nachricht. Die Darlings sind unantastbar. Sie können mit Mord davonkommen, aber sie verschonen uns – diesmal.

„Komm schon, kleines Hündchen", sagt Preston und schlägt sich auf den Oberschenkel, als wäre ich eine richtige Hündin. Er tritt nach vorn und packt die Fetzen meines Oberteils und entreißt es mir mit einer heftigen Bewegung.

## Mobbe mich

„Was zum Teufel", schnappe ich. „Gib mir dein Shirt."

„Ja, klar", sagt Colt gedehnt. „Und diese Aussicht verpassen? Verdammt, Mädel. Du hast vielleicht Titten."

Ich beobachte, wie Devlins Augen auf meine Brust sinken und sein Adamsapfel beim Schlucken wippt. Die Lichter des Hauses erhellen die Wölbungen meiner Brüste, meine olivfarbene Haut glänzt im schwachen Schein über den vollen Körbchen meines rosa Seiden-BHs.

Nach einer Sekunde reißt Devlin seine Augen weg und dreht sich um, wobei er an der Leine zerrt. Preston und Colt folgen mir, bereit, mich zu fangen, falls ich irgendwelche Fluchtpläne habe. Mein Herz hämmert so heftig, dass ich bei jedem Schritt fast ohnmächtig werde, aber ich zwinge meine Beine, in Bewegung zu bleiben. Wir gehen auf das Haus zu, ein überdimensionales graues Steinding. Im Gegensatz zu unserem Haus ist dieses modern und nicht von anderen Häusern umgeben. Ich kann Musik aus dem Haus pulsieren hören, aber es gibt keine Nachbarn, welche die Polizei rufen könnten, wenn es zu laut wird. Niemand, der mich hört, wenn ich schreie.

# Selena

Hinter dem Haus gibt es nichts als Felder und in der Ferne Bäume. Ich atme tief durch und sage mir, dass ich diese Nacht überstehen werde. Es wird mich nicht umbringen. Ich werde alles ertragen, was sie mir entgegenwerfen. Ich werde die Demütigung ertragen. Den Schmerz. Die Scham. Als wir die Veranda betreten, durchströmt mich Adrenalin und ich fühle mich, als würde ich ohnmächtig werden. Ich habe noch nie freiwillig mein Oberteil für einen Typen ausgezogen und jetzt wird mich die halbe Schule oben ohne sehen. Bei jedem Ziehen an der Leine spüre ich die Stacheln des Hundehalsbandes aus Leder, wie das, das Dixie an dem Tag getragen hat, als ich ihren Platz eingenommen hat. Jetzt, wo ich mit einem Haufen Soziopathen vor einer Party stehe, die mich oben ohne und an der verdammten Leine herumführen, scheint das die schlechteste Entscheidung zu sein, die ich je getroffen habe.

# Achtzehn

Devlin öffnet die Tür, ohne anzuklopfen, und ich beiße die Zähne zusammen und folge ihm wie ein gehorsamer Welpe, was zugleich demütigend und lächerlich ist. Plötzlich will ich nichts mehr, als ihm zu sagen, wer ich gewesen bin, wer ich bin. Was ich getan habe. Ich bin kein gehorsamer Welpe. Ich bin nicht süß oder knuffig oder so was. Ich bin ein beschissenes Mädchen, das psychologische Hilfe braucht, aber ich habe mich noch nie unterworfen und es fällt mir jetzt nicht leicht. Ich erinnere mich immer wieder daran, dass ich das für meine Familie tue. Ich werde nicht kriechen, keine Szene machen, wie es die Darlings wollen. Ich werde meine Würde auch unter den unwürdigsten Umständen bewahren.

Und wenn ich schon dabei bin, werde ich etwas herausfinden, das die Darlings zerstören kann, und ich werde diesen Fickern ein Ende setzen. Wenn ich kämpfe, mache ich nicht nur die Szene noch schlimmer, sondern diese Typen werden mich verletzen. Ich habe keinen Zweifel, dass Preston sein Wort halten würde – und dass er jede Sekunde meiner Qual genießen würde. Das würde mir mehr schaden, als diese Party es jemals könnte.

„Hey", bellt Devlin über den Lärm im Raum hinweg. Die Leute verstummen und drehen sich um, um mich anzustarren. Lacey und ein paar Freundinnen schnauben mit unterdrücktem Lachen und sehen mich an, als ob ich eine ansteckende Krankheit wäre, anstatt ein heißes Mädchen in Jeans und einem Dreihundert-Dollar-BH.

Nun, scheiß auf sie. Wenn ich diese Scheiße ertragen muss, werde ich stolzieren, was ich auch tue. Als Devlin mich an ihr vorbeizieht, halte ich den Kopf hoch und schlendere vorbei, als wäre ich die Königin dieser verdammten Party.

# Mobbe mich

Als wir vorbeigehen, höre ich das Gelächter, das höhnische Geschrei und die Verachtung von Lacey und ihren jubelnden Bitches. Aber ich hasse sie nicht dafür. Ich *bin* diese Mädchen *gewesen*. Ich weiß, was für ein trauriges Leben sie haben. Die Angst, die ständige Paranoia darüber, wer eine Freundin ist und wer einem ein Messer in den Rücken sticht, sobald du dich umdrehst. Ich kenne die Ohnmacht, die dazu führt, dass man jemand anderen bis auf die Knochen zerschneiden muss, um sich wieder mächtig zu fühlen. Um das Gefühl zu haben, die Kontrolle zu behalten.

Das Schlimmste sind nicht die Sticheleien. Das Schlimmste ist, als Devlin die Küche betritt. Ein Fass ist aufgestellt, er zieht mich dorthin und hält mir eine Tasse hin. Während es jemand füllt, lachen und pfeifen mich zwei picklige Kerle an. Einer von ihnen packt meine Hüfte mit seinen feuchten Finger und sticht in meine nackte Haut.

Ich stoße ihn so fest mit dem Ellbogen, dass ich hoffe, dass ich ihm einen Knochen in seinem Handgelenk gebrochen habe. „Berühr mich noch einmal und stirb", sage ich.

# Selena

Devlin reißt mich zurück und gibt mir fast ein Schleudertrauma. Ich glaube, er haut mir gleich auf die Fresse, aber stattdessen überragt er den Grapscher, als würde er ihn gleich verprügeln. „Niemand streichelt die *Darling Dog* ungefragt", donnert er.

Der Junge eilt davon, aber ein anderer Typ füllt seine Tasse zu Ende und rutscht hinüber, um seinen Platz einzunehmen.

„Sie ist so viel heißer als die letzte", sagt er. „Kann ich sie streicheln?"

„Ja", sagt Devlin und nickt ihm zu, dass er fortfahren soll. Die Hand des Kerls greift direkt zu meinem Busen, drückt ihn, bevor ich sie mit all meiner Wut wegschlage.

„Verdammt", sagt er und schüttelt die Finger. „Sie ist gemein."

Colt und Preston lachen, aber Devlin lächelt kaum. „Sie ist noch nicht trainiert."

Ich erwarte, dass Devlin wie King trinkt, mit Bedachtsamkeit, immer einen Drink in der Hand haltend, aber niemals die Kontrolle verlierend. Stattdessen trinkt er sein Bier und nimmt noch eins und dann noch eins, trinkt, als hätte er einen Todeswunsch und will ihn heute Abend wahr werden lassen.

Ich kann aber kein Mitleid für ihn empfinden. Nicht, wenn er mich auf der Party herumführt und mich von Jungs angrapschen lässt und lacht, während ich ihnen eine pfeffere. Als er davon genug hat, schleift er mich zurück auf die Terrasse, wo Leute Billard spielen und Schnaps an einer Holzbar im Freien trinken. Musik und Licht dringen in den Garten. Wir haben die anderen beiden Darlings verloren, aber jetzt sehe ich Preston, der ein Mädchen stützt, das so taumelt, dass sie sich kaum auf den Füßen halten kann, als sie in die Dunkelheit des Gartens hinausgehen. Plötzlich verkrampft sich die Angst in meinem Bauch.

Ich halte diese Nacht durch und habe mir immer wieder gesagt, dass ich es einfach durchstehen muss. Aber was dann? Devlin ist verdammt betrunken, Preston ist eindeutig ein Soziopath und Colt ... ich habe keine Ahnung, wo er ist oder wozu er fähig ist.

Dann sehe ich zwei Erwachsene auf Plüschsesseln neben der Bar, jeder mit einem Drink in der Hand. Sie tragen passende Bademäntel und beobachten alles mit eifrigem Interesse. Mein Herz schlägt in meiner Brust und ich verschränke die Arme vor mir und versuche zum ersten Mal, seit dies begonnen hat, mich zu bedecken. Vielleicht können sie mir helfen, diesem Wahnsinn ein Ende zu setzen.

„Meine Güte", sagt die Frau gedehnt, als Devlin mich zur Bar führt. „Na, was haben wir denn hier?"

„Das ist meine neue Hündin", sagt Devlin. „Keine Sorge, sie ist stubenrein."

Die Frau wirft den Kopf zurück und kichert vor Lachen.

„Die Dinge, die ihr euch einfallen lasst", sagt der Mann und schüttelt nachsichtig den Kopf.

Auf keinen Fall. Das ist alles, was sie dazu sagen?

Aber ich muss verrückt gewesen sein, zu glauben, dass sie mir helfen würden. Sie lassen hundert Minderjährige in ihrem Haus trinken.

Das Paar sieht ungefähr im Alter meiner Eltern aus, aber jede Ähnlichkeit endet dort. Mama mag ein bisschen üppig sein, aber sie würde nie in einem Bademantel in der

Öffentlichkeit erscheinen und sie trägt nur Make-up, um ihre natürliche Schönheit zu unterstreichen. Diese Frau hat das komplette Gesicht voller Make-up und eine blonde Hochsteckfrisur mit etwas, das wie genug Haarspray aussieht, um das gesamte Jahrzehnt der 80er Jahre in Form zu halten. Der Mann sieht ungefähr gleich alt aus, mit vollem blonden Haar und dem schlaffen Aussehen, das Männer bekommen, wenn sie muskulös gewesen sind und dann aufhören zu trainieren und die Muskeln zu etwas anderem werden.

Devlin lehnt sich an die Theke, aber der Mann spricht wieder. „Die solltest du lieber an einer kürzeren Leine halten", sagt er. „Sie ist eine andere Rasse als die, die du letzten Monat hattest."

„Die Art, wie er sie ständig wechselt", sagt die Frau. „Genau wie sein Vater."

Daran klammert sich mein Verstand fest. Dieses Haus gehört also nicht einer zufälligen Person. Ihr Kommentar lässt es so klingen, als würde sie seinen Vater gut kennen … Vielleicht intim. Oder Geschwister? Jetzt macht das fehlende Klopfen Sinn. Das muss Colts oder Prestons Haus sein.

Na und? Okay, sein Vater ist also ein Schürzenjäger. Die Hälfte der Menschen, die unsere Eltern kennen, betrügen ihre Ehepartner. Nicht gerade eine Waffe, die mir helfen wird, sie zu besiegen.

„Du weißt, was ich immer sage, Dev", sagt der Mann und wedelt träge mit seinem Drink. „Vertraue nie einer schönen Frau. Das habe ich von deiner Mama gelernt." Er legt einen Arm um die Frau und küsst ihre Schläfe und sie quietscht protestierend und wehrt ihn kichernd ab.

Seine Mutter. Nun, ich habe nicht vorgehabt, in dieser Aufmachung irgendjemandes Eltern zu treffen, aber es ist immer schön, einen ersten Eindruck zu hinterlassen.

Sie müssen meine Überraschung sogar durch ihr Flirten wahrgenommen haben, denn der Mann lacht und hält mir sein Glas entgegen. „Was, Devlin hat dir nicht von unserem kleinen Frauentausch erzählt?"

Devlin dreht sich zu dem Mann um, Wut brennt in seinen unkoordinierten Augen, die mich wieder zusammenzucken lässt. Der nüchterne, böse Devlin ist ein

Monster und ich will nicht den betrunken, bösen Devlin treffen.

„Sie ist eine *Hündin*", sagt er mit trockener Stimme. „Ich rede nicht mit ihr über unsere abgefuckte Familie."

„Schätzelchen", sagt seine Mutter, aber er ignoriert sie, wickelt die Leine um seine Hand und zieht mich von ihnen weg. Sie macht keine Anstalten, aufzustehen und uns zu folgen, obwohl Devlin fünf Meter entfernt am anderen Ende der Bar stehen bleibt. Er hält mich so fest, dass ich den Whisky in seinem Atem riechen kann.

„Oh, jetzt kürzt du meine Leine?", knurre ich. „Was denkst du, wird passieren? Vielleicht wollen mich irgendwelche Typen betatschen? Oh, warte, du hast sie das die ganze verdammte Nacht machen lassen."

„Ich habe es *zugelassen*", sagt er grinsend und stützt seinen Ellbogen auf die Theke. „Es macht mir nichts aus, gelegentlich zu teilen, solange sie sich am Ende der Nacht erinnern, zu wem du gehörst."

Ich verdrehe die Augen bei seiner klischeehaften Reaktion. „Quatsch", sage ich. „Es war dir scheißegal, wer mich begrapscht hat. Du lässt mich mit diesen

Arschlöchern alleine kämpfen. Aber jetzt wirst du ganz besitzergreifend, weil deine Mutter deinen betrügenden Vater für diesen Typen verlassen hat."

Devlin dreht sich zur Bar um und ich möchte frustriert schreien, dass ich sein Gesicht, seine Reaktion nicht sehen kann. Aber ich muss einen Nerv getroffen haben, weil er es vor mir verbirgt.

Eine Sekunde später dreht er sich um und drückt mir einen Schnaps in die Hand. „Trink."

„Auf keinen Fall", schnappe ich.

Er nimmt seinen Schnaps und knallt sein Glas auf den Tresen, seine leicht unscharfen Augen auf meine gerichtet. „Falsche. Antwort."

Jemand füllt sein Schnapsglas auf und er nimmt es wieder und wartet.

„Ich habe die ganze Nacht dein verrücktes kleines Spiel gespielt", sage ich. „Ich habe mich von deinen schmierigen Freunden anfassen und betasten lassen. Ich bin an deiner Leine herumgelaufen wie ein gutes kleines Hündchen. Ich betrinke mich nicht mit dir."

# Mobbe mich

„Doch", sagt er langsam, ein fieses Lächeln bildet sich auf seinen Lippen. „Ich denke, das wirst du."

„Du kannst mich nicht zum Trinken zwingen."

Seine Hand schießt nach vorn und packt meinen Kiefer, seine Finger quetschen in meine Backen. Es tut weh, als ob ein Hammer auf meinen Musikantenknochen trifft. Ich schreie auf, der Schnaps fällt aus meiner Hand, als ich ihn, ohne nachzudenken, schlage, eine instinktive Reaktion auf den Schmerz. Devlins Augen sind blind vor Wut, als er meinen Kopf nach hinten schiebt und seinen Schnaps in meinen Mund schüttet.

Der vertraute süße Geschmack von Whisky dringt in meinen Mund und meine Nase ein. Ich habe schon mal getrunken. Nicht viel und ich mag es nicht, aber ich habe an Getränken aus dem Spirituosenschrank geschnuppert, mich sogar mit Veronica betrunken. Aber ich verliere auf keinen Fall die Kontrolle und mache Faxen auf einer Party, auf der ich schon oben ohne an der Leine herumgelaufen bin.

# Selena

Devlin lässt seinen Griff los und ich spucke ihm einen Strahl Whisky direkt ins Gesicht. Er stolpert zurück und blinzelt die brennende Flüssigkeit aus seinen Augen.

„Du verdammte Fotze", sagt er und reißt so heftig an der Leine, dass ich nach vorn stolpere. Er schubst mich nach unten, meine Hände und Knie schlagen auf dem Holzdeck auf. Er rollt mich herum und springt auf mich, seine kräftigen Oberschenkel umklammern meinen Oberkörper, während er auf meinem Bauch sitzt.

„Lass mich gehen, du Psycho", schreie ich. Bevor ich darüber nachdenken kann, ziehe ich meinen Arm zurück und schlage ihm so hart wie möglich ins Gesicht. Meine Handfläche brennt von der Wucht des Schlags.

Devlins Handfläche knallt über meine Wange und peitscht meinen Kopf zur Seite. Ich bin zu fassungslos, um etwas anderes zu tun, als blindlings zurückzuschlagen, ohne Strategie, was mich nur ermüdet. Mein Körper ist Devlins muskulösem Körper nicht gewachsen. Devlin drückt meine Arme auf das Deck, bevor er seinen Kopf hebt und „Preston!" brüllt.

# Mobbe mich

Als keine Antwort kommt, sieht Devlin sich zu der Gruppe um, die sich versammelt hat, um unser Handgemenge zu beobachten.

„Gebt mir ein Messer", sagt er. „Diese Hündin weiß nicht, wann sie aufhören soll."

„Nein", schreie ich und winde mich immer noch unter ihn. „Schneide mich nicht."

„Du wurdest gewarnt", knurrt er. „Benimm dich auf der Party oder ich sorge dafür, dass du für immer weißt, wem du gehörst. Stell es dir wie eine Hundemarke vor, die du nie abnehmen kannst."

„Bitte schneide mich nicht", platze ich heraus, als ihm jemand ein Taschenmesser reicht. Ich packe sein Handgelenk, aber er drückt meine Hand nach unten, bis die Spitze der Klinge meine Stirn berührt. Mein Körper zittert plötzlich, Angst durchfährt mich mit jedem Herzschlag. „Bitte", flehe ich. „Ich werde tun, was du willst. Ich werde tun, was du willst. Ich werde gehorsam sein. Ich werde allen Schnaps trinken, den du mir gibst."

Devlin beugt sich mit bedauerndem Gesichtsausdruck nach unten, während er mit seinen Fingern sanft über meine Wange streicht und mein Haar hinter mein Ohr steckt. „Gute Hündin", flüstert er und streichelt mich unterm Kinn, als wäre ich wirklich ein verdammter Hund.

Er gibt das Messer zurück und zieht mich auf die Füße, wobei er einen Arm um meine Taille legt. Seine Finger liegen kühl auf meiner nackten Haut und ich versuche, die Hitze zu ignorieren, die sich dort ausbreitet, wo er mich berührt. Gott, wie kann ich immer noch von diesem Jungen angezogen sein? Wie kann ich ihn hassen und gleichzeitig wollen?

Er reicht mir ein Schnapsglas und stößt mit mir an. Ich bin versucht, ihm den Drink ins Gesicht zu werfen und wieder wegzurennen, aber ich weiß, wann ich besiegt worden bin. Ich sammle meinen letzten Rest an Würde und kippe den Schnaps herunter, ohne beim Brennen zusammenzuzucken.

„Ein Mädchen, das Whiskey so herunterkippen kann", schnurrt Devlin und schmiegt sich an mein Ohr. „Ich mag das."

Ein heißer Schauer durchfährt mich und ich sage mir, dass ich nicht nachgeben werde, was mein Körper will, egal wie betrunken ich werde. Aber ich habe Angst, dass ich vergesse, wie sehr ich ihn hasse, wenn ich genug getrunken habe. Sobald er mir jedoch ein paar Schnapsgläser gegeben hat, scheint es ihm langweilig zu werden. Ich kämpfe nicht mehr gegen ihn, also mache ich keinen Spaß. Offensichtlich mag er die Herausforderung. Der Glanz, ein neues Haustier zu haben, hat sich verflüchtigt, seit er mich auf der Party allen gezeigt hat und meinen vollen Gehorsam bekommen hat.

Je mehr ich ihn kenne, desto schwerer fällt es mir, ihn zu hassen, selbst wenn er auf der Party herumstolpert, den Arm um mich gelegt, so betrunken, dass ich nicht weiß, ob ich ihn aufrecht halte oder seine Hündin bin. Ich habe keine Informationen erhalten, welche die Darlings ausschalten können, aber ich weiß viel mehr über Devlin Darling. Seine Mutter ist eine Lusche, und egal, wie schlecht er sich verhält, sie wird ihm kein Nein geben. Und niemand sonst. Er hat mehr Macht, als er weiß, was er damit anfangen soll.

# Selena

Endlich sieht er Colt und wirft einen Arm um ihn. „Lass uns hier verschwinden", nuschelt er. „Diese Party ist langweilig."

Ich möchte darauf hinweisen, dass es seine Party ist, aber ich halte den Mund, weil ich auch hier raus will. Devlin ist betrunken und ich habe keine Ahnung, was er sich als Nächstes einfallen lässt. Da sein Ziel anscheinend die öffentliche Beschämung ist, ist es sicherer, ihn irgendwo hinzubringen, wo es kein Publikum gibt.

Als wir das Auto erreichen, versucht Devlin, auf den Fahrersitz zu steigen, und Panik erfasst mich. Ich packe seinen Arm. „Lass mich fahren."

Devlin sieht auf mich herab, als hätte er vergessen, dass ich am Ende seiner Leine hänge. „Sweetie Pie", sagt er lallend und tritt näher an mich heran. Er lässt die Leine fallen und umfasst mein Gesicht mit seinen großen Handflächen, seine Augen kämpfen darum, sich auf meine zu konzentrieren, sein Atem ist so von Whisky durchtränkt, dass ich davon betrunken werden könnte. Zumindest mache ich das für die Benommenheit verantwortlich, die meinen Kopf zum Schummern bringt, als seine Hüften meine gegen das schlanke Auto pressen, leicht schaukeln und eine Welle der Lust durch meinen verräterischen Körper schicken.

Seine Finger gleiten hinter meinen Nacken, sein Blick schweift über mein Gesicht zu meinen vollen Lippen. Mein Herz bleibt stehen. Er wird mich küssen.

Ein leises Schnappen erschreckt mich und ich spüre, wie sich das Halsband von meinem Hals löst.

Devlin grinst. „Ich mag betrunken sein, aber ich müsste tot im Graben liegen, bevor ich mein Auto von einer Hündin fahren lasse."

„Gut", sage ich und drücke gegen seine Brust. „Bring dich selbst um. Es ist mir egal."

Er rührt sich nicht einmal. Er lächelt breiter und schwingt langsam seine Hüften gegen meine, sein Hals ist gebogen, damit er in mein Gesicht sehen kann. „Wir werden ficken, nicht wahr?"

„Hände weg", sage ich, verwirrt über den Körperkontakt und die Art und Weise, wie mein Körper Dinge tut, zu denen ich ihm definitiv keine Erlaubnis gegeben habe.

# Selena

Devlins Finger streichen über meine Wange, bevor er sie in meinen Haaren vergräbt und sanft daran zieht, um meinen Kopf nach hinten zu neigen. „Komm mit", sagt er, seine Worte sind ausnahmsweise impulsiv, aber aufrichtig, und ich sehe, was die Mädchen in Devlin sehen, wenn sie sich in ihn verlieben. Gefoltert, beschissen, *leidenschaftlich*. Das Feuer der Wut, das ich vorhin gesehen habe, ist durch den Alkohol gemildert worden und jetzt sieht er mich mit Heißhunger an, als würde er mich so sehr brauchen, dass er sterben könnte, wenn ich nein sage. Sein Daumen streicht über meine volle Unterlippe und ein Kribbeln durchfährt mich und verstärkt mein eigenes Verlangen.

„Sag ja", murmelt er, seine Stimme weich und süß wie Sahne.

Für eine schreckliche Sekunde vergesse ich alles andere. Devlin hat mir das angetan, mich in die magnetische Umlaufbahn um ihn herum gezogen, mich vergessen lassen, wer er ist und wer ich bin und was er mir heute Nacht angetan hat. Und dann überwältigt mein Gehirn meinen schwindligen Körper.

# Mobbe mich

„Nein." Ich drücke wieder gegen seine Brust und Devlin lässt sich Zeit, einen Schritt zurückzutreten, um sicherzugehen, dass ich weiß, dass er mich dort festhalten kann, wenn er will. Dass er mich zu seinen Bedingungen gehen lässt.

Colt schaut zwischen uns hin und her, als wartete er darauf, ob wir fertig sind. Als keiner von uns spricht, tritt er hinter Devlin.

„Lass mich fahren", sagt er und klatscht Devlin mit der Hand auf die Schulter.

Erleichtert greife ich nach der Hintertür des Autos, aber Devlin packt mich am Handgelenk. „Was machst du da, Süße?"

Ich starre ihn böse an. „Nach Hause gefahren werden."

„Vielleicht nächstes Mal."

„Willst du mich verarschen?", frage ich. „Wie soll ich nach Hause kommen?"

„Vielleicht kannst du rennen", sagt er und ein grausames Lächeln umspielt seine Lippen. „Hündinnen brauchen ihre Bewegung."

„Ich weiß nicht, wo wir sind", erinnere ich ihn. „Falls du es vergessen hast, du hast mich im Kofferraum deines verdammten Autos hierher gefahren."

„Nicht unser Problem", sagt Colt mit einem Augenzwinkern.

„Hunde sind gut darin, den Weg nach Hause zu finden", sagt Devlin und steigt ins Auto.

Colt springt mit Devlin ins Auto und sie rasen in die Nacht davon und verschwinden.

# Neunzehn

Erst als die Jungs weg sind, erinnere ich mich daran, dass Colt mein Handy hat. Verdammtes Arschloch.

Ich stapfe wieder hinein. Jeder hat mich schon gesehen, also habe ich nichts zu verbergen. Aber irgendwie fühle ich mich immer noch verletzlich, als ich allein reinkomme. Als ich mit Devlin zusammen gewesen bin, bin ich eine Requisite, eine Kuriosität, ein Zirkusfreak gewesen. Das Mädchen an der Leine. Ich bin eine Hündin gewesen, aber *seine* Hündin. Jetzt habe ich keinen Schutz. Keine Entschuldigung dafür, hier in meinem BH zu sein. Vielleicht hat ein kleiner Teil von mir die Demütigung genossen oder zumindest gewusst, dass ich sie verdiene.

# Selena

Das hier ist anders. Anstatt mich bloßgestellt zu fühlen, fühle ich mich jetzt einfach wie ein Verlierer.

Ich gehe die Treppe hoch und suche nach einem Schlafzimmer. Es ist mir egal, was ich anziehe, ich will mich nur bedecken. Ein fleckiges altes T-Shirt wäre jetzt mehr als willkommen. Alles, um die Menge an Haut zu verdecken, die ich zeige. Die Jungs starren mich an, während ich die Treppe hinaufsteige, aber ich starre sie so wütend an, dass sie nichts sagen. Ich bin fast am oberen Ende der Treppe angekommen, als mich ein großer Kerl angrinst. Nach einer Sekunde erkenne ich ihn als den Kerl, den Preston gezwungen hat, im Schulflur Hundefutter zu essen.

„Hey, Hündin", sagt er. „Ich bin eher ein Katzenmensch, aber gelegentlich würde ich auch einen Hund ficken."

„Ja?", sage ich. „Dann geh dich doch selber ficken."

Ich schiebe mich an ihm vorbei, aber gerade als ich losgehe, spüre ich, wie sich seine Finger unter die Rückseite meines BHs haken. Als ich versuche, mich wegzudrehen, hakt er ihn mit der anderen Hand auf. Ich packe ihn an meine Brust und renne die letzten paar Stufen hoch, mein Gesicht brennt, als ich dem Lachen hinter mir zuhöre.

Nachdem ich meinen BH zugehakt und mir eine Sekunde Zeit genommen habe, mich zu beruhigen, probiere ich im Vorbeigehen die Tür zu jedem Zimmer. Die ersten sind abgeschlossen. Beim dritten Versuch dreht sich der Türknauf. Ich drücke die Tür auf, nur um zu sehen, wie Preston ein Mädchen von hinten fickt, während sie ein anderes Mädchen leckt. Preston hält ein Handy in der Hand und für eine Sekunde glaube ich, dass er scrollt, aber als er es in meine Richtung dreht, merke ich, dass er alles aufnimmt.

„Steig in den Zug, Manhattan", sagt er grinsend. „Dann kann ich New York zu meiner Liste hinzufügen."

Ich schlage die Tür zu und eile zu einer Tür, die offen steht. Ich finde ein Badezimmer und husche hinein. Es ist nicht einmal ein Bademantel drin. Ich überlege, ein Handtuch zu tragen, aber zu diesem Zeitpunkt könnte das mehr Aufmerksamkeit auf mich ziehen als mein BH. Ich durchwühle die Schränke und Schubladen, und gerade als ich aufgeben will, entdecke ich eine Packung Haarnadeln.

# Selena

Wie jedes normale Mädchen habe ich mehr als ein Schloss geknackt. Ich stecke ein paar ein und gehe zurück in den Flur. Nachdem ich an der ersten Tür gelauscht habe, stecke ich die Haarnadel in das Schloss, taste herum, bis ich den Verschlussmechanismus finde, und öffne sie. Ich schlüpfe hinein.

Das Zimmer ist dunkel, aber sobald sich meine Augen daran gewöhnt haben, kann ich im Licht des Balkons erkennen, dass es leer ist. Erleichterung überkommt mich und innerhalb von Sekunden trage ich ein übergroßes T-Shirt. Ich habe mich noch nie so sicher und getröstet gefühlt. Ich will nie wieder etwas anderes tragen. Die Erleichterung scheint mich zu schwächen und ich schließe die Tür ab und sinke dann auf die Bettkante. Ich bin versucht, in Ohnmacht zu fallen. Ich bin ein wenig beschwipst und nach der extremen emotionalen Prüfung dieses Abends bin ich bereit, zusammenzubrechen.

Aber ich weiß nicht, wessen Zimmer, das ist. Ich weiß nicht, wann sie rein kommen und was sie mit mir machen würden, wenn sie mich hier finden. Ich will nicht daran denken, also schleppe ich mich hoch und trete auf den

# Mobbe mich

Balkon. Ein Ruck durchfährt mich, als ich einen auf einem Terrassenstuhl zusammengesunkenen Schatten entdecke. Meine mentale Checkliste markiert alle Typen, von denen ich weiß, dass sie gefährlich sind, bevor sich die Figur herumdreht und ich sehe, dass es überhaupt kein Typ ist. Es ist Dolly.

„Oh, hallo", sage ich und trete einen Schritt zurück.

Dollys Augen werden schmal, ihre falschen Wimpern werfen Schatten auf ihre Wangen. „Bist du mit Devlin hier?" Ihre Stimme ist weich und gehaucht und mit einem süßen Südstaatenakzent.

„Nein."

Sie seufzt und lehnt sich wieder in ihren Stuhl zurück. „Nun, zumindest muss ich nicht hier draußen sitzen und euch die ganze Nacht beim Ficken zuhören."

„Was?"

„Das ist Devlins Zimmer", sagt sie, als ob ich das wissen sollte. „Ich hatte gehofft, er würde allein reinkommen und wir könnten uns unterhalten. Aber dann hörte ich, wie jemand hereinkam, und dachte: Na ja, Scheiße. Was ist, wenn er mit einem Mädchen reinkommt und ich ihnen nicht sagen kann, dass ich hier draußen bin, ohne wie ein Stalker auszusehen, also muss ich einfach zuhören, wie er sie fickt."

„Ähm. Okay."

„Und ich kenne Devlin", sagt sie. „Er ist nicht grade kurz und bündig. Ich würde die ganze Nacht hier draußen bleiben müssen und dir zuhören, wie du seinen Namen schreist, als würdest du dich für die Hauptrolle in einem Pornofilm bewerben. Das ist so ziemlich mein schlimmster Alptraum."

„Nun, dann ist es wohl gut, dass es nicht passiert ist."

„Weißt du, wo er ist?"

„Er ist gegangen", sage ich und verschränke die Arme vor meiner Brust. „Ich bin gerade hier hochgekommen, um nach Kleidung zu suchen."

„Oh, ja", sagt sie und schaut auf mein T-Shirt. „Er mag dieses T-Shirt."

„Das ist Devlins T-Shirt?"

„Natürlich ist es das."

Ich rolle mit den Augen. „Natürlich hatte ich das beschissene Glück, in sein Zimmer zu kommen."

# Mobbe mich

„Er hat dich hier zurückgelassen?"

„Ja", sage ich. „Er hat mir gesagt, ich soll nach Hause rennen. Ich bin für ihn buchstäblich eine Hündin."

„Oh, ja", sagt sie. „Du bist die *Darling Dog,* nicht wahr? Sweetie oder so ähnlich?"

„Eigentlich Crystal."

„Nun, eigentlich Crystal", sagt sie gedehnt. „Ob du es glaubst oder nicht, ich würde sofort mit dir tauschen."

Ich schnaube. „Oh, richtig. Die Tochter des Bürgermeisters will im BH mit einer Leine um den Hals über eine Party geschleift und beim Vorbeigehen angebellt werden."

„Yup", sagt sie. „Ich habe alles, nicht wahr?"

„Entschuldigung", sage ich und fühle mich beschissen, weil ich annehme, etwas über sie zu wissen. Für sie sieht es vielleicht wirklich so aus, als hätte ich alles. Vier beschützende Brüder, eine wohlhabende Familie und das Einzige, was sie wirklich will – Devlin Darlings ungeteilte Aufmerksamkeit.

„Schon okay", sagt Dolly mürrisch. „Das denken alle."

„Wenn ich mit dir tauschen könnte, würde ich es tun", versichere ich ihr.

Sie lacht leise. „Nein, das würdest du nicht."

„Nun, es ist nicht wirklich eine Option, also hat es keinen Sinn, darüber zu streiten", sage ich. „Ich bin sicher, du hast deine Gründe, Devlin zu wollen, aber vertrau mir, wenn ich sage, dass ich es nicht tue."

„Das sagen sie alle", sagt sie seufzend.

„Wer? Seine *Hündinnen?*"

„Yup", sagt sie. „Einer der Typen nimmt sie normalerweise für einen Mitleidsfick mit, als eine Art Trost für alles, was sie durchmachen mussten. Und die Sache ist, dass sie sich am Ende wünschen, sie könnten wieder die Hündin sein, wenn sie nicht mehr an der Reihe sind."

„Warte, warst du eine *Darling Dog*?"

„Oh, Schätzchen", sagt sie. „Wie süß von dir."

„Ist das ein Nein?"

„Gott nein. Ich war die erste *Darling Doll*. Deshalb nennen die Leute das so. Nach mir." Sie setzt sich aufrecht, als sie das sagt, als wäre sie so stolz darauf, dass die Groupies der Darling-Boys nach ihr benannt worden sind.

# Mobbe mich

„Ich gehe davon aus, dass niemand von Hündin zu Puppe und umgekehrt wechseln kann."

„Natürlich nicht", sagt sie. „Obwohl die Hündinnen träumen, dass sie es eines Tages tun werden."

„Ähm", sage ich. „Und was genau ist der Unterschied zwischen einer dieser *Hündinnen,* die den Darlings nachjagen, um ihre Position als Prügelmädchen zurückzuerlangen, und den Puppen, die ihnen nachjagen und im Grunde dasselbe wollen?"

„Für die Darlings? Es gibt wahrscheinlich keinen großen Unterschied. Ich weiß nicht. Eine *Darling Dog* kann es ein ganzes Jahr oder ein ganzes Semester schaffen. Eine *Doll* hat Glück, ein oder zwei Monate zu bekommen. Ich wette, du kennst Devlin besser als die meisten Leute und weißt, wenn er mit dir fertig ist."

„Und trotzdem werde ich für den Rest der Schule Abschaum sein. Erbärmlicher, wertloser Müll, den er satthatte und den er dann wegwarf. Während eine ganze Legion von Groupies nach dir benannt wurde."

„Ich nehme an, dass es eine Frage des wahrgenommenen Wertes ist", räumt sie ein. „Ein

Mädchen, mit dem sie sich verabreden, hat danach einen Wert. Wenn sie gut genug für einen Darling ist, will sie fast jeder Mann haben. Eine Hündin ist kaputt, wenn sie mit ihr fertig sind. Sie ist für andere Jungs für immer ruiniert."

# Zwanzig

Ein Klopfen an meinem Fenster weckt mich. Ich setze mich aufrecht hin und reibe mir die Augen, meine Gedanken sind schwer von Schlaf und Verwirrung. Draußen ist es noch nicht einmal ganz hell. Ich will mich gerade wieder hinlegen, als das Klopfen noch mal ertönt.

Was ist, wenn es meine Brüder weckt?

Scheiße. Ich klettere aus dem Bett und gehe zum Fenster. Draußen sehe ich eine schattenhafte Gestalt, die sich mit der Morgendämmerung gegen den bläulichen Himmel abhebt.

# Selena

„Geh weg", zische ich, aber er kann mich natürlich nicht hören. Ich öffne das Fenster auf und ziehe es ein paar Zentimeter auf.

„Doch still, was schimmert durch das Fenster dort? Es ist der Ost und du die Sonne", sagt er mit dramatischer Stimme.

„Schhh", zische ich. „Und geh weg."

„Lass mich rein", sagt er. „Ich will nur reden."

„Du hast diese Chance aufgegeben, als du mich mitten im Nirgendwo im Stich gelassen hast", sage ich. „Du bist genauso schlimm wie die anderen. Schlechter. Sie haben nie so getan, als wären sie meine Freunde."

„Es tut mir leid", sagt er und schenkt mir ein Paar wirklich entzückender Hundeaugen. „Lass mich rein, schöne Verona."

Ich spüre, wie meine Entschlossenheit zerbröckelt, als Gelächter in mir hochsteigt. „Du weißt, dass das die Stadt ist, in der sie in Italien gelebt haben, oder?", sage ich. „Dass es kein Name ist."

„Wie auch immer", sagt er. „Lass mich rein, Julia, oder ich bleibe hier draußen, bis es hell wird."

# Mobbe mich

„Oder ich rufe die Polizei wegen Belästigung."

Seine Augen verengen sich. „Warst du diejenige, welche die Polizei zur Schlägerei gerufen hat?"

„Was? Nein", protestiere ich. „Ich mag eine Bitch sein, aber ich bin mir sicher, dass ich keine Petze bin."

„Das habe ich auch nicht gedacht." Er nimmt das Fliegengitter in zwei Sekunden aus meinem Fenster und steckt seine Hand durch den Spalt.

„Was willst du?", frage ich.

„Ich habe dein Handy zurückgebracht."

Ich öffne das Fenster, Colt duckt sich hindurch und reicht mir mein Handy. Ich schnappe es mir und verschränke dann die Arme vor meiner Brust, denn jetzt wo sein Cousin in meinem Zimmer steht, fällt mir auf, dass ich immer noch in Devlins T-Shirt stecke. „Ich dachte, Devlin würde im Morgengrauen in mein Zimmer stürmen, um mich noch mehr zu quälen."

„Er schläft sich von der letzten Nacht aus", sagt Colt und betrachtet meine nackten Beine unterhalb der Unterwäsche und meinem T-Shirt.

## Selena

Ich schlüpfe zurück ins Bett, stopfe ein paar Kissen hinter mich und setze mich hin, ziehe die Decke bis zu meiner Taille hoch. Es fühlt sich komisch an, im Dunkeln zu sprechen, also schalte ich die Lampe ein.

Colt sieht sich in meinem Zimmer um. „Das sind viele Kissen für eine Person."

„Warum bist du noch mal hier?", frage ich.

„Um zu sagen, dass mir letzte Nacht leidtut."

„Oh", sage ich, zu überrascht, um eine bissige Antwort parat zu haben.

„Ich möchte wirklich, dass wir Freunde sind", sagt Colt und lässt sich neben mir auf die Bettkante sinken. „Ich finde dich großartig. Und kein bisschen hundeartig in welchem Wortsinn auch immer."

Ich schnaube. „Erzählst du das allen Mädchen am nächsten Morgen, nachdem du ihnen ein Messer ins Gesicht gehalten und gedroht hast, sie dauerhaft zu entstellen?"

„Weißt du, wir sind wirklich wie Romeo und Julia", sagt er, schnappt sich eine Handvoll Kissen vom Boden und macht es sich mit ihnen am Fußende meines Bettes bequem. „Wir müssen unsere Familien verraten für die größte Liebesaffäre aller Zeiten."

„Ist es das, was wir deiner Meinung nach hier tun?", frage ich. „Ich dachte, es wäre eher so, als würde deine Familie meine wiederholt angreifen."

„Du weißt, dass das nicht stimmt", sagt er und verschränkt die Arme vor der Brust. Mir fällt auf, dass er die gleiche Jeans und das gleiche Poloshirt trägt wie letzte Nacht. Natürlich. Er hat Devlin nach Hause gefahren und schläft dort.

„Du hast recht", gebe ich zu.

„Wenn Devlin mich nicht aus dem Weg gezogen hätte, hätten sie mich dauerhaft entstellt", sagt er. „Oder mich umgebracht. Dein Bruder ist nicht langsamer geworden, nur weil jemand vor dem Auto stand."

Ich starre auf meine Beine unter der Decke, weil ich nicht sprechen kann. Diese Wahrheit habe ich nicht einmal mir selbst eingestehen wollen. Ich weigere mich, das Video anzuschauen, das alle anderen in der Schule ein Dutzend Mal gesehen haben, das Video in dem Devlin meinen Bruder auf dem Boden tritt. Es lässt Devlin wie ein

Monster aussehen, aber das ist nicht der Grund, warum ich es nicht gesehen habe. Ich habe es nicht angeschaut, weil ich weiß, was außerhalb des Bildschirms passiert ist, hinter den Kameras, die Momente, welche vom Fotografen kunstvoll ausgeschnitten worden sind. Und diese Momente lassen meine Brüder wie Monster aussehen.

„Was sollen wir tun?", flüstere ich.

Colts Hand fährt über die Decke, bis sie meinen Fuß findet. Seine Finger schließen sich darum und drücken ihn. „Wir müssen etwas tun", sagt er. „Bevor es zu weit geht."

Ich nicke und schlucke schwer. Etwas Leichtes und Berauschendes legt sich über meine Brust. Hoffnung.

„Okay", sage ich. „Lass uns einen Waffenstillstand schließen."

# Einundzwanzig

*Manche Leute erhalten Respekt, indem sie sich diesen verdienen, indem sie zum Beispiel im Football die Besten sind oder indem sie niemals vom richtigen Weg abweichen. Andere fordern ihn mit Angst und Einschüchterung ein. Manche Menschen verdienen ihren Reichtum, indem sie bei null anfangen und tun, was getan werden muss, um etwas aus sich zu machen. Andere ruhen sich auf ihrem Familiennamen aus, auf einem Vermögen, das der Schweiß ihrer Großväter verdient hat. Sie können mich eine Hündin nennen, aber ich werde mich nicht vor den selbstgefälligen Arschlöchern dieser Welt beugen, die meine Unterwerfung nicht verdient haben.*

„Fühlst du dich besser?", fragt Royal, als ich die Küche betrete. Meine Brüder sitzen auf Stühlen an der Theke, in der Mitte ein Teller mit gepflückten Früchten.

317

„Besser", sage ich, hüpfe auf einen Barhocker und schnappe mir das Glas Orangensaft, das sie für mich hingestellt haben.

„Hört mal", beginnt Duke, ein Grinsen breitet sich auf seinem Gesicht aus.

„Warte", sagt Royal und hebt eine Hand. „Wie bist du nach Hause gekommen?"

Ich zucke mit den Schultern und stecke mir eine Traube in den Mund. „Dolly hat mich mitgenommen."

„Du sagtest, Dixies Freundin würde dich nach Hause fahren", sagt Royal und sieht mich mit zusammengekniffenen Augen an. Verdammt noch mal, er und seine Zwillingsinstinkte! Gott sei Dank haben wir keine Zwillingstelepathie, ich bin mir nämlich hundertpro sicher, dass Duke und Baron so was haben.

„Ja", sage ich langsam. „Dixies Freundin Dolly." Ich starre ihn an, als wäre er verrückt, obwohl mein Herz hämmert. Ich hasse es, meine Brüder anzulügen, besonders ihn. Aber manchmal muss das sein.

„Dolly Beckett", sagt King. „Die Tochter des Bürgermeisters?"

# Mobbe mich

„Ja", sage ich und verdrehe die Augen. „Was soll die Inquisition? Ich habe dir gesagt, dass sie mich nach Hause fährt, und das hat sie getan. Ende der Geschichte."

„Warum hast du mir nicht einfach gesagt, dass Dolly dich nach Hause fährt?", fragt Duke. „Und du kannst ihr übrigens sagen, dass sie mich jederzeit nach Hause reiten kann."

„Und deshalb habe ich ihren Namen nicht gesagt", sage ich kopfschüttelnd.

„Du kannst nicht mit ihr befreundet sein", sagt Duke.

„Bin ich nicht."

„Gut", sagt er. „Weil ich meinen Teil der Vereinbarung nicht durchhalten kann, wenn sie deine Freundin ist. Es tut mir leid, Schwesterchen, aber dieser Arsch bettelt nach einem guten Dolce-Schwanz."

„Zu viel des Guten", sage ich und fülle meinen Teller mit allem, was vom Frühstück meiner Brüder übrig ist. „Aber du solltest es wahrscheinlich mit Dad abklären, bevor du die Tochter des Bürgermeisters einfach mal durchvögelst. Ich glaube nicht, dass das beim perversen Bürgermeister Beckett gut ankommt."

# Selena

„Der Bürgermeister kann meinen Arsch lecken", sagt Duke. „Ich habe keine Angst vor ihm. Er ist der Bürgermeister von was? Dreißigtausend Menschen? O Gott, meine Knie zittern wie Espenlaub."

„Dieser Clown hat keine Macht", stimmt King zu. „Es ist nicht so, als wäre er der Bürgermeister von New York."

„Er hat uns bereits dabei geholfen, wofür wir ihn brauchten", sagt Baron und grinst mich an.

„Warte", sage ich und lasse meine Gabel fallen. „Wirklich? Das wolltet ihr mir sagen?"

„Ja", sagt Duke und hält seine Hand hoch. Ich gebe ihm ein High Five, bevor ich vom Barhocker springe, um sie alle zu umarmen.

„Wir haben ein Probetraining", sagt King grinsend, während er mich vom Boden hebt und herumwirbelt.

„Das ist unglaublich", sage ich ehrlich. Ich weiß, wie viel das meinen Brüdern bedeutet. Ich bin höllisch nervös wegen dem, was ich zu tun habe, aber vielleicht vertragen sie es jetzt besser, wo sie so gut gelaunt sind.

# Mobbe mich

„Ich habe auch gute Neuigkeiten", sage ich und nehme meinen Platz wieder ein. „Die Darlings sind bereit, alles hinter uns zu lassen und Frieden zu schließen."

„Ich wusste, dass wir sie brechen würden", sagt Duke und gibt Baron ein High Five.

„Wer hat dir das gesagt?", fragt Royal, seine intensiven dunklen Augen sind auf mich gerichtet.

Blut rauscht in meinem Kopf, aber meine Stimme bleibt ruhig. „Colt."

„Wann?"

„Heute Morgen", sage ich.

„Du hast ihm deine Handynummer gegeben?", fragt Royal und seine Augen verdunkeln sich noch mehr.

„Ja." Ich widerstehe dem Drang, noch mehr hinzuzufügen, zu behaupten, dass wir ein gemeinsames Projekt haben oder etwas anderes, um diese Tatsache zu erklären.

„Warum hast du das getan?", fragt Royal, seine Hand ballt sich auf der Theke. Ich hätte wissen müssen, dass er am schwersten zu überzeugen ist, dass er derjenige sein würde, der mich nicht einfach so davonkommen lässt. Hat er noch nie getan.

„Weil ich ihn mag", sage ich. „Und er mag mich. Er hat mich heute Abend zum Homecoming eingeladen und ich habe ja gesagt."

„Das ist wohl ein verdammter Scherz", sagt King.

„Ist es nicht", sage ich und erfinde im Handumdrehen Sachen. „Tatsächlich bin ich letzte Nacht genau deswegen gegangen. Ich bin losgegangen, um ein Kleid zu besorgen."

Die Ader an der Seite von Royals Schläfe pocht so stark, dass ich es sehen kann. Duke sieht aus, als würde sein Kopf explodieren, und Baron gafft nur in völliger Verwirrung.

„Du gehst nicht mit einem Darling zu diesem Tanz", sagt King, sein Gesicht wird rot und seine Augen blitzen vor Wut.

„Ich weiß, dass ihr sie hasst", sage ich und hebe beide Hände hoch. „Und wenn ihr sagt, ich darf nicht gehen, dann werde ich es nicht tun. Aber bevor ihr das entscheidet, möchte ich, dass ihr mir zuhört. Okay?"

# Mobbe mich

Royal schlägt mit der Faust auf den Tresen. „Scheiße. Nein."

„Komm schon", sage ich und verdrehe die Augen. „Ich sagte, ich würde nicht gehen, wenn ihr es nicht wollt, obwohl ich es wirklich will."

„Bist du mit ihm hinter unserem Rücken herumgeschlichen?", fragt King.

„Nein", schnappe ich. „Das würde ich nie tun. Wir haben uns noch nicht mal geküsst."

„Das hast du besser nicht", sagt Duke.

„Jetzt macht aber mal halblang", sage ich und meine eigene Wut steigt. „Ihr vier habt mehr Mädchen gefickt, als es in der ganzen Stadt gibt, und ich darf nicht einmal daran denken, einen Jungen zu küssen? Ich darf nicht verknallt sein oder ein hübsches Kleid kaufen und tanzen gehen wie jedes andere Mädchen in diesem Land? Das ist Quatsch und das wisst ihr, verdammt noch mal."

„Du warst mal auf einem Tanz", sagt Royal leise.

„Mit einem lahmarschigen Freund von dir, der nicht einmal mit mir tanzen wollte, weil er Angst hatte, du würdest ihm in den Hintern treten, wenn er meine Hüfte berührt", sage ich. „Ihr seid meine Brüder und ich liebe euch, aber ich bin keine fünf Jahre alt mehr. Ich bin sechzehn und mein Körper gehört nicht euch."

„Du hast ihn schon gefickt, oder?", fragt Duke.

Ich widerstehe dem Drang, ihm meinen Orangensaft ins Gesicht zu schütten. „Nein, aber wenn ich es täte, würde es dich nichts angehen", schnappe ich. „Ich bin alt genug, um mich zu verabreden, und Colt ist nett. Wenn ihr ihm eine Chance geben würdet, wüsstet ihr das."

„Du magst ihn wirklich, nicht wahr?", fragt Royal und starrt mich an, als wäre ich eine fremde Person.

„Er ist lustig und er macht mich glücklich", sage ich, hebe das Kinn und weigere mich, nachzugeben, obwohl der Blick, den mein Zwilling mir zuwirft, meine Seele erstickt. „Außerdem wird er seine Cousins zurückrufen, damit sie sich nicht dafür rächen, dass du Devlins Auto zerstört hast, das übrigens nicht wie der Range Rover beim Händler ersetzt werden kann. Diese blöden Streiche sind nicht mehr lustig. Du hättest Colt töten können."

„Ich wünschte, ich hätte es getan", knurrt Royal und starrt mich finster an.

# Mobbe mich

„Und als Gegenleistung dafür, dass er das tut", sage ich, „wirst du die Anklage gegen ihn fallen lassen."

„Zur Hölle werde ich das", sagt Royal und berührt sein verletztes Gesicht.

„Und er wird dich auch nicht wegen versuchten Mordes anklagen", sage ich und schaue ihn scharf an.

„Auf keinen Fall", sagt King. „Er wird das alles auch so tun, wenn er mit unserer Schwester reden will."

„Ich gebe auf", sage ich und verschränke die Arme. „Wenn ihr alle Arschlöcher sein wollt und ihn verletzt, werde ich mich nicht mit ihm treffen. Ich werde ihn nicht in Gefahr bringen."

„Scheiße", sagt Royal, senkt den Kopf und reibt die Stelle zwischen seinen Augenbrauen. „Du magst diesen Kerl."

Ich seufze. „Hört zu, es geht um mehr als nur darum, ob ich jemanden mag. Ihr werdet alle zusammen im Team sein. Und ich bin sicher, ihr wisst besser als alle anderen, dass es nicht funktionieren wird, in einem feindlichen Team zu spielen, dass euch nicht dort haben möchte. Sie werden nicht für euch spielen, wenn ihr dafür verantwortlich seid, dass ihr Star suspendiert wurde."

„Sie werden es tun, sobald sie uns spielen sehen", sagt Duke.

Ich schüttele meinen Kopf. „Es spielt keine Rolle, ob ihr genauso gut seid. Sie werden euch sabotieren. Das ganze Team wird boykottieren. Die Menschen im Süden sind anders. Ein Name ist hier wie Blut. Dem sind sie treu."

„Sie könnte recht haben", räumt King leise ein.

Meine anderen Brüder starren ihn an. „Du willst wirklich aufgeben?", fragt Duke.

„Ich gebe nicht auf", sagt King. „Aber selbst, wenn Devlin endgültig aus dem Team ist, bleiben die anderen beiden da. Und sie sind gut."

Ich kenne meine Brüder gut genug, um zu wissen, dass King noch wegen eines weiteren Grunds aufgibt. Er weiß, dass ich mit den Streichen recht habe. Sie sind gefährlich geworden, und wenn es etwas gibt, das stärker ist als Kings Stolz, dann ist es sein Beschützerinstinkt. Er wird es nicht sagen, weil er keine Egos verletzen will, aber er möchte auch nicht, dass unsere Brüder verletzt werden.

„Ich denke, wenn wir wirklich aufhören wollen, können wir genauso gut aufhören, wenn wir eh gerade führen", sagt Duke. „Wir haben zuletzt getroffen."

„Und es sieht so aus, als hätten sie nachgegeben", betont Baron. „Wir haben Devlins Auto zerstört und ihn suspendiert und jetzt sind wir alle Freunde? Sieht so aus, als wären sie diejenigen, die zuerst aufgegeben haben."

Royal starrt mich nur finster an. Ich lächle ihn an und hüpfe von meinem Stuhl. „Nun, wir haben kein Kleid gefunden, was bedeutet, dass ich heute mit Dixie einkaufen gehe. Ich gehe besser."

„Warum schließe ich mich dir nicht an?", sagt Royal.

„Du willst Kleider einkaufen gehen?" Ich stemme eine Hand in meine Hüfte.

„Wie willst du sonst dahinkommen?"

„Wenn ich meinen Führerschein hätte, wäre das kein Problem", säusele ich als Erinnerung.

„Ich vertraue dir jetzt auf keinen Fall ein Auto an", sagt er.

# Selena

Schmerz schießt bei seinen Worten durch mich, weil dieses Misstrauen gerechtfertigt ist. Es stimmt, dass ich mit Colt zum Homecoming gehe und er mich zum Lachen bringt. Es ist wahr, dass ich Dixie heute bitten werde, in letzter Minute Kleider einzukaufen, und mich nicht zu einem geheimen Rendezvous mit Colt schleichen werde, wie Royal offensichtlich denkt. Aber es gibt andere Lügen, die mit der Wahrheit verwoben sind, und andere Pläne hinter meinen Worten. Meine Seite lief überraschend gut, aber ich bin mir nicht sicher, wie leicht Colt seine Familie überzeugen kann.

Ich gehe in mein Zimmer, um zu duschen, und schreibe Dixie.

*UnsweetDolce: Hey, Süße. Ich muss vielleicht den Notfall-Freundinnen-Gefallen einfordern.*

*DixieDog: OMG, was ist passiert? Bist du in Ordnung?*

*UnsweetDolce: Ja, aber ich brauche ein Kleid für heute Abend.*

*DixieDog: Nicht dein Ernst! Du gehst zu HC? Mit wem?*

*UnsweetDolce: Colt. Flipp nicht aus und sag auf diese gruselige Art: Darling.*

*DixieDog: Ich flippe total aus!*

# Mobbe mich

*UnsweetDolce: Hilfst du mir, ein Kleid zu besorgen? Wenn nicht, kein Problem. Mein Bruder geht sowieso mit.*

*DixieDog: Dein Bruder kann dir nicht beim Kleideraussuchen helfen.*

*UnsweetDolce: Ist das ein Ja? Ich danke dir! Tut mir leid, dass es auf die letzte Minute ist.*

*DixieDog: Du rettest mich vor einem Ausflug in den Country Club. Eigentlich sollte ich dir danken.*

Eine Stunde später halten wir vor Dixies Haus an, sie kommt rausgerannt und hüpft auf den Rücksitz. „Ich kann nicht glauben, dass Colt Darling dich zum Homecoming eingeladen hat", schwärmt sie. „Erzähl mir jedes einzelne Detail."

Ich schaue zu Royal, der mit den Zähnen knirscht, aber momentan nicht mit mir spricht.

„Das ist keine große Sache", sage ich. „Wir haben uns einfach unterhalten und er hat gefragt, mit wem ich gehe. Ich habe ihm gesagt, dass ich nicht gehe, und er hat mich gefragt."

„Nicht dein Ernst", quietscht Dixie. „Du hast so ein Glück."

# Selena

„Du gehst nicht?", frage ich, als das Auto auf das winzige Einkaufszentrum in der Stadt zurast.

Dixie schnaubt. „Ich bin nur in der Unterstufe. Ich kann nicht einmal allein gehen. Sie erlauben keinen aus der Unterstufe, es sei denn, sie haben ein Date aus der Oberstufe."

„Royal ist in der Oberstufe", erinnere ich sie.

„Oh … Nein, schon okay", sagt Dixie und wird rot wie eine Tomate. „Wirklich, mir geht es gut. Ich gehe nächstes Jahr."

„Ich bringe dich mit", sagt Royal und bricht endlich sein Schweigen.

„Das musst du nicht", murmelt Dixie.

„Okay", sagt Royal. „Wenn du nicht gehen willst, nehme ich dich nicht mit."

„Ich meine, ich will", platzt sie heraus und wird noch röter. „Aber du hast wahrscheinlich jemanden, den du lieber fragen möchtest."

„Ihr könnt einfach als Freunde gehen, wenn es für euch angenehmer ist", sage ich. „Wie ich und Colt."

## Mobbe mich

Ich fange Royals Blick ein und die Erleichterung dort lässt mich wissen, dass ich das Richtige getan habe. Ich möchte, dass er sich mit den Darlings versöhnt, aber ich möchte ihn nicht verärgern. Wenn es ihn glücklich macht, gehe ich mit Colt als Freund. Ich bin mir nicht einmal sicher, ob ich Colt mag. Manchmal ist er großartig und manchmal ... nicht so sehr.

„Okay", sagt Dixie. „Aber ich meine, habt ihr nicht schon Dates?"

Ich verdrehe die Augen und wende mich meiner Freundin auf dem Rücksitz zu. „Wenn ein süßer Junge dich einlädt und du gehen willst, antwortest du normalerweise mit *Ja.* "

„Ja", flüstert sie.

„Okay", sage ich. „Jetzt lass uns ein paar Kleider finden."

# Zweiundzwanzig

*So fühlt sich Versöhnung an. Trotz der Bedenken meiner Brüder fühle ich mich gut. Die Darlings auszuschalten, hat sich für mich nie richtig angefühlt. Aber mich ihnen an der Spitze anzuschließen, ihren Thron zu teilen und sicherzustellen, dass ich diese Macht nutze, um Menschen zu beschützen—das fühlt sich richtig an. Mitreden zu können und nicht nur zu tun, was meine Familie will, das fühlt sich richtig an. Zum ersten Mal seit langer Zeit kann ich vielleicht auch etwas für mich tun, nicht nur für den Namen Dolce. Und das ist die Art von Macht, die ich will.*

„Diese Limousine ist verdammt kitschig", sage ich lachend, als ich neben Dixie und Dolly einsteige, die wie durch ein Wunder zugestimmt hat, Dukes Date zu sein. Ich dachte, sie könnte jetzt mit Preston zusammen sein, aber offensichtlich hat sie einen besseren Geschmack, als ich ihr zugetraut hätte. Sie tut mir fast leid. Das arme Mädchen hat keine Ahnung, was sie treffen wird. Meine Brüder mögen mir treu sein, aber diese Eigenschaft überträgt sich nicht auf ihr Dating-Leben.

Baron hat irgendwann im letzten Monat heimlich eine Cheerleaderin gefragt und wir fahren alle zusammen. Sobald die Mädchen drin sind, drängen sich Duke und Baron neben ihre Verabredungen. Royal starrt Colt an, der sich neben mich duckt, bevor mein Bruder nachgibt und einsteigt.

„Ich würde dich aber so was von küssen, wenn dein Bruder jetzt nicht hier wäre", sagt Colt grinsend zu mir.

„Und wenn wir mehr als nur Freunde wären", erinnere ich ihn. Ich habe das Zugeständnis gemacht, um Royal zu besänftigen, der wegen der ganzen Sache verflucht sauer war, aber ich möchte auch nicht, dass Colt den falschen Eindruck bekommt. Wir haben diese ganze Feinde-werden-zu-Lovern-Sache erfunden, um unsere Familien dazu zu bringen, ihre Fehde fallen zu lassen, aber es ist bei Colt schwer zu sagen, wann er es ernst meint und wann nicht. Ich möchte ihn nicht anlügen, wenn ich mir nicht sicher bin, was ich für ihn empfinde. Mein Herz gerät nicht mehr aus dem Rhythmus, wenn jemand seinen Namen erwähnt, und sein Geruch lässt mich nicht schwindelig werden, egal, wie tief ich ihn einatme. Aber es macht Spaß mit ihm, wenn er nicht seinen Psycho-Cousins folgt, die genauso wie King vom Tanz ausgeschlossen sind.

„Lasst uns diese Party beginnen", sagt Duke und schnappt sich etwas Champagner, während Dixie Gläser verteilt und die ganze Zeit kichert. Wir drehen die Musik auf und öffnen das Verdeck der Limousine, während sie die Straße hinunter in Richtung des mondänen Clubs rast, in dem der Tanz stattfindet. Duke öffnet den Champagner und stellt sicher, dass etwas auf Dolly spritzt, damit er ihn von ihrem Dekolleté lecken kann, während sie überrascht aufschreit. Allerdings sieht sie nicht gerade entsetzt aus. Die meisten Mädchen sehen Duke erst kommen, wenn es zu spät ist, wenn sie schon seine Rücklichter beim Wegfahren sehen.

„Ich war noch nie in einer Limousine", schreit Dixie über die Musik hinweg und ihre Wangen sind gerötet von dem bisschen Champagner, den sie getrunken hat.

# Mobbe mich

„Dann musst du oben rausgucken", schreie ich zurück. „Komm schon. Ich komme mit dir."

Wir stehen beide auf und strecken die Köpfe raus, schreien in die kühle Oktobernacht und halten die Arme hoch wie auf einer Achterbahn.

„Jemand schlägt mir auf den Arsch", kreischt sie und macht einen lustigen kleinen Tanzschritt, bevor sie kichernd wieder in sich zusammenfällt.

„Komm wieder rein", schreit Dolly. „Du wirst deine Frisur kaputt machen."

„Das ist mir egal."

Für einen Moment bleibe ich allein da draußen. Ich öffne meinen Mund weit und schreie, dann atme ich ein und nehme die ganze Nacht in mir auf. Die Kälte, die spärlichen Lichter in der Kleinstadt, die vorbeifahrenden Autos mit Schulfahnen, das Lachen meiner Freunde drinnen, das Summen von Champagner in meinen Adern. Ich fühle mich elektrisiert.

Als wir zum Tanz kommen, haben wir schon drei Flaschen Champagner geleert und sind alle ein bisschen beschwipst. Die Leute, die die Tickets entgegennehmen, werfen uns schmutzige Blicke zu, die von misstrauisch über angewidert bis hin zu angepisst reichen, aber das ist uns egal. Wir haben die Party mitgebracht.

Das wird mir klar, als wir den Tanzsaal betreten, der wunderschön in Schwarz und Gold verziert ist. Ein Schwarm stürzt sich auf Colt und niemand scheint sich daran zu erinnern, dass Dixie und ich *Darling Dogs* gewesen sind. Wir haben schöne Jungs an unseren Armen. Wir lachen, so laut wir wollen. Wir tanzen, bevor irgendjemand tanzt, weil wir es können.

Ja, Lacey und ihre Zicken-Freundinnen stehen am Rand der Tanzfläche, werfen uns Blicke zu und kichern, aber ich weiß, dass sie das nur tun, weil sie nicht selbstbewusst genug sind, um eine leere Tanzfläche zu betreten und alles in Gang zu bringen. Das ist okay. Jemand muss es tun.

Und schon bald kommen andere Leute und tanzen mit uns, und dann ist die Tanzfläche voll. Die Leute mögen sagen, sie hassen die soziale Hierarchie, aber das tun sie nicht. Die Wahrheit ist, wir haben sie erschaffen und ohne wüsste niemand, wo er hingehört. Und jeder mag es, irgendwo hinzugehören. Was sie noch mehr mögen, ist zu wissen, wo alle anderen hingehören. Wenn wir so sind, fühlen sich die Leute wohl. Niemand fragt sich, wo wir hingehören; niemand ist nervös, weil er nicht weiß, was er mit uns anfangen soll. Wir gehören zu den Darlings, nach ganz oben. Das verstehen sie.

Colt tanzt nah an mich heran, hebt seine Arme und schwenkt seine Hüften. „Dieser Hengst ist noch nicht eingeritten worden", sagt er und schenkt mir dieses sexy, junger-Matthew-McConaughey-Grinsen. „Willst du versuchen, mich ohne Sattel zu reiten, oder brauchst du einen Sattel?"

„Ich brauche viel mehr Alkohol", sage ich lachend und bewege mich im Takt mit ihm, um Abstand zwischen uns zu lassen.

„Das lässt sich arrangieren", sagt Colt, legt einen Arm um meine Taille und zieht mich zu sich. Er schiebt seinen Oberschenkel zwischen meinen und bewegt sich in einem langsameren, schmutzigeren Rhythmus. „Bist du dir sicher, dass wir nur Freunde sein wollen?", fragt er, sein

# Selena

Champagner-Atem wärmt meine Wangen. „Weil ich etwas fühle."

„Das nennt man betrunken", sage ich und drücke leicht gegen seine Brust.

„Ist es das?", fragt er, seine Lippen streichen über meine Wange und jagen mir einen Schauer über den Rücken. Er nimmt meine Hand und zieht sie zwischen uns, drückt meine Handfläche gegen eine steife Beule in seiner Hose. Ich bin so geschockt, dass ich, ohne nachzudenken, meine Finger um sein Glied lege. Ich habe noch nie einen Typen so angefasst und mein Herz holpert bei dem intimen Kontakt in meiner Brust. Bevor mein Gehirn meinen Körper einholt, treffen Colts Lippen auf meine. Er drückt mir seinen Ständer in die Hand, stöhnt in meinen Mund und taucht seine Zunge zwischen meine Lippen.

„Colt", sage ich, ziehe meine Lippen von seinen und reiße meine Hand von seiner. „Was tust du? Wir sind mitten in einem Raum voller Leute."

Er fängt meine Hand, grinst und schenkt mir Hundeaugen. „Wir können woanders hingehen, wenn du willst."

## Mobbe mich

„Tue ich nicht", sage ich und mein Körper wird steif in seinem Griff. „Ich sagte, wir gehen nur als Freunde."

„Um deinen Bruder glücklich zu machen", sagt er. „Er muss nicht wissen, dass es mehr ist."

„Ist es nicht", sage ich, überzeugt von der Wahrheit meiner eigenen Worte, nachdem ich sie ausgesprochen habe. Sicher, es hat sich gut angefühlt und die Erinnerung an seinen Ständer in meinen Fingern lässt Aufregung durch mich hindurchschießen. Wenn ich nie dagestanden und gewartet hätte, dass Devlins Lippen auf meine treffen und die ganze Welt auf den Kopf stellen und aus den Fugen werfen würden, dann hätte Colts Kuss vielleicht gereicht. Hätte ich Devlins Atem nie auf meinen Lippen gespürt und so sehr darum gebetet, dass er mich küsst, bis all meine Gedanken in meinem Kopf erlöschen, hätte das vielleicht gereicht. Wenn ich nie gespürt hätte, wie meine Knie beim Duft seiner Haut wegknicken, hätte es passieren können.

Aber ich habe es erlebt. Colts Berührung ist nett, aber nicht die von Devlin. Mein Blick wandert zur Tür, aber natürlich ist er nicht hier. Hierher darf er nicht kommen.

# Selena

„Okay", sagt Colt mit einem Schulterzucken und einem trägen Grinsen. „Wenn du das sagst."

Und dann tanzt er weiter, als hätte ich ihn nicht einfach abblitzen lassen. Ich kann nicht sagen, ob es ihn wirklich nicht kümmert oder ob er es genauso gut verbirgt wie alles andere.

„Lass uns einfach Spaß haben", sage ich.

„Habe ich schon", sagt Colt, dreht mich herum und drückt mich an seine Brust und seine Hüften pressen gegen meine. Ich tanze gerne, und wenn er mit mir tanzen kann, nachdem ich ihn abgelehnt habe, dann kann ich das auch. Vielleicht läuft er die ganze Zeit herum und küsste ein Mädchen nach dem anderen. An meinem ersten Tag hat mir Lacey gesagt, ich solle auf ihn und Preston aufpassen, da sie Mädchen wie Unterhosen wechseln und sie genauso gedankenlos wegwerfen. Ich muss glauben, dass Colt einfach das tut, was er tut, dass er genauso leicht ein anderes Mädchen als nächstes Opfer finden wird, wie er mich gefunden hat.

Wir tanzen und nach einer Weile ist die Unbeholfenheit vergessen. Ich tanze mit den Mädchen und

# Mobbe mich

in einer Gruppe mit allen und springe mit meinen Brüdern zu einem energiegeladenen Lied auf und ab. Dolly hat keine Scham und tanzt das Huhn zu irgendeinem Lied, also schließe ich mich ihr an. Als Lacey und ihre Zicken anfangen, uns zu verspotten, schreit Dolly nur, dass ich „mit meinen Schwanzfedern schütteln soll". Es stellt sich heraus, dass sie viel Spaß verbreiten kann, trotz ihrer düsteren Stimmung in der Nacht zuvor. Es ist mir egal, ob ich eine Hündin oder eine Puppe oder keines oder beides bin. Mir ist nur wichtig, dass ich Freunde zum Tanzen habe, die Fehde vorbei ist und ich Spaß habe. Alles ist perfekt.

Wir tanzen ein paar Stunden, als plötzlich Stille über die Tanzfläche fällt. Ich drehe mich um und suche nach der Aufregung. Einer der Türsteher steht am DJ-Pult und gestikuliert wütend. Ich spüre ein Kribbeln im Nacken und drehe mich langsam um. Devlin Darling steht in dunklen Jeans und geknöpftem Hemd am Rand der Tanzfläche und starrt mich an.

Mit einem Kratzer stirbt die Musik.

# Selena

Die Tänzer grummeln und verstummen dann, als sie merken, dass es ein Drama zu sehen gibt.

Oder so … etwas.

Mein Herz hämmert so stark, dass ich an nichts anderes mehr denken oder fühlen kann. Ich schließe mich der Menge an und starre Devlin an. Er wirft einen kurzen Blick in die Runde und schreitet dann vorwärts. Auf mich zu. Das Mädchen, das er letzte Nacht gedemütigt und bedroht hat. Das Mädchen, das er eine Hündin genannt und gezwungen hat, Schnaps herunterzukippen, und wie ein verdammtes Tier mit einer Leine durch eine Party geführt hat.

Er bleibt vor mir stehen. Ich sollte vor ihm zurückschrecken, aber das tue ich nicht. Ich atme den sauberen, seifigen Geruch von ihm ein, er riecht, als hätte er gerade geduscht. Sein Haar ist nach hinten gekämmt und sieht noch nass aus. Seine Haut ist glatt rasiert. Seine blauen Augen dringen durch meine bis in meine Seele.

Er streckt eine Hand aus. „Tanz mit mir."

# Mobbe mich

Mir fällt keine richtige Antwort ein. Mein Mund öffnet sich und Worte kommen heraus. „Du solltest nicht hier sein."

„Ein Tanz", sagt er und tritt vor, damit wir nah genug aneinander sind, um zu tanzen. Ich muss nur meine Hand in seine legen. Ich schaue auf seine Lippen, so verlockend, dass mir das Wasser im Mund zusammenläuft. Aber ich bewege mich nicht.

„Warum?", flüstere ich, plötzlich außer Atem.

„Ich bin für einen Tanz hierhergekommen", sagt er. „Dann gehe ich."

„Ich glaube nicht, dass sie dich auch nur für einen Tanz bleiben lassen."

„Sie können versuchen, mich rauszuwerfen", sagt er. „Aber ich gehe nicht, bis ich mit dir getanzt habe."

„Sie werden dich wieder verhaften."

„Das wird es wert gewesen sein."

Ich schlucke schwer, bevor ich meine Arme um seinen Hals schlinge. Seine Hände legen sich sanft an meine Hüften. Der DJ startet die Musik, jetzt ein anderes Lied – „Say You Won't Let Go".

„Woher wusstest du, dass ich dieses Lied mag?",
flüstere ich in sein Ohr.

Devlin erschaudert und zieht mich näher, seine Augen
fallen für eine Sekunde zu. „Zufallstreffer."

„Oder grobe Verletzung meiner Privatsphäre?"

„Ja, das auch."

Ich lege meinen Kopf auf seine Brust und hebe
meinen Mund zu seinem Hals. „Devlin? Warum bist du
wirklich hier?"

„Ich weiß es nicht", gibt er zu. „Ich war zu Hause und
alles war gut. Aber ich konnte nicht aufhören, dich hier mit
meinem Cousin vorzustellen. Es fickte mit meinem Kopf.
Ich war es satt, deswegen sauer zu sein, also bin ich
hergekommen, um zu sehen, was du machst."

„Wow", sage ich und lache zitternd. „Stalkst du oft?"

„Wenn es um dich geht? Fuck ja."

„Aber du hasst mich."

„Und?", sagt er. „Du hasst mich auch."

Wir starren uns lange an. Ich suche in seinen Augen,
finde dort eine Herausforderung, als ob er denkt, ich würde

ihm widersprechen. Ich schlucke schwer und nicke dann. „Ja ..."

„Dann sei still und tanz mit mir, bis die Polizei kommt."

Seine Hände sind fest um meine Taille gewickelt, seine langen Finger umkreisen fast meine Mitte und ich fühle mich klein und zerbrechlich. Sein Körper ist hart gegen meinen gedrückt, lässt meinen Puls rasen und mein Gehirn dreht sich, während ich an seinem Hals einatme. Für einen Moment, für ein Lied lasse ich mich gehen. Ich stelle mir vor, wie es wäre, dieses Märchen. Ich lasse zu, dass ich daran glaube.

Und dann endet das Lied und Devlin zieht sich zurück. Er starrt mir in die Augen, keiner von uns lässt los. Die Musik ändert sich zu etwas, das Twerken und Aneinanderreiben erfordert, aber Devlins Augen verlassen meine nicht, seine Hände sind immer noch an meiner Taille, seine Hüften bewegen sich kaum. Mein Puls beginnt hart und langsam zu klopfen. Ich bewege mich kaum, aber mein Atem kommt schneller, als ob ich mir das Herz heraustanzen würde.

„Devlin", sage ich langsam.

Und dann erregt ein Tumult an der Tür unsere Aufmerksamkeit. Jemand kreischt und Stimmengewirr verbreitet sich durch den Raum.

„Bullen ..."

„Bullen ..."

„Bullen ..."

„Ich gehe besser", sagt Devlin, sein Mundwinkel verzieht sich für eine Sekunde.

„Ich dachte, du wärst unantastbar", sage ich. „Du kannst dich nicht einmal in einen Schultanz mobben?"

Colt packt Devlins Arm und meine Hand und zieht uns zu einem Seitenausgang. „Lasst uns gehen", sagt er. „Dieser Ort wird bald zu lahm. Ich bin nicht fürs Gefängnis bestimmt. Dieses Pferd läuft gerne frei."

„Ich kann meine Brüder nicht zurücklassen", sage ich und beginne, mich zurückzuziehen, gerade als ich Duke sehe. Ich ergreife seine Hand und wir laufen los. Wir lachen, aber mein Herz schlägt vor Angst und Aufregung und Gefahr, alles gleichzeitig. Meine Brüder lassen mich so etwas nie machen, schließen mich aus. Baron stößt zu uns, als wir an der Tür ankommen, und wir schießen hinaus in den kühlen, feuchten Abend. Ein Dunst umgibt die Straßenlaternen und aus der Halle dröhnt leise Musik. Unsere Schritte hallen über den Bürgersteig, zusammen mit Dollys Lachen, das größer und derber ist, als ich erwartet habe, und Dixies mädchenhaftes Kichern.

Blaues Licht lässt den Parkplatz in einem stillen, unaufhörlichen Puls wie bei einen Herzschlag blinken. Devlin führt uns über den Parkplatz und kommt schlitternd zum Stehen, als wir sein neues rotes Cabriolet erreichen. Er schlägt obendrauf und es schiebt sich zurück, während wir alle warten, kaum in der Lage, uns davor zu bewahren, hineinzuspringen, bevor das Verdeck runtergefahren ist. Devlin sitzt bereits auf dem Beifahrersitz und zieht mich auf seinen Schoß. Colt springt über die Tür auf den Beifahrersitz und zieht Dixie über die Seite des Autos auf seinen Schoß. Alles, was ich sehen kann, sind ihre Beine, die über einen Vordersitz voller Satin und Tüll ragen, und ich fange an zu lachen, als der Wagen vorwärts rast.

# Selena

Colt schreit unter dem Ozean von Dixies Kleid hervor und Devlin flucht und rast aus dem Parkplatz und schießt durch die Nacht. Der kühle, feuchte Wind raubt mir den Atem, als wir durch die dunklen Straßen von Faulkner flitzen. Der Mond hängt wie ein runder, weißer Kürbis am Himmel, Millionen von Sternen umgeben ihn in allen Richtungen. Ich atme tief die frische Luft ein. Das ist Kleinstadtleben, aber es fühlt sich an, als würde ich größer leben als je zuvor.

Wir schlängeln uns auf zweispurigen Straßen durch den Wald und biegen schließlich in eine nur allzu bekannte Schottereinfahrt ein.

„Willkommen auf der Afterparty", sagt Colt und läuft mit Dixie in seinen Armen aus der Tür. Die Zwillinge springen heraus, jeder von ihnen hält eine von Dollys Händen. So läuft das also alles ab.

„Scheiße", sage ich. „Wir haben Royal zurückgelassen."

„Er kann die Limousine nehmen", sagt Colt.

„Und mein Date", sagt Baron. Er und Duke brechen zusammen in Gelächter aus und Devlin führt uns die

Stufen hinauf und in das Haus seiner Mutter. Es ist anscheinend leer.

Devlin führt uns in eine kleine Nische neben der Küche und wirft die Glastüren der Schränke weit auf. In jeden Zentimeter sind teure Flaschen Schnaps gepfercht.

Colt schnappt sich eine Flasche Tequila und hebt sie wie eine Trophäe hoch. „Lasst uns die richtige Party beginnen!"

Selena

# Dreiundzwanzig

Ich wache vom Pochen in meinem eigenen Kopf auf. Ich bin in Wärme eingehüllt und für eine Minute möchte ich mich nicht bewegen. Aber als das Bewusstsein mir entgegen schwimmt, erinnere ich mich an die Nacht zuvor. Ich drehe mich um und stelle fest, dass ich auf eine entsetzlich nackte Brust starre.

„Scheiße!", flüstere ich, setze mich aufrecht hin und starre ungläubig durch die Gegend. „Fuck, fuck, fuck."

Ich trage nichts außer einem BH und einem Höschen und etwas auf meinem Bauch fühlt sich klebrig an. Ich schließe meine Augen und bete, dass es Kotze ist. Ich erinnere mich, dass mir übel geworden ist. Ich erinnere

# Mobbe mich

mich, dass Devlin mir Schnaps aufgezwungen hat, bis ich gekotzt habe, und dann versucht hat, mir noch mehr zu geben, aber ich habe weitergekotzt, bis er aufgegeben hat. Woran ich mich nicht erinnere, ist das Danach. Ich kann mich nicht erinnern, die Party verlassen zu haben. Ich kann mich nicht erinnern, meine Hose verloren zu haben. Ich weiß nicht, wie ich hierhergekommen bin. Ich weiß nicht einmal, wo *hier* ist.

Als ich meine Augen öffne, ist der Junge noch da. Der schöne, schreckliche Junge, der mich am Freitagabend gequält hat und am Samstag auf mich zugekommen ist, als wollte er mich beanspruchen. Der Junge, dessen Eltern so unbeeindruckt gewesen sind und ihn nicht aufgehalten haben, als er mich festgehalten und mir ein Messer ins Gesicht gedrückt hat, und der Junge, der sich geweigert hat, eine Highschool-Veranstaltung zu verlassen, bis er mit mir getanzt hat. Der Junge, dessen Arme mich wie die eines Liebhabers umschlingen, dessen Gesicht wie ein Engel aussieht, während die Sonne auf seine blonden Strähnen strahlt, die unordentlich auf dem Kissen liegen.

# Selena

Eine Sekunde lang denke ich darüber nach, ihn schlafen zu lassen. Ihn aufwachen zu lassen und es für einen süßen Traum zu halten oder sich überhaupt nicht daran zu erinnern.

Aber diese Höflichkeit hat er nicht verdient.

Ich lehne mich von ihm weg, halte die Decke an meine Brust und schlage ihm auf die Schulter. Hart.

„Hey", belle ich.

„Au", grummelt Devlin und entfernt sich ein wenig von mir, öffnet aber nicht die Augen.

Diesmal drücke ich gegen seine Schulter. „Wach auf."

„Was ist dein Problem?", murmelt er und stützt sich auf seine Ellbogen. Als es ihm dämmert, setzt er sich aufrecht und lässt den Kopf in die Hände sinken, während er Flüche vor sich hin murmelt.

„Was ist mein Problem?", frage ich, ein ungläubiges Lachen brodelt in mir. „Ist das jetzt verdammt noch mal dein Ernst, Devlin? Was ist dein Problem? Nein, beantworte das nicht einmal. Der Tag hat nicht genug Stunden, um zu erklären, wie wirklich und zutiefst beschissen du drauf sein musst, um das zu tun, was du mir neulich angetan hast, und dann letzte Nacht die Feier zu stürmen, als ob du mich willst."

Er hebt den Kopf hoch und blinzelt mich an, als ob er glaubt, ich könnte mich in jemand anderen verwandeln. „Haben wir gevögelt?"

„Ich weiß es nicht", sage ich und werfe die Hände hoch. „Das Letzte, woran ich mich erinnere, ist, dass ich Shots getrunken hab, bis ich ohnmächtig geworden bin."

Aber, o Gott. Ich erinnere mich an mehr als das. Es kommt blitzartig zu mir zurück, wie Fotos von jemand anderem. Alle springen in sein Auto. Die Fahrt durch die Stadt, das ganze Leben scheint in diesem Auto stattzufinden. Schnaps. Dolly zwischen den Zwillingen eingeklemmt. O Gott. Habe ich Devlin einen Lapdance gegeben?

„Nimmst du die Pille?", fragt er.

Als wäre das seine einzige Sorge. Ob er mich geschwängert hat. Als wäre es keine große Sache, solange ich verhüte.

Für ihn ist es das natürlich nicht. Das hat nicht so ausgesehen, als wäre er zum ersten Mal besoffen und außer

Kontrolle geraten. Aber für mich ... für mich ist es eine verdammt große Sache.

„Nein", gebe ich zu, meine Augen durchforsten Devlins kristallblauem Blick. Zum ersten Mal, seit ich ihn getroffen habe, sieht er aufrichtig besorgt aus. Nicht die Spur seines sadistischen Grinsens oder seines wütenden Blicks. Für eine Minute lasse ich mich selbst glauben, wir stecken da zusammen drin. Wenn ich schwanger bin, wird er ein Teil davon sein.

„Nun, kannst du es spüren? Fühlt es sich so an, als hätten wir es getan?" Er richtet seinen Blick auf meinen Schoß.

„Woher soll ich das wissen?"

„Vertrau mir, wenn du nicht ausgeleiert wie ein Pornostar bist, weißt du es", sagt er mit einem Schmunzeln. Dann fällt mir ein, dass das nicht jemand ist, der mir beistehen würde, wenn etwas passiert – nicht einmal für sein Baby. Devlin verachtet mich.

Demütigung und Wut verbrennen mich, als ich eine Hand zwischen meine Schenkel gleiten lasse. Ich drücke meine Finger gegen mein Höschen. Mein Kiefer und

# Mobbe mich

Nacken schmerzen von der Stelle, an der er mich am Freitagabend gepackt hat. Meine Rippen fühlen sich verletzt an, als er mich mit seinem Knie beinahe zerquetscht hat. Meine Oberschenkel tun weh vom Tanzen letzte Nacht, mein Hals schmerzt vom Erbrechen und mein Kopf pocht vom Alkohol. Aber als ich mich berühre, tut es nicht weh.

*Dem Himmel sei Dank.* Ich schließe meine Augen und zerschmelze mit einem Seufzer der Erleichterung.

Devlin holt stoßweise Luft und meine Augen schnappen auf. Er starrt mich mit solcher Intensität an, dass ich den Schmerz in seinen Augen sehen kann. Das Feuer, das ich dort sehe, unterscheidet sich von der Wut, die ich kenne, von der Intensität letzte Nacht. Es ist eine Flamme reiner, brennender Lust.

Ich atme ein, ein Zittern von Angst und Vorfreude überkommt mich und setzt sich in einem köstlichen Druck in meinem Unterbauch fest. Ich beiße mir auf die Unterlippe und schüttle den Kopf. „Nein", flüstere ich. „Es ist egal."

# Selena

Devlin springt auf mich. Er ist so schnell, dass ich nicht reagieren kann, bevor er sich über mich beugt und sich auf seinen Fäusten und Knien abstützt. „Ich kann dir so wehtun, dass es sich unglaublich anfühlt", haucht er in meinen Nacken, seine Lippen streichen über die empfindliche Haut meines Halses und lassen einen Hitzestrom durch mich rauschen. Er schaukelt nach vorn, seine breiten Schultern drängen sich auf meine schmalen. Seine nackte, heiße Haut auf meiner macht etwas mit meinem Gehirn, worüber es keine Kontrolle hat.

„Devlin, nicht", flüstere ich, aber er hat mich schon zurückgedrängt, bis ich flach auf dem Bett unter ihm liege. Mein Herz schlägt in meiner Brust und ich drücke meine Handflächen flach gegen ihn.

„Ich bin so hart, dass es wehtut", sagt er und seine Worte schicken einen Adrenalinstoß durch mich, dessen Puls zwischen meinen Beinen pocht. „Lass mich dich auch so fühlen."

„Das können wir nicht." Meine Entschlossenheit zerbröckelt jedoch, mein Körper kämpft mit dem, was ich weiß, und sagt mir, dass es mehr gibt, als ich mir jemals vorgestellt habe. Es gibt eine ganze Welt, die ich noch nie erkundet habe, und im Moment sind die einzigen Menschen in dieser Welt ich und Devlin Darling. Nichts anderes existiert.

„Nur einmal", flüstert er in mein Ohr, seine Lippen gleiten sanft über meine Ohrmuschel und zieht an meinem Ohrläppchen. „Wir werden es niemandem erzählen."

„Wir hassen uns", erinnere ich ihn.

Er lacht leise und senkt seinen Körper langsam zu meinem. Jeder Zentimeter meiner Haut zittert vor Vorfreude und sehnt sich danach, seiner zu begegnen. „Sex aus Hass ist der beste Sex, richtig, Manhattan?"

Ein Schock durchfährt mich, als ich spüre, wie etwas Heißes, Hartes und Nacktes gegen meinen Oberschenkel drückt. Er ist nackt. Fuck. Devlin ist nackt. Was haben wir letzte Nacht gemacht?

„Ich hab keine Ahnung davon, okay?", sage ich und drücke gegen seine Brust. Meine Handflächen bewegen ihn nicht einmal. Er ist wie eine massive Muskelwand, die über mir aufragt. Und, Gott, es fühlt sich so gut an. Zu meinem Entsetzen reagiert mein Körper auf ihn und ich muss mich zusammenreißen, um meine Beine nicht um ihn zu schlingen, nicht mit den Händen über jeden Zentimeter seiner heißen, nackten Haut zu streichen. Er bewegt seine Hüften zwischen meine, streift mit der Spitze seines Schwanzes über mein Höschen, dann bewegt er seine Hüften Zentimeter für Zentimeter nach vorn, sodass die Länge seiner Erektion langsam bis zu meinem Zentrum über mich streift.

Ich schlucke bei dem Gedanken, dass dieses Ding auch nur teilweise in mich hineinpasst.

„Du magst keinen Hasssex?", fragt Devlin, seine Lippen necken sanft meine Haut und lassen jeden Zentimeter von mir erschauern. „Ich werde dir so gut wehtun, dass du es nie vergisst."

„Ich weiß nicht, was ich mag", gebe ich zu. „Ich habe es noch nie getan."

Devlin schnaubt tief. „Klar, Manhattan. Du bist eine enge kleine Jungfrau. Wollten die Jungs daheim das hören?"

„Es ist wahr", sage ich, während mir das Blut in den Ohren rauscht. Mein Kopf weiß, dass das völliger

# Mobbe mich

Wahnsinn ist, aber mein Körper kann nicht anders, als auf seinen zu reagieren. Als ich seinen harten Puls an meinem Bauch spüre, kann ich kaum atmen.

„Okay", sagt Devlin und seine Lippen streichen über meine Wange. „Ich spiele mit. Ich habe es auch noch nie getan. Aber ich kann sanft sein." Seine Worte sind weich, aber ein Hauch von Spott schwingt darin.

„Runter von mir", sage ich und schubse ihn wieder.

Er lacht leise und knabbert an meiner Unterlippe. Er nimmt sie zwischen seine Zähne und streicht mit seiner Zunge darüber, wobei er sein Gewicht vollständig auf mir legt. „Oh, komm schon, Baby", singt er mit dieser süßen Honigstimme. „Lass mich der Erste sein, der dich roh fickt. Nichts zwischen uns. Lass mich dich zerreißen und dich bluten lassen. Lass mich in dieser blutigen Fotze kommen. Ich klebe dich mit meinem Sperma wieder zusammen und schicke dich humpelnd nach Hause zu deinen Brüdern, damit dich jeder der Reihe nach nehmen kann."

„Was zum Teufel ist nur falsch mit dir?", frage ich und winde mich, um mich zu befreien. Devlin hält mich mit den Hüften fest und reibt sich gegen mich. Ich kann die Nässe zwischen meinen Schenkeln spüren, und Devlin muss es auch spüren, denn Triumph leuchtet in seinen Augen auf.

„Das gefällt dir, nicht wahr?", fragt er und bewegt seine Hüften in langsamen Kreisen. „Du kleine Schlampe. Du magst Dirty Talk."

„Das tue ich nicht", beharre ich und mein Gesicht wird heiß.

Devlin lacht wieder und streicht mit seinen Lippen über meine, bevor er ein Lächeln aufbringt. „Lügnerin. Du bist nass. Lass mich dich schmecken. Ich will diese süße, enge Fotze lecken."

„Stopp", hauche ich, aber so viele Empfindungen rollen durch meinen Körper, dass ich gar nicht mehr weiß, was ich will.

„Ist schon in Ordnung", murmelt er, seine Stimme klingt seidig an meiner Kehle. „Du kannst es zugeben. Wir haben alle unsere schmutzigen kleinen Geheimnisse. Oder ist es die Erwähnung deiner Brüder, die dich heiß gemacht hat? Weil meine Familie ist vielleicht am Arsch, aber das ist kranker Scheiß. Fickst du sie? Oder gönnst du ihnen einfach einen kleinen Vorgeschmack auf deine Dolce-Süße?"

„Ich meine es ernst. Stopp."

„Ich kann jetzt nicht aufhören", sagt er, seine Lippen necken, schmecken und machen mich wahnsinnig. „Du hast mich zum Anfangen gebracht."

Bei der sanften Liebkosung seiner Lippen durchläuft mich ein Schauer, während die groben Worte aus ihnen herausplatzen. Die animalische Hitze und die Muskeln seines Körpers lassen mich vor Angst zittern, während ich mich nach mehr sehne.

Er lehnt sich tiefer zu mir und seine Lippen drücken endlich einen echten Kuss auf meine. Ich schmelze fast vor Erleichterung, Verlangen durchströmt mich und ich verkrampfe mich zwischen den Schenkeln, als seine Zunge über meine Lippen streicht. Ein Keuchen entkommt mir und er knurrt und taucht seine Zunge zwischen meine Lippen. Er kostet sanft meinen Mund und Hitze durchströmt mich, flattert in meinem Unterbauch, bevor sie sich als Schmerz in meiner Mitte niederschlägt. Devlin rollt seine Hüften gegen meine, seine Zunge gleitet tiefer und streichelt rhythmisch meine.

Er greift nach unten und zieht mein Höschen über meine Hüfte. Ich versuche zu protestieren, aber es kommt als Stöhnen in seinen Mund raus. Er antwortet mit seinem eigenen, und als seine Stimme in mir vibriert, werde ich ganz schwach. Er schiebt mein Höschen weiter nach unten und vergräbt seine Hand zwischen meinen Schenkeln. Er taucht einen Finger in meinen Schlitz und befeuchtet ihn, bevor er ihn tief in mich drückt.

„Oh, verdammt", stöhnt er, unterbricht den Kuss und spricht mit heiserer und atemloser Stimme an meiner Kehle. „Du hast nicht gelogen, oder?"

Ich versuche, ihn anzublaffen, aber meine Stimme ist so gehaucht wie seine. „Nein, ich habe nicht gelogen."

Er schiebt seinen Finger tiefer und stößt ihn ein paarmal in mich hinein. „Ich werde dich zum Kommen bringen", sagt er an meiner Kehle. „Aber ich kann dich nicht ficken, wenn du Jungfrau bist, Crystal. Du verdienst jemanden, der besser ist als ich. Ich würde dich einfach zerstören und dich gebrochen zurücklassen."

# Mobbe mich

„Brich mich."

Jetzt, wo es vom Tisch ist, ist es alles, was ich will. Ich ziehe meine Lippen an sein Ohr, ein Schaudern durchläuft meinen ganzen Körper, als ich fühle, dass sein Körper reagiert. Ich umklammere seine Schultern, schaukele meine Hüften gegen seine Hand, ein exquisiter Druck baut sich in mir auf, während sich seine Finger bewegen, gegen meine Wände flattern und die Spannung in mir immer stärker wird. Endlich lasse ich los, gebe mich dem einzigen Vergnügen hin, den alles Geld und Luxus der Welt nicht bieten kann. Es ist das Einzige, was mir immer verboten worden ist, und ich nehme es jetzt gierig auf und schreie hilflos Devlins Namen, während er mich an diesen neuen, unentdeckten Ort bringt.

# Vierundzwanzig

„Wow", flüstere ich, als Devlin sich zurückzieht. Er lässt seinen nassen Finger in den Mund gleiten und schließt die Augen, atmet tief ein, während er den Finger langsam herauszieht.

„Einmal noch", sagt er und rutscht das Bett hinunter.

Ich packe seine Schultern, meine Augen weiten sich. „Ich habe nicht geduscht."

Ein Lächeln umspielt seinen Mundwinkel. „Einmal Schmecken reicht mir nicht", sagt er, taucht tiefer und vergräbt sein Gesicht zwischen meinen Schenkeln. Ich spanne mich an, drücke meine Knie um seinen Kopf und greife nach seinem Kinn, versuche, ihn wegzuziehen. Er schiebt meine Hände weg und lässt seine Zunge zwischen meine Schamlippen gleiten. Eine Welle der Lust durchflutet mich, noch besser als die letzte. Ich keuche, meine Knie fallen auf und Devlin stöhnt in mich hinein, als wäre ich das köstlichste Dessert, so süß wie mein Name.

Und wieder lasse ich das zu. Ich lasse mich die Berührung seiner warmen, nassen Zunge an Stellen spüren, die noch nie berührt oder geschmeckt worden sind. Ich lasse mich von ihm hoch und höher tragen, bis ich fliege, die Spannung in mir so fest, dass ich glaube, ich werde entzweibrechen. Ich lasse es zu, auch wenn ich weiß, dass ich es bereuen werde.

„Devlin", keuche ich und vergrabe meine Finger in seinen Haaren.

Er hebt sein Gesicht und rutscht wieder an meinem Körper hoch, ein breites Grinsen auf seinem Gesicht. „Ja?", fragt er und beugt sich hinunter, um meine Lippen zu küssen. Ich kann spüren, wie die rohe Hitze seiner nackten Haut gegen mein nasses, empfindliches Fleisch drückt, und ich weiß, dass ich nur eines will. Nur eines wird den Schmerz in mir lindern.

„Tu es", flüstere ich und mein Herz hämmert in meiner Brust.

„Wirklich?", fragt er. „Du willst, dass ich dich ficke?"

„Ja." Ich schlinge meine Arme um ihn und drücke mich an ihn, drücke mein Herz an seines. Ich kann den schnellen Schlag seines Herzens spüren, während es mit meinem rast.

„Sag es", sagt er, seine blauen Augen blitzen vor Lust, während er meine Lippen beobachtet.

„Was?"

„Sag mir, ich soll dich ficken", sagt er. „Sag bitte."

„Bitte", flüstere ich.

„Bitte …?"

Ich schlucke schwer und schaue in seine blauen Augen, bevor ich „Fick mich" flüstere.

Seine Härte pocht gegen mich und ich schnappe nach Luft. Er leckt sich die Lippen, sein Atem kommt schnell und er drängt nach vorn. Die Anspannung ist fast unerträglich, der Schmerz, als er versucht, in mich einzudringen. Mit einem Knurren stößt er scharf zu und durchbricht meinen Eingang. Ich keuche auf, aber er drückt noch tiefer.

Er stoppt, seine Muskeln zittern vor Anstrengung, sich zurückzuhalten. Ich spüre, wie eine Enge sich in mir zusammenzieht, bis sie zu zerreißen droht. Ich weiß nicht, wie er sich zurückhält. Ich möchte vor Lust und Schmerz zugleich schreien. Meine Nägel krallen sich in seine Schultern und ich öffne meine Knie weit für ihn.

„Letzte Chance", flüstert er, sein Atem heiß an meinem Hals. „Willst du wirklich einem Typen, den du hasst, deine Jungfräulichkeit schenken?"

„Ich hasse dich nicht."

„Das wirst du später."

„Ich kann dich danach nicht hassen."

„Das wirst du", sagt er noch einmal. „Aber nicht so sehr, wie ich mich dafür hassen werde."

„Warte", sage ich und packe seine Arme. „Ein Kondom."

„Nein", sagt er und starrt mir in die Augen. „Ich möchte dich komplett spüren, wenn ich dich aufreiße und dich zerstöre."

# Selena

Mein ganzer Körper zittert und ich weiß, dass ich ihn nicht aufhalten könnte, wenn ich wollte. Und die Wahrheit ist, ich möchte ihn auch spüren. Ich möchte seine nackte Haut spüren, mit nichts zwischen uns außer diesem unersättlichen Verlangen. Es ist, als ob jeder Moment vor diesem ein Tanz gewesen ist, der zu dieser unvermeidlichen Kollision geführt hat, als ob sich alles dafür zusammengebraut hat. Heute Nacht bricht der Sturm los. Heute Nacht tobt er.

„Nimm mich", sage ich und er beugt seine Hüften, bricht mich auf und zwingt seine ganze Länge an der Barriere vorbei, vergräbt sie tief in mir.

Ich schreie vor Schmerzen auf, mein ganzer Körper verkrampft sich. Devlin stößt ein ersticktes Stöhnen aus, greift nach unten und hebelt meine Beine auf, spreizt sie weit und reibt sich tiefer, bis sich unsere Hüften treffen. Ich kann fühlen, wie seine heiße Länge in mir pocht, mich bis zum Zerbersten ausdehnt und Tränen in meine Augensteigen lässt. Devlin zieht sich zurück und stößt wieder hart in mich, pflügt in mich, sodass ich ihn komplett nehmen kann.

# Mobbe mich

Ich beiße mir auf die Lippe, damit ich nicht wieder aufschreie, aber ich kann nicht anders. Der Schmerz umklammert mich mit den Zähnen und ich kann nur noch ein Schluchzen verhindern. Devlin stützt sich auf seine Ellbogen, um eine Hebelwirkung zu erzielen, und fährt mit tiefen, kraftvollen Stößen in mich hinein. Jeder entlockt meinen Lippen einen Schrei, aber nach einer Weile verwandeln sich die Schreie von Schmerz in Lust. Devlin knallt noch härter, ein urtümliches, tierisches Grunzen entkommt seiner Kehle jedes Mal, wenn er mit unerbittlicher Wucht in mich hämmert. Ich will seine Rauheit, brauche seine Gewalt.

„Härter", keuche ich und er drückt sich auf seine Handflächen und hämmert so fest in mich, dass mein Kopf immer wieder gegen das Kopfteil knallt, bis ich nichts anderes tun kann, als mich an ihm festzuhalten und alles andere auf der Welt loszulassen.

„Ich werde in dir abspritzen", sagt er mit rauer und wilder Stimme.

„Devlin –"

# Selena

„Halt die Klappe und komm mit mir", sagt er und stützt sich auf seine Ellbogen.

Ich schlinge die Arme um seinen Hals, werfe den Kopf zurück und schließe die Augen, aber Devlin nimmt mein Kinn in seine Hand und senkt es. „Öffne deine Augen", schnurrt er.

Unsere Blicke treffen sich und er beginnt, sich wieder zu bewegen, erst langsam und dann wieder härter. Die Verbindung zwischen uns ist so intensiv, dass ich es nicht ertragen kann, aber ich kann meine Augen auch nicht schließen. Lust baut sich in meinem Körper auf und ich schlinge die Beine um ihn und reibe mich an ihm. Die Spannung in mir wird immer stärker und Devlin beißt sich auf die Lippen und packt meinen Oberschenkel, hebt ihn höher und fährt ein letztes Mal in mich hinein und zieht sich nicht zurück.

Mein Inneres fühlt sich wund an und ein Schmerz durchfährt mich, als er dortbleibt und mich zwingt, jeden quälenden Zentimeter von ihm aufzunehmen. Er reibt sich härter gegen mich, seine Hüften beugen sich, während Hitze in mir aufsteigt, als er mich ausfüllt. Das Gefühl, wie er in mich eindringt, versetzt mich in einen Schock verbotener Erregung und trotz des Schmerzes steigt meine eigene Lust wieder an. Ich keuche seinen Namen, als mich der Orgasmus packt, Blitze rauschen durch meinen Körper, während er immer wieder in mir pocht und mir alles gibt.

Danach bricht Devlin auf mir zusammen und drückt mich an seine Brust wie etwas Kostbares, das er gleich verlieren wird. Ich fahre mit meinen Fingern durch sein Haar, halte ihn fest und umschließe seinen Körper mit meinem.

„Es tut mir leid", sagt er an meiner Halsbeuge mit erstickter Stimme.

„Ist schon okay", sage ich und lache ein wenig. „Ich habe ziemlich sicher mehr bekommen als du heute."

Er antwortet nicht und lange bewegt sich keiner von uns. Unsere Haut ist schweißnass, aber ich atme nur seinen Duft ein, genieße den salzigen Geruch seiner Haut und den Duft von Shampoo in seinen blonden Strähnen, als ich ihm einen Kuss auf den Kopf drücke.

Ich döse ein, als auf der anderen Seite der Wand ein Klopfen ertönt. Devlin versteift sich, aber als das Klopfen

371

nicht mehr ertönt, rutscht er aus mir heraus und rollt vom Bett. Er dreht sich um, hebt seine Jeans vom Boden auf und zieht sie an.

„Ist alles in Ordnung?", frage ich, fühle mich plötzlich verletzlich allein in diesem großen Bett.

„Ja", sagt er und beugt sich vor, um mir einen schnellen Kuss zu geben. „Wir sollten aber besser aufstehen."

Ich schlucke schwer und nicke, ein Kloß bildet sich in meiner Kehle. Ich will nicht vor ihm aufstehen, aber er steht mit einem entzückten Grinsen über mir. „Jetzt bist du schüchtern?", fragt er, seine Augen funkeln vor Humor.

„Nun ..."

„Crystal?", sagt er. „Ich habe gerade jeden Zentimeter von dir gesehen, habe dich geleckt und habe dich dazu gebracht, meinen Namen zu schreien, während ich in dich eingedrungen bin. Ich denke, es ist an der Zeit, nicht mehr schüchtern zu sein, wenn es um Nacktheit geht."

Ich stoße ein frustriertes Schnauben aus. Er ist ein Kerl – ein erfahrener Kerl. Natürlich kapiert er es nicht. Mit zusammengebissenen Zähnen werfe ich die Decke ab und hüpfe vom Bett. Auf dem weißen Laken, wo ich gelegen habe, ist ein großer roter Fleck.

„Scheiße", platze ich heraus. „Es tut mir leid. Ich kann … für die chemische Reinigung zahlen."

Devlin bricht in Gelächter aus. Es ist das erste Mal, dass ich ihn wirklich lachen höre, und es ist noch erschreckender als seine Stimme. Sein Lachen ist leise, köstlich und süß wie seine Stimme, ein Klang, der so schön ist, dass er sich schmerzhaft in meiner Brust windet. Ich wünschte gleichzeitig, er würde mehr lachen, und bin selbstsüchtig froh, dass ich zu einer kleinen Handvoll Leute gehöre, die etwas Seltenes und Echtes von Devlin Darling bekommen.

„Du bist das Süßeste, was ich je gesehen habe", sagt er und seine Augen funkeln amüsiert.

„Halt die Klappe", sage ich und wende mich ab, um meine Verlegenheit zu verbergen. Ich meine, ich habe die Bettlaken eines Typen vollgeblutet. Das ist so demütigend, dass selbst sein Lachen die Verlegenheit nicht ganz auslöschen kann. Mein Abendkleid liegt zerknittert auf dem Boden, zu traurig und erbärmlich, um es wieder anzuziehen. Das wird meine Würde bestimmt nicht retten. Ich ignoriere es, stapfe zu seiner Kommode hinüber und schnappe mir ein T-Shirt.

„Was tust du da?", fragt Devlin.

„Mich anziehen", sage ich und ziehe es mir über den Kopf. „Ich trage nicht mein Kleid und mache den Spaziergang der Schande. Scheiß drauf."

Bevor er antworten kann, drehe ich mich um, reiße eine weitere Schublade auf und finde eine Jogginghose. Sie ist lächerlich lang und sackartig an mir, aber ich binde den Kordelzug zu und begnüge mich damit.

Als ich mich wieder zu Devlin umdrehe, spielt ein kleines Lächeln auf seinen Lippen, sein Gesichtsausdruck ist leider unlesbar.

„Was?", frage ich.

„Nichts", sagt er. „Das ist seltsam heiß."

Ich schnappe meine Schuhe vom Boden und zwänge meine Füße hinein, ignoriere Devlins Schmunzeln. Als ich jedoch hochschaue, lacht er mich nicht aus, ist nicht so gemein wie zuvor.

# Mobbe mich

„Komm her", sagt er, schlingt einen Arm um mich und zieht mich zu sich, wobei er seine Lippen an meine Stirn presst. Ich wehre mich für einen Moment, aber alles, was ich tun möchte, ist, ihn zurück aufs Bett zu ziehen, sich in seine Arme zu kuscheln und für immer dortzubleiben. Ich stütze meine Hände auf seine Hüften, schließe meine Augen und atme ihn so tief wie möglich ein, als könnte ich diesen Moment für immer retten.

„Was jetzt?", flüstere ich und wage es nicht, meine Augen zu öffnen.

„Schhh", sagt Devlin und legt seine Wange an meinen Kopf.

Eine Minute später klopfen Knöchel an die Tür und Devlin zieht sich zurück. Wortlos dreht er sich um und geht in den Flur. Ich atme tief ein und folge.

Links von uns stehen die Zwillinge, zwischen ihnen Dolly. Sie trägt volles, frisches Make-up und ihr Kleid vom Vorabend, das so frisch aussieht, als hätte sie es über Nacht in den Schrank gehängt, aber ihre Miene ist misstrauisch, während sie uns beobachtet, als wartete sie auf ein Urteil.

# Selena

Devlins Urteil, das ist mir klar. Ich schaue zu ihm, aber ich kann seinen Gesichtsausdruck nicht lesen. Er wirft ihnen einen coolen Blick zu, bevor er sich der anderen Seite zuwendet. Colt steht im Flur, er hat gerade geklopft. Dixie steht hinter ihm, trägt ihr zerknittertes Kleid und hält ihre Schuhe in der Hand. Ihr Lippenstift ist weg und ihr Augen-Make-up ist verschmiert. Ihr Gesicht ist blass unter den Sommersprossen und ausnahmsweise kann ich ihren Gesichtsausdruck nicht lesen. Er ist nur … leer.

Auf der Treppe ertönen Schritte und Preston erscheint frisch geduscht und rasiert, sein kurzes Haar ist hochgestylt und eine fiebrige Aufregung leuchtet in seinen Augen. Als er den Treppenabsatz erreicht, bleibt er stehen und sein Blick schweift über uns alle hinweg. Ein scheißefressendes Grinsen breitet sich auf seinem Gesicht aus, als er wartend dasteht, eine Hand am Geländer.

Devlin schaut zwischen uns allen hin und her und etwas rast über seine Augen, als hätte er gerade eine Maske aufgesetzt. Ich kann fast spüren, wie die Temperatur um ihn herum sinkt. Der verspielte, schmutzig redende, lüsterne Devlin ist verschwunden und wird durch den kalten, grausamen Jungen ersetzt, mit dem ich in der Schule durch die Flure gegangen bin.

„Hast du sie genagelt?", fragt Preston.

„Ja", sagt Colt grinsend und dreht sich zu Devlin um. „Hast du?"

„Ja", sagt Devlin. „Manchmal muss man einer Hündin einen Knochen zuwerfen."

Colts Lächeln wird breiter und er starrt mich in Devlins übergroßer Kleidung an, so beiläufig gefühllos, dass ich meine Arme um mich legen und mich verstecken möchte. Bei seinem Blick fühle ich mich wie ein Objekt, deren Wert er abschätzt. Er hebt Devlin die Hand für ein High Five entgegen, aber Devlin dreht sich auf dem Absatz um und sieht meine Brüder an. „Verschwindet aus meinem Haus", sagt er. „Und nehmt eure Huren mit."

„Also, ich schätze, dieser Waffenstillstand war nur … was?", frage ich, zu verletzt, um Coolheit vorzutäuschen. „Ein Trick, um an mein Höschen zu kommen?"

„Oh, Schätzchen", sagt Devlin. „Sei nicht naiv. Es ging nie um dich."

„Lügner", flüstere ich und starre ihn an, als wäre er ein Fremder. Das ist er. Der Junge in diesem Raum ist nicht derselbe Junge, der hier steht und mich nicht einmal ansieht.

Colt grinst das Lächeln, das seine Augen nie erreicht. „Warum rennst du nicht zu Papi und lässt dich von ihm zurück nach New York fliegen, wo du hingehörst?"

„Du", zische ich, meine Worte sind mit Gift durchsetzt. „Du bist auch ein Lügner."

„Hast du wirklich gedacht, ihr wärt auf dem gleichen Niveau wie die Darlings?", fragt er und sieht mich mitleidig an.

„Unsere Familie hat einen Namen, eine Geschichte von Reichtum und Privilegien", sagt Devlin und sieht an mir vorbei zu Duke. „Wir sind die Könige dieser Stadt. Ihr denkt, weil ihr reich seid, dass ihr mit Leuten wie uns mithalten könnt? Ihr seid nur armer weißer Abschaum, der sich verkleidet."

Colt schiebt Dixie zu mir und schenkt ihr kaum einen Blick. Er spricht zu mir. Zu unserer Familie. „Geht dahin zurück, wo ihr hergekommen seid. Ihr werdet nie in diese

# Mobbe mich

Stadt gehören und ihr werdet nie zu Leuten wie den Darlings gehören."

Duke springt nach vorn, aber ich springe zwischen sie und drücke meine Handfläche gegen seine Brust. „Lasst uns einfach gehen", sage ich mit leiser und ruhiger Stimme. Ich wende mich wieder Dixie zu. „Komm schon."

Sie wirft Colt einen erbärmlichen, hoffnungsvollen Blick zu, der mir fast das Herz bricht. Aber ich muss mich jetzt zusammenreißen, bevor jemand ermordet wird. Und ich weiß, dass das passieren wird, wenn ich die Kontrolle verliere, denn ich bin diejenige, die töten wird.

Preston tritt hinter die Zwillinge und nimmt Dollys Ellbogen. „Schöne Arbeit", sagt er und lächelt sie an. „Du hast für ziemliche Ablenkung gesorgt, nicht wahr, kleines Luder?"

„Dolly gehört jetzt zu uns", sagt Baron und legt von hinten einen Arm um ihre Taille.

Ich bleibe stehen und schaue zwischen diesem Mädchen, das anscheinend Teil eines ausgeklügelten Plans gewesen ist, um uns zu vernichten, und meinen Brüdern, die sie anscheinend immer noch haben wollen.

Für eine Sekunde spricht niemand. Dann richtet sich Dolly zu ihrer vollen, beeindruckenden Größe hoch. „Ich habe es satt, die Schachfigur der Darlings zu sein", sagt sie und starrt Devlin direkt an.

Ein Aufflackern der Überraschung huscht über sein Gesicht, zusammen mit etwas anderem, das ich nicht identifizieren kann, bevor es verschwunden ist. Dieses Mädchen ist nicht nur Devlins Fangirl. Sie ist ihm so wichtig, dass alle seine Fangirls ihren Stempel tragen. Jemand, den er sein ganzes Leben lang kennt, der seine erste Liebe sein könnte, sein erster Kuss, sein erstes Mal.

Bei dem Gedanken regt sich in mir etwas Seltsames.

„Was sagst du da, Dolly?", fragt Devlin mit leiser und rauer Stimme. „Du bist keine Schachfigur."

„Bin ich das nicht?", verlangt sie zu wissen, eine Herausforderung in ihrer Stimme. Sie wendet sich von ihm zu Colt und schließlich zu Preston, der immer noch am Geländer des Balkons im Obergeschoss steht. „Du magst etwas anderes sagen, aber dieses Mädchen hat meine Augen geöffnet."

# Mobbe mich

Als sie mich ansieht, tun es alle Darlings auch. Vor einer Woche, vor einem Tag wäre ich zusammengezuckt. Aber was tun sie mir jetzt an? Sie haben mich gehabt. Sie haben mich gebrochen. Es gibt nichts mehr zu befürchten.

Dolly macht weiter. Sie ist ein sehenswerter Anblick, weit über 1,80 m, mit dem Haar so hochgesteckt und den 15-cm-hohen Absätze. „Der einzige Unterschied zwischen einer *Darling Doll* und einer *Darling Dog* besteht darin, dass ihr sagt, dass es einen Unterschied gibt", sagt sie. „In Wahrheit sind wir alle gleich. Wir alle gehorchen euch aufs Wort. Aber wisst ihr was? Ich bin keine Puppe. Ich habe es satt, mich wie eine zu benehmen, und darauf zu warten, dass ihr mich runterholt und mit mir spielt."

„Ach, Baby, wir spielen nicht mit dir", sagt Colt.

„Ich habe genug", sagt sie und sieht Devlin böse an. „Von dir, deinen Cousins, von euch allen."

Wenn sie versucht, ihn zum Zucken zu bringen, wird sie eine ernüchternde Wahrheit erfahren. Er blinzelt nicht einmal, starrt sie nur an, seine Augen sind kalt wie die einer Schlange, unbeeindruckt von ihren Worten.

# Selena

„Dann lass uns gehen", sage ich. „Wir alle haben genug."

Devlin starrt meine Brüder an und macht sich nicht einmal die Mühe, mich anzusehen, als ich weggehe. Ich kann meine Beine nicht spüren, nur ein Schmerz zwischen ihnen erinnert mich daran, dass Devlin mir etwas genommen hat, dass ich nie zurückbekommen werde. Ich warte weiter darauf, dass seine Worte wahr werden, dass ich ihn hasse. Aber das tue ich nicht. Ich kann nichts als eine Kälte spüren, wo mein Herz sein sollte. So muss sich Devlin die ganze Zeit fühlen. Herzlos. Emotionslos. Rücksichtslos.

Ich fahre mit den Fingern am Geländer der Wendeltreppe hinunter und versuche, eine Art Sehnsucht für den Ort zu empfinden, an dem ich meine Jungfräulichkeit verloren habe. Jeder Schritt lässt einen Schmerz durch meine Beine schießen, aber ich gehe nicht vorsichtig. Ich genieße den Schmerz. Das schmutzige, nasse Gefühl von Devlins Sperma rinnt immer noch aus mir heraus und benetzt meine Unterwäsche. Ich schaue nicht zurück, aber ich höre die Schritte meiner Brüder auf

# Mobbe mich

der Treppe. Das Klackern von Dollys Absätzen und das gedämpfte Aufschlagen von Dixies nackten Schritten gesellen sich dazu. Ich kann meine eigenen Füße nicht hören, kann sie nicht fühlen. Es ist, als würde ich schweben.

Ich halte nicht an, bis ich die Schotterstraße erreiche. Dann trifft mich die Realität. Wir sind hier ohne Auto. Dolly stöhnt und reibt sich die Stirn und blinzelt gegen die strahlende Spätmorgensonne. Dixie hat kein Wort gesagt. Endlich hat sie jemand zum Schweigen gebracht. Sie steht da wie ein geschockter Geist.

„Ich rufe King an", sagt Baron und holt sein Handy heraus.

„Hast du wirklich Devlin Darling gefickt?", fragt Duke und starrt mich an. Ich verstehe alles in diesem Blick. Als wäre er sich nicht sicher, ob er sich zusammenreißen kann, als ob er jeden Moment explodieren könnte. Als wüsste er nicht mehr, wer ich bin, als könnte er eine Welt nicht verstehen, in der ich das getan habe, was ich getan habe. Als wäre er sich nicht sicher, ob er mich immer noch liebt und respektiert, oder ob er sich schämt, mich seine

Schwester zu nennen. Ich verstehe alles in seinen Augen, als wären sie ein Spiegel meiner eigenen Gefühle für mich.

„Ist das wirklich wichtig?", frage ich.

Baron legt auf und dreht sich zu uns um, sein Gesicht ist blass und nüchtern. Angst krallt sich in meine Brust und für eine Sekunde kann ich nicht atmen.

„Royal", flüstere ich.

„King kommt, um uns zu holen", sagt er und starrt auf das Haus hinter mir.

„Was ist los?"

Baron zwingt seinen Blick zu meinem. „Er hat es letzte Nacht nie nach Hause geschafft."

„Vielleicht ist er mit jemandem nach Hause gegangen", sage ich, meine Stimme dünn vor Panik.

Royal ist der einzige meiner Brüder, der nicht so ist. Er geht nicht einfach mit einem Mädchen nach Hause.

„King hat schon mit dem Limousinenfahrer gesprochen", sagt Baron. „Royal ist gleich nach uns gefahren und der Fahrer hat ihn am Ende der Auffahrt abgesetzt."

# Mobbe mich

„Was?", frage ich, kaum in der Lage, durch den Kloß in meiner Kehle zu atmen.

Baron wirft einen Blick auf das Haus, in dem die Darlings-Cousins sind, sein Kiefer hart. „Der Fahrer sagte, Royal habe einen Mann in der Auffahrt getroffen. Er sah nicht viel, weil es dunkel war, aber er beschrieb den Kerl als groß und blond."

„Preston", flüstere ich. Ist das alles gewesen? Ein Köder? Eine Ablenkung?

„Der Fahrer ist fortgefahren, als sie nur geredet haben", sagt Baron. „Aber King sagt, Royal hat es nie ins Haus geschafft."

„Du denkst nicht ..." Ich breche ab und schlucke schwer, ohne den Satz zu beenden. Ich brauche es nicht. Wir denken alle das Gleiche. Devlin hat gesagt, es sei nicht persönlich, aber er hat keine Ahnung, womit er es zu tun hat. Wir sind die Dolces und wir sind alles andere als süß. Unser Blut ist dicker als Schokolade. Unsere Familie steht immer an erster Stelle. Und wenn sie unserer Familie schaden, wird es wirklich verdammt persönlich. Denn wenn sie meinen Brüdern wehtun, werde ich sie bis für meinen Rachefeldzug bis ans Ende der Welt jagen.